NIKOLA HOTEL

FRANZ ODER GAR NICHT

atb aufbau taschenbuch

NIKOLA HOTEL wurde 1978 als jüngste von zwei Töchtern in Bonn geboren. In ihrer Jugend streifte sie durch den Wald, staute Bäche und eroberte Dachsbauten. Bereits als Schülerin begann Nikola Hotel erste Kurzgeschichten zu schreiben. Heute lebt sie als freie Autorin mit ihrem Mann und drei Söhnen in Hennef.

Im Aufbau Taschenbuch liegen ebenfalls ihre Romane »Jetzt oder Nils« und »Für immer und Emil« vor.

»Franz oder gar nicht« ist eine überarbeitete Version des Textes »Fernsehköche küsst man nicht«.

Raphael ist gutaussehend, charmant, berühmt – und dank Jo hat er jetzt nur noch einen Schneidezahn. Zu dumm, dass der jungen Anästhesistin dieser Fehler gerade bei ihm passiert ist. Denn immer, wenn sie seine blauen Augen sieht, scheinen alle Versuche, sich bei ihm zu entschuldigen, zum Scheitern verurteilt. Jo ist sich ganz sicher, dass Raphael auf Rache sinnt, wie sonst soll sie sich erklären, dass sie ihm plötzlich überall begegnet? Ihm und seinen blauen Augen …

NIKOLA HOTEL

FRANZ ODER GAR NICHT

ROMAN

atb aufbau taschenbuch

MIX
Papier aus verantwortungsvollen Quellen
FSC® C083411

ISBN 978-3-7466-3267-4

Aufbau Taschenbuch ist eine Marke der Aufbau Verlag GmbH & Co. KG

1. Auflage 2017

Umschlaggestaltung www.buerosued.de, München
unter Verwendung von Motiven von © Getty Images / Martin Barrand
und © www.buerosued.de
Gesetzt aus der Whitman durch Greiner & Reichel, Köln
Druck und Binden CPI books GmbH, Leck, Germany
Printed in Germany

www.aufbau-verlag.de

In Erinnerung an Josefine

»Nach einer guten Mahlzeit kann man allen verzeihen, selbst seinen eigenen Verwandten.«

OSCAR WILDE

*»Jede Frau kann mit Tomatensoße verführt werden.
Man muss sie bloß mit Leidenschaft kochen.
Und mit Safran.«*

RAPHAEL FRANZ

KAPITEL 1

»Du kannst jetzt nicht schlafen, Jo!«

Vergeblich bemühte ich mich, diese Stimme auszublenden.

»Und ob ich das kann. Ich schlafe ja schon«, entgegnete ich.

»So mein ich das nicht. Ich habe eben ein akutes Abdomen aufgenommen. Wetten, dass es nur noch Minuten dauert, bis die Ambulanz dich anruft?«

Kaum war dieser Satz in mein Bewusstsein gedrungen, fing auch schon mein Pager an zu piepsen. Ich öffnete die Augen, ignorierte das Pochen hinter meiner Stirn und setzte mich auf die Bettkante. Gaby lehnte mir gegenüber an der Wand des Dienstzimmers, in der rechten Hand eine Tasse mit dampfendem Kaffee. Die kurzen Locken fielen ihr weich ins Gesicht; ihre Augen, die von feinen Linien umgeben waren, zwinkerten mir zu.

»Das wird kein Spaß, kann ich dir sagen. Der Typ ist so ein Schönling vom Fernsehen. Du weißt schon: einer von der Sorte, die einen verklagen, wenn man das Pflaster zu schnell abreißt. Ich bin wirklich froh, dass ich den erst schlafend wiedersehe.«

»Wer operiert ihn denn?«, fragte ich und hoffte inständig, dass es nicht Professor Straubing war, denn mit dem war ich heute schon mal aneinander gerasselt.

»Ich natürlich. Und Straubing, der alte Kotzbrocken.« Sie lächelte. Das tat sie, weil sie Straubing, ihren Chef, vergötterte. Ihrer Meinung nach besaß er genau die richtige Mischung aus Genie und Wahnsinn.

Mit wackeligen Knien stellte ich mich vor das kleine Waschbecken und spritzte mir Wasser ins Gesicht. Meine Augen waren so dunkel umrandet, dass man mich leicht mit einem Zombie hätte verwechseln können. Außerdem hingen meine Haare lustlos an meinem Kopf runter. Das war allerdings kein Wunder, da ich sie die letzten achtzehn Stunden beinahe ununterbrochen unter einer OP-Haube versteckt hatte.

Heute war nicht mein Tag. Bereits bei dem Kaiserschnitt vorhin hatte ich meinen Oberarzt um Hilfe bitten müssen. Wenn ich ihn nun, nachdem er gerade erst nach Hause gefahren war, erneut aus dem Bett holte, würde er mir bestimmt an die Gurgel springen.

»Ist er jung, dieser Schauspieler?«

»Sehr jung«, bestätigte Gaby. Aber das hieß nicht viel, denn bei einem gefühlten Altersdurchschnitt der Patienten von sechzig Jahren bedeutete *sehr jung* etwas zwischen zwanzig und fünfzig.

Ich schnappte mir Gabys Kaffeetasse und trank einen Schluck. »Dann sehen wir uns gleich im OP«, sagte ich und verließ das Dienstzimmer in Richtung Ambulanz. Der Gang lag einsam und nur schwach beleuchtet vor mir, und das Linoleum quietschte unter meinen Sohlen. Mich fröstelte, deshalb knöpfte ich den Arztkittel zu. Müde schob ich die Tür zum Schwesternzimmer auf, wo Karin, die Ambulanzschwester, gerade einige Röntgenbilder eintütete. Mit dem Kopf nickte sie zum Untersuchungsraum 2.

»Und?«, fragte ich und unterdrückte ein Gähnen.

»Ein akuter Wurm. Jung, reich und arrogant.« Sie warf mir über den Rand ihrer Goldbrille einen vielsagenden Blick zu.

»Ist der Patient denn nüchtern?«

Sie zuckte mit den Schultern. »Keine Ahnung. Er ist Koch«, fügte sie noch hinzu.

»Ich dachte, er wäre Schauspieler.«

»Ne, der macht eine Kochshow, die abends im WDR läuft. *Die kochende Leidenschaft* heißt die, glaube ich.«

Ich zog einen Aufklärungsbogen aus dem Regal und griff mir die recht dünne Patientenakte. »War er denn schon mal bei uns?«

»Im Januar. Hatte sich da mit einem Tranchiermesser verletzt und musste genäht werden.« Sie stopfte die Röntgenbilder in die Ablage zurück.

Nach wenigen Schritten klopfte ich zaghaft an die Tür. Noch immer kostete es mich Überwindung, einfach so ein Zimmer zu betreten und die Privatsphäre fremder Leute zu stören. Gaby machte sich des Öfteren darüber lustig. »Du bist mit Sicherheit die einzige Ärztin Kölns, die sich nicht traut, ihre Patienten zu untersuchen«, warf sie mir vor. Und ich musste zugeben, dass sie damit wohl recht hatte. Aber mal ehrlich, man wusste doch nie, was einen hinter einer solchen Tür erwartete. Das Leben war nämlich keine Schachtel Pralinen. Eher ein langer Krankenhausflur mit weißen Türen.

Nachdem ich einen kurzen Moment gewartet hatte, holte ich tief Luft und betrat den Untersuchungsraum. Mein Patient kauerte in Embryostellung auf der Liege. Zuerst sah ich nur dunkelblaue Jeansbeine und darüber ein weißes Hemd. Ein hochgekrempelter Ärmel offenbarte sonnengebräunte Haut, der dünne Schlauch einer Infusion baumelte von seinem Handrücken herab. Aber schon im nächsten Augenblick verstand ich, weswegen Gaby mich vorgewarnt hatte: Mit den strubbeligen, dunkelblonden Haaren sah er einfach verboten gut aus. Gerade, weil sie eine Spur zu lang waren.

»Guten Morgen.« Ich streckte ihm die Hand hin. Durfte man um halb drei überhaupt schon Guten Morgen sagen? »Ich bin Josephine Henning, die Narkoseärztin.«

Seine Hand fühlte sich schlaff an. Aber mein Händedruck war um diese Uhrzeit vermutlich auch nicht wie der von Popeye.

»Kann ich was gegen die Schmerzen haben, Schwester?«, fragte er und presste die Lippen zusammen.

Ich seufzte leise. Es war nicht das erste Mal, dass man mich für eine Schwester hielt. Genau genommen passierte mir das ständig. Die Leute hörten nicht zu, wenn ich mich vorstellte, und noch seltener schauten sie auf das Namensschild, das an meinem Arztkittel baumelte. Sie registrierten lediglich die langen Haare und die Sommersprossen auf meiner Nase und dass ich einfach viel zu jung aussah, um bereits Ärztin sein zu können.

»Bekommen Sie gleich«, versprach ich und zog die kleine Lampe aus meiner Kitteltasche. »Zuerst muss ich Sie aber untersuchen.«

Mit einem Räuspern wischte ich ihm ungelenk einige seiner verschwitzten Haare aus der Stirn und hob erst sein linkes, dann sein rechtes Augenlid an, um die Pupillenreaktion zu testen.

Er hatte wasserblaue Augen, mit einer klaren Tiefe, die mich an meinen letzten Kroatienurlaub erinnerte. Genauso hatte das Meer geschimmert, auf dessen Grund man die farbenprächtigsten Fische hatte beobachten können.

Mein Patient war allerdings ganz sicher nicht in Urlaubsstimmung, denn seine Stirn glänzte, und über der Oberlippe hatten sich feine Schweißperlen gebildet.

»Haben Sie irgendwelche Drogen zu sich genommen?«, erkundigte ich mich.

Er hob erstaunt eine Augenbraue an. »Ich habe Trüffel gegessen.«

Seine Antwort brachte mich zum Schmunzeln. »Fallen die unter das Betäubungsmittelgesetz?«

»Nicht dass ich wüsste«, gab er zurück und ließ sich

dabei ebenfalls zu einem Lächeln hinreißen. Trotz der Schmerzen hatte er sich seinen Humor bewahrt, stellte ich bewundernd fest und betrachtete ihn eingehend. Dort, wo ich die Haare beiseitegeschoben hatte, entdeckte ich über der rechten Braue eine kleine Narbe. Seine Nase war gerade und die Lippen zart geschwungen. Auf seinen Wangen zeigte sich ein leichter Bartschatten. Fasziniert beobachtete ich, wie ein Muskel an seinem Unterkiefer zuckte. Genauer gesagt, der Musculus masseter.

Dieser Mann hatte wirklich einen besonders schönen Kaumuskel!

Nervös klappte ich seine Akte auf. Ganz oben bei den Patientendaten las ich den Namen Raphael Franz. Ob das ein Künstlername war?

»Und Sie sind Koch?«, fragte ich und überlegte, wie ich unauffällig weitere Fragen einbauen könnte. Sind Sie verheiratet?, zum Beispiel. Oder: Hatten Sie schon mal irgendwelche Geschlechtskrankheiten? Aber Raphael Franz war vielleicht gerade nicht so empfänglich für Smalltalk.

»Ich mache eine Kochsendung.«

»Wie heißt sie denn?«, erkundigte ich mich höflich.

Die Augenbraue schoss erneut in die Höhe. »Die kochende Leidenschaft.« Sein Ton ließ vermuten, dass er mich für eine Hinterwäldlerin hielt, weil ich sie nicht kannte.

»Noch nie davon … äh … Ich sehe nicht so viel fern.«

»Kann ich jetzt endlich ein Schmerzmittel bekommen?«

»Das gebe ich Ihnen sofort«, versprach ich und köpfte die erste Ampulle. »Hatten Sie schon mal eine Vollnarkose?«, fragte ich, während ich den Inhalt mit einer Spritze aufzog.

»Keine Ahnung. Als Kind haben sie mir die Mandeln rausoperiert. Macht man das in Vollnarkose?« Er wirkte nun doch ein wenig ungehalten.

Ich nickte und versuchte, einen besonders fachkundigen Ton anzuschlagen. »Bei Kindern immer. Sind irgendwelche Allergien bekannt?«

»Nein.«

»Nehmen Sie Medikamente ein?« Ich überflog das EKG und seinen letzten Laborbefund. Raphael Franz war kerngesund, bis auf die stark erhöhten Entzündungswerte.

Er schüttelte den Kopf. Beinahe gleichzeitig verzog sich sein Gesicht zu einer Grimasse.

»Ich spritze Ihnen jetzt etwas gegen die Schmerzen«, sagte ich schnell.

»Und was genau?«

»Eine Mischung aus Novalgin und Vomex. Letzteres hilft gegen Übelkeit. Gleich fühlen Sie sich schon viel besser, versprochen.«

Er nickte und schloss die Augen. Er sah wirklich gut aus. So gut, dass ich mir sicher war, er würde sich wohl kaum länger mit mir unterhalten, wenn er nicht gerade schmerzgepeinigt und auf meine Hilfe angewiesen wäre.

Ich ließ die leere Spritze in den Abwurfbehälter fallen. »Wann haben Sie das letzte Mal etwas gegessen? Ungefähr«, fügte ich hinzu.

»Ich weiß nicht. Wie spät ist es jetzt?«

»Kurz vor drei.«

»Dann ist es zwei Stunden her. Aber das habe ich schon wieder von mir gegeben.«

»Na gut, Herr Franz. Ich muss Sie nun über die Narkose aufklären«, begann ich.

»Kann man das Ganze nicht abkürzen?« Er drehte sein Gesicht zur Wand. Mir wäre wesentlich wohler gewesen, wenn mein Oberarzt, Dr. Kuttenkeuler, diesen Fernsehkoch aufgeklärt hätte. Denn wie es aussah, interessierte es meinen Patienten nicht die Bohne, was ich gleich mit ihm anstellen würde.

»Ich werde Sie intubieren müssen. Das heißt, dass ich Ihnen einen Beatmungsschlauch durch die Luftröhre schiebe und dabei – «

»Interessant.«

Ich ignorierte seinen sarkastischen Tonfall und leierte weiter meinen Text herunter: »Aufgrund der Intubation kann es zu Halsschmerzen und Heiserkeit kommen, das geht aber im Normalfall nach wenigen Stunden wieder weg. Bleibende Stimmbandschädigungen sind wirklich sehr selten. Haben Sie irgendwelche Zahnschäden?«

»Sehe ich so aus, als hätte ich welche?«, fragte er und bleckte die Zähne.

»Puh, nein. Natürlich nicht«, bestätigte ich. Seine selbstgefällige Art ließ ein zorniges Kribbeln in mir hochsteigen. Deshalb ließ ich mich auch zu folgendem Satz hinreißen: »Aber bei Prominenten weiß man ja nie, was an ihnen echt ist.«

Er lächelte süffisant. »An mir ist alles echt.«

An mir auch!, dachte ich und warf einen kurzen Blick auf meine mickrigen A-Körbchen. Als ich hochsah, bemerkte ich, dass er meinem Blick gefolgt war. Spontan schoss mir die Hitze in den Kopf.

»Trinken Sie Alkohol?«, warf ich viel zu hastig ein, um diesen peinlichen Moment zu überspielen.

»Selbstverständlich.«

»Und wie viel? Ich meine, am Tag?«

»Das kommt drauf an. Selten mehr als ein, zwei Gläser Wein.«

»Aha.« Ich kritzelte »regelmäßiger Alkoholmissbrauch« auf den Bogen. »Und wie sieht es mit Zigaretten aus?«

»Rauchen verdirbt die Geschmacksnerven, das würde ich nie tun.« Er kratzte sich am Kinn. »Außer an Silvester vielleicht. Ab und an mal eine Zigarre, wenn es was zu feiern gibt.« Er sah aus, als zählte er im Geiste die feierlichen Augenblicke seines Lebens nach.

»Ist schon gut«, unterbrach ich seine Gedanken und schrieb »Nikotin-Abusus« auf das Blatt.

»Hier.« Ich legte ihm den Aufklärungsbogen samt Kuli auf die Ablage. »Sie müssen nur noch unterschreiben, dann kann es gleich losgehen.«

»Moment!«

Jetzt war er anscheinend doch verunsichert.

»Was ist, wenn ich ab und zu etwas anderes zu mir nehme. Also nicht rauche, sondern etwas esse, was manche, nun ja, rauchen würden?«

Ich riss die Augen auf. Er wollte mir damit doch wohl nicht sagen, dass er Haschplätzchen knabberte?

»D-das wird schon«, stotterte ich.

Ich sah auf die Uhr an meinem Handgelenk. Straubing konnte furchtbar ungemütlich werden, wenn er zu lange warten musste, und ich besaß heute nicht mehr die Kraft, mich gegen seine herrische Art durchzusetzen.

Der Fernsehkoch hatte sich über den Bogen gebeugt und seine Unterschrift neben das Datum gesetzt. Das schwungvolle R nahmen dabei fast den ganzen Platz ein. Was dachte er eigentlich, wo er hier war? Bei einer Autogrammstunde? Ich griff nach dem Zettel und schob ihn in seine Akte.

»Ach, Schwester!«, rief er aus, als ich mich bereits umgedreht hatte.

»Frau Dr. Henning.«

»Auch gut.« Er winkte ab. »Wann geht es los?«

»In fünf Minuten liegen Sie auf dem Tisch.« Ich konnte mir ein Lächeln nicht verbeißen. Das hatte ich schon immer mal sagen wollen.

Risotto und Liebe

Niemand, der Raphael Franz als Kind gekannt hatte, hätte daran zweifeln können, dass er einmal einer der erfolgreichsten Köche Deutschlands werden würde.

Als er fünf Jahre alt war, kochte er im Kindergarten mit Hingabe ein Risotto auf dem kleinen Holzherd. Die Erzieherinnen lächelten verhalten. Sie mochten ihn, weil er mit seinen dunkelblonden Locken hinreißend aussah, aber sie beobachteten mit Argwohn seine Neigung zu weiblichen Rollenspielen. Sie animierten ihn dazu, Bilder mit Burgen und Drachen zu malen und keine Blumenrabatten oder Gemüsebeete. Mechanisch drückten sie ihm Autos und Baumaschinen in die Arme, jagten ihn zum Spielen auf das Klettergerüst, weil sie der Meinung waren, dass Sandkuchenbacken bei einem Jungen nur bis zu einem gewissen Alter sinnvoll sei.

Raphael zwinkerte mit den blauen Augen und zeigte seine Grübchen. Und wenn es niemand bemerkte, schlich er sich an den Spielzeugherd und kochte imaginäre Spaghetti, Linguini, Farfalle und all die anderen Nudelsorten, die er von seiner Oma Hilda kannte, und die in seinen Ohren herrlich nach Kochmusik klangen.

Wenn man ihn heute danach fragt, dann sind ihm vor allem diese Augenblicke in der Küche seiner Großmutter in Erinnerung geblieben: der große Herd; die gusseisernen Pfannen, die so schwer waren, dass man sie mit beiden Armen auf die Platte wuchten musste. Die Dämpfe, die durch die kleine Küche waberten, wenn eine Soße vor sich hin köchelte; die italienischen Lieder, die Oma Hilda noch aus ihrer Kindheit kannte und immer dann sang, wenn sie in den Töpfen rührte.

Seine Neugier brachte ihn dazu, auf jeden Samen zu beißen, Blätter von den Topfkräutern abzurupfen und einmal sogar, weil ihn niemand daran hindern konnte, eine ganze Knoblauchzehe zu zerkauen. Deshalb kannte er sich mit Schärfe aus und mit der Wirkung, die würziger Geschmack und süße Düfte auf Frauen ausübten.

Wenn auch die Erzieherinnen seine Talente belächelten, so bemerkte er sehr wohl die bewundernden Blicke der Mädchen, weil er die schönsten Sandkuchen backen und mit Beeren garnieren konnte, während die anderen Jungs nur Lego stapelten. Er dachte sich Namen dafür aus und machte Gina, Anna oder Chiara seine unsichtbaren Speisen so schmackhaft, dass sie seufzten.

Wenn es eins gab, was Raphael Franz in die Wiege gelegt worden war, dann war es kochende Leidenschaft.

Aus »Das Rezept seines Erfolgs:
Raphael Franz – eine Biografie«
von Barbara Olivier

KAPITEL 2

»Crashen wir ihn?«, fragte Klaus und rieb sich die Hände. Ich warf meinem Anästhesiepfleger einen warnenden Blick zu. Es war mir äußerst unangenehm, dass er solche Sprüche vor den Ohren des Patienten losließ. Crashen klang schließlich so, als würde man Eis zerstampfen.

»Wir machen eine RSI«, verbesserte ich ihn. Ich fand, das hörte sich gleich viel professioneller an. Ich beobachtete, wie Klaus die Instrumente bereitlegte. Er war ein fülliger Endvierziger mit Backenbart. Anscheinend hatte ihm noch niemand gesagt, dass diese Art Bart seit Ende der Sezessionskriege nicht mehr in Mode war. Außerdem roch er, und zwar nicht nach Blümchen. Es sei denn, es gab Blumen, die irgendwie nach Schweiß und feuchtem Keller müffelten. Dazu kam noch, dass er seinen Bauch wie eine Kanonenkugel vor sich hertrug, was sehr unangenehm war, wenn man sich zusammen mit ihm auf begrenztem Raum bewegen musste. Nicht selten war ich dazu gezwungen, mich an ihm vorbeizuzwängen, sodass ich froh war über jede Lage Stoff, die mich von ihm trennte.

Was man Klaus aber zugutehalten konnte, war seine große Erfahrung als Anästhesiepfleger. Er wusste immer vor mir, was ich als Nächstes brauchen würde, und ich war froh, ihn gerade jetzt an meiner Seite zu wissen. Dr. Kuttenkeuler war inzwischen auf dem Weg hierher, aber solange ich ihn noch nicht zu Gesicht bekommen hatte, war ich nervös. Und nicht nur ich: Raphael Franz sah mit einem Mal auch alles andere als cool aus. Seine Schmerzen schienen verebbt zu sein, dafür hatten seine Augen einen irren Glanz. Einen irren, meerblauen Glanz, der mich sehr faszinierte, das konnte ich nicht leugnen.

»Kann es endlich losgehen?«, fragte Prof. Straubing ungehalten. Er sah aus wie ein unförmiges Marsmännchen. Ganz in Grün, nur seine Augenpartie lugte noch aus der OP-Kleidung heraus.

»Ich möchte eigentlich noch auf meinen Oberarzt warten«, erklärte ich.

»Was?«, schnauzte er. »Mädchen, das ist ein Notfall!«

»Das mag ja sein, aber der Patient ist privat versichert.«

Straubing traten die Augen aus den Höhlen. Ich schaute mich Hilfe suchend nach Klaus um, aber der war ganz Ignoranz und schob einige Absaugkatheter auf dem Tablett hin und her. Meine Freundin Gaby drängte sich zu mir durch, die Hände in den sterilen Handschuhen weit von sich gestreckt.

»Weißt du, warum Napoleons Feldärzte 100 Amputationen pro Tag durchführen konnten?«, fragte sie.

Ich stöhnte innerlich. Dass sie in diesem Moment unbedingt einen Witz reißen musste, fand ich nun überhaupt nicht hilfreich.

»Sie brauchten nicht auf die Anästhesie zu warten!«

Verhaltenes Gelächter.

Das Telefon klingelte, und eine der OP-Schwestern nahm den Hörer ab. Nach wenigen Worten streckte sie einen Daumen in die Höhe und nickte mir aufmunternd zu. »Kuttenkeuler ist im Haus!«

Erleichtert beugte ich mich über meinen Patienten. »Ich werde Ihnen jetzt eine Maske über das Gesicht halten«, erklärte ich mit warmer Stimme, um ihn zu beruhigen.

»Chloroform?« Sein Kaumuskel zuckte wieder.

»Nur Sauerstoff.« Ich verbiss mir ein Grinsen. Vermutlich hatte er zu viele Agatha-Christie-Filme gesehen. Dann drückte ich seinen Kopf sanft nach unten, und Raphael Franz schloss die Augen.

»Atmen Sie ganz normal ein und aus«, wies ich ihn an, stellte dabei aber fest, dass ich selbst die Luft angehalten hatte. Mit zitternden Fingern stülpte ich ihm die Maske über Mund und Nase.

»2 mg Mivacron i. v.«, sagte ich zu Klaus. Und dann etwas leiser: »Nicht, dass er nachher anfängt zu zucken.«

Doch Raphael Franz besaß wohl gute Ohren, denn er riss bei diesen Worten die Augen auf und starrte mich angsterfüllt an, die Maske bereits neblig beschlagen. Beruhigend tätschelte ich ihm den Arm und spritzte ihm dann Fentanyl in die Vene, bevor ich einen erneuten Blick zur OP-Tür riskierte: Wo blieb nur Kuttenkeuler?

»200 mg Propofol und dann 100 mg Succinylcholin.«

Ich wandte mich wieder an meinen Patienten. »Träumen Sie was Schönes, Herr Franz! Von Trüffeln oder so.«

Beinahe in derselben Sekunde verdrehte er die Augen. Eine einzelne Träne rann aus seinem Augenwinkel. Da er nun schlief, hatte ich auch keine Hemmungen mehr, ihn anzufassen, und wische mit den Fingerspitzen die Träne fort. Dann schloss ich ihm behutsam die Lider.

»Können wir jetzt endlich anfangen?«, polterte Straubing hinter dem grünen Tuch hervor und zerstörte diesen feierlichen Augenblick. Es hätte mich auch nicht gewundert, wenn er dabei demonstrativ die Messer gewetzt hätte.

Irgendjemand hatte den CD-Player angestellt, und aus den Boxen dröhnte Rammstein mit einem Liedtext, in dem Worte wie *Stacheldraht* und *Harnkanal* in einer einzelnen Zeile vorkamen.

Innerlich schüttelte es mich und ich wünschte, dass ich ebenso taub wäre wie der Fernsehkoch gerade.

»Kann man die Musik vielleicht etwas leiser ...« Sechs Augenpaare stierten mich an. »Nein? In Ordnung.« Ich blies die Backen auf.

Das Piepen des Oximeters wurde langsam dumpfer

und ein Blick auf den Monitor zeigte mir, dass die Sauerstoffsättigung bereits nachließ. Wenn Kuttenkeuler nicht bald durch die Tür trat, dann blieb mir nichts anderes übrig, als die Dinge selbst in die Hand zu nehmen.

Rammsteins Liedtext machte mich nur noch nervöser, besonders, da er von Straubings Wutschnauben begleitet wurde.

»Lass uns anfangen«, sagte Klaus plötzlich. Sein Backenbart vibrierte. »Sättigung liegt nur noch bei 78 Prozent.«

Seufzend baute ich mich hinter dem Patienten auf, zog seinen Kopf zu mir und überstreckte ihm den Nacken. Meine Handschuhe dämpften diese Berührung, was ich doch ein wenig schade fand. Mit zwei Fingern der rechten Hand öffnete ich Raphaels Mund.

Er hat wirklich schöne Zähne!, dachte ich. So glatt, so gerade, wie kunstvoll aus Marmor gemeißelt. Eine Farbe, heller als Elfenbein. Das Zahnfleisch rosig und fest.

Klaus legte mir das Laryngoskop in die Hand. »Wird mal kurz hell im Hals!«, sagte er zum schlafenden Raphael und feixte.

Ich führte die Spitze des Spatels ein und stellte die Epiglottis dar. Mit ein bisschen Glück hätte ich jetzt eine prima Sicht auf Raphaels Stimmritze. Ich überlegte noch, was für ein schönes Wort das war – Stimmritze. Gerade in Verbindung mit diesem Fernsehkoch erschien es mir irgendwie anregend, ja, geradezu erotisch.

Raphaels Stimmritze.

Ich lächelte und vergaß dabei, das Laryngoskop in Richtung seiner Füße zu ziehen.

»Warte!«, rief Klaus noch. »Nicht hebeln! Auf keinen Fall hebeln!«

Da hörte ich es auch schon knirschen.

Dieses Geräusch durchbrach meine träumerischen Gedanken. Etwas kullerte über das blaue Tuch, das Raphaels Brustkorb abdeckte, und mit Schrecken stellte ich fest, dass ein Stück seines Schneidezahns sich gerade verabschiedet hatte.

»Oh nein!«, entfuhr es mir.

»Wie sieht's aus, Mädchen?«, dröhnte Straubing.

»So ein Mist!« Mit fahrigen Händen tastete ich nach Tubus und Führungsstab und schob ihn in die Luftröhre. Dann kontrollierte ich die Lage mithilfe des Stethoskops. »Mist, Mist, Mist!«

»Keine Sorge«, meinte Klaus. »Nach dem ersten Zahn wird alles anders.«

Ich hörte Gabys Kichern im Hintergrund und schloss schnell die Beatmung an.

»Dreh bitte das Sevo auf und gib ihm gleich noch 8 mg Mivacron!«, sagte ich, bevor ich mich auf den Fußboden fallen ließ, um nach dem abgebrochenen Stück Zahn zu fischen.

KAPITEL 3

»Schnitt!«, rief Straubing.

Ich kicherte, während ich mit den Händen über den Fußboden tastete, dabei war diese Situation alles andere als komisch. Wahrscheinlich machte sich Hysterie in mir breit. Ich hatte diesem Fernsehkoch einen Zahn abgebrochen! Einen wunderschönen, perfekten Zahn! *Leckoballo!*

Wenn er aufwachte, würde er mich erwürgen, soviel war mal sicher. Und ausgerechnet jetzt kam Dr. Kuttenkeuler. Gerade in dem Moment, wo ich über den Boden krabbelte.

Ich entdeckte das Fragment meines Versagens zwischen Gabys Füßen und grapschte danach. Mit hochrotem Kopf zog ich mich an Klaus nach oben.

»Läuft doch alles wunderbar!«, sagte Kuttenkeuler mit Blick auf den Monitor. Seinem Gesichtsausdruck nach zu urteilen, hielt er es für absolut überflüssig, dass ich ihn um Hilfe gebeten hatte.

Der Geruch von Klaus' Döner mit Zaziki-Atem benebelte mich vermutlich, denn anders konnte ich mir nicht erklären, warum ich folgenden Satz sagte:

»Alles bis auf den Zahn.« Ich zeigte ihm das abgebrochene Stück. Mein Oberarzt, ein kleiner Mann mit

Halbglatze, holte tief Luft und klappte den Mund auf und zu.

»Wie zum Teufel ist das passiert?«

»Es tut mir leid, ich stand unter Zeitdruck«, versuchte ich zu erklären.

Seine struppigen Augenbrauen verengten sich, bis sie sich in der Mitte fast berührten. »Dann war der Zahn vorher schon morsch«, erklärte er knapp.

Ich war ihm wirklich dankbar, dass er mich nicht vor allen Leuten niedermachte, aber da musste ich ehrlicherweise doch widersprechen. »Leider nicht. Seine Zähne waren perfekt. Ich habe nicht aufgepasst und bin ziemlich heftig mit dem Laryngoskop drangestoßen.«

Er holte tief Luft. »Wagen Sie ja nicht, das zuzugeben! Der Zahn war vorher schon nicht in Ordnung, sage ich!« Dann schüttelte er den Kopf und kritzelte etwas auf das Anästhesie-Protokoll. »Da muss sich der Patient an die Rechtsabteilung wenden. Geben Sie bloß niemals einen Fehler zu, Fräulein Henning!«

Ebenso gut hätte er mich Schwesterlein nennen können. Ich spürte beinahe körperlich, wie mein Selbstbewusstsein auf die Größe einer Amöbe zusammenschrumpfte. Glücklicherweise klingelte im selben Augenblick Kuttenkeulers Telefon – er wurde auf der Intensivstation gebraucht. Außerdem verlangte der Patient wieder nach meiner Aufmerksamkeit. Ich spritzte ein wenig Fentanyl nach und versuchte, mich zu entspannen. Dabei beobachtete ich gebannt das Heben und Senken von Raphaels Brustkorb.

Selbst der kleine Sabberfaden, der ihm am Mundwinkel herunterlief, hatte etwas Reizvolles.

* * *

»Er wird ausflippen«, sagte Klaus, als wir den Patienten in den Aufwachraum schoben. »Und das Beste ist: Du wirst es ihm selbst sagen müssen, ich mache das nicht für dich!«

Missmutig sah ich ihm nach, wie er durch den Vorhang verschwand, hinter dem die Geräte gereinigt wurden. Das Zahnstück in meiner Kitteltasche fühlte sich glatt und scharfkantig an.

Ankleben ließ sich das wohl nicht, vermutete ich. Aber ich verstand von Zahnmedizin auch reichlich wenig. Hätte ich ihm den ganzen Zahn ausgehebelt, dann wäre es bestimmt möglich gewesen, ihn zu implantieren, aber so? Unbewusst glitt meine Zunge über meine Schneidezähne. Ich wappnete mich innerlich, dann zupfte ich den Fernsehkoch am Ärmel seines OP-Hemdes.

»Alles ist vorbei, Herr Franz.« Ich räusperte mich. »Sie können wieder aufwachen.«

Völlig benommen blinzelte er. »Hamschieschoanf?«

»Sie haben alles gut überstanden. Der entzündete Appendix vermiformis wurde fachmännisch entfernt, und Sie können schon bald wieder Ihre Haschplätzchen knabbern.«

Ich schlug mir die Hand vor den Mund. Was war denn jetzt in mich gefahren?

»Äh, ich meine, in ein paar Tagen können Sie schon wieder nach Hause. Aber nun kommen Sie erst einmal auf Station und schlafen sich mal tüchtig aus.«

Er zog sich die OP-Haube vom Kopf und fuhr sich mit den Händen durchs Haar, das immer noch herrlich verstrubbelt aussah und geradezu danach schrie, gestreichelt zu werden. Aber ich konnte mich beherrschen.

»Was haben Sie mir da für ein Zeug gegeben?«, fragte er plötzlich. »Irre!«

»Das war Propofol.«

»Kann man das irgendwo kaufen?«

Entgeistert starrte ich ihn an. »Das ist das *Zeug*, das Michael Jackson umgebracht hat«, erklärte ich konsterniert. »Natürlich kann man das nicht einfach so irgendwo kaufen!«

»Schade.«

»Wie fühlen Sie sich denn?«

»Wunderbar. Wie neugeboren.«

Das wunderte mich nicht, und es passte auch irgendwie, schließlich hatten Neugeborene auch keine Zähne. Fahrig kramte ich nach dem Telefon in meiner Kitteltasche und wählte dann die 238.

»Herr Franz kann jetzt aus dem Aufwachraum abgeholt werden«, blies ich in den Hörer und legte sofort wieder auf. Dann überlegte ich, wie ich ihm das mit seinem Zahn schonend beibringen konnte. *Tut mir leid, Sie hatten einen akuten Anfall von Zahnschwäche?* Oder: *Die bösen Zwillinge Karius und Baktus haben eben eine Party gefeiert, und dabei ist etwas zu Bruch gegangen?* Aber jede weitere Überlegung wurde von Professor Straubing unterbrochen, der an Raphaels Bett trat und ihm jovial auf die Schulter klopfte.

»Alles perfekt gelaufen«, brummte er. »Wir haben den kleinen Drecksack erwischt und abgeschnitten. Stumpf ist versenkt, Fäden lösen sich von alleine auf.« Er klang in etwa so leutselig wie ein betrunkener Seemann.

»In drei Tagen können Sie nach Hause. Und das mit Ihrem Zahn erklärt Ihnen jetzt mal die junge Dame hier!« Er gab mir einen Schubs ins Kreuz, bevor er sich verabschiedete. Raphael warf mir einen fragenden Blick zu. Er öffnete den Mund, um etwas zu sagen, schloss ihn aber gleich wieder.

»Äh«, machte ich.

In Raphaels Kopf dämmerte es wohl. Seine Zunge schob sich zwischen den Lippen hervor und tastete die obere Zahnreihe ab. Als sie den Rest des Schneidezahns erreicht hatte, blieb sie hängen. Seine Augen weiteten sich. Wie zur Kontrolle fuhr seine Zunge über die untere Zahnreihe. Völlig fasziniert von diesem Schauspiel hielt ich den Atem an. Sein Hirn arbeitete nur langsam, was kein Wunder war, schließlich war er vom Narkosemittel noch ziemlich benebelt.

»Was?«, brachte er hervor.

»Es tut mir …«, begann ich. Da ging die Schiebetür auf und eine Schwester der chirurgischen Station betrat den Raum, um den Patienten abzuholen. Kuttenkeulers eindringliche Worte kamen mir in Erinnerung, die mir befohlen hatten, niemals einen Fehler zuzugeben, und ich schwenkte um: »Warum haben Sie mir nicht gesagt, dass Sie einen Zahnschaden haben?«

»Was für einen Zahnschaden denn?«, fragte er verblüfft.

Um meine Unsicherheit zu überspielen, plapperte ich weiter. »Wissen Sie eigentlich, wie gefährlich das ist? Der Zahn hätte Ihnen auch in den Rachen rutschen können! Was für ein Glück, dass ich so schnell reagiert habe, um das zu verhindern!«

»Wie? Und jetzt soll ich auch noch daran schuld sein?«, keuchte er.

Auf die Frage ging ich nicht ein. »Ich bin darauf angewiesen, dass mir der Patient die Wahrheit sagt. Wenn Sie so etwas Elementares verheimlichen, dann kann ich Ihnen nicht mehr vertrauen!«

Das war wohl doch eine Spur zu dick aufgetragen.

»Ich meine … Ist ja noch mal gut gegangen. Ich, äh, würde Ihnen empfehlen, morgen früh schon mal bei Ihrem Zahnarzt einen Termin zu machen, damit Sie«, ich befingerte den Zahn in meiner Kitteltasche, »schnellstmöglich eine Leiter, ich meine, eine Brücke oder so bekommen.«

»Eine Brücke?« Er richtete sich im Bett auf. Sein Kaumuskel mahlte wie wild. Es sah aus, als würde er mich gleich anspringen, um mir den Kopf abzubeißen. Und das konnte ich ihm nicht einmal verübeln. Schließlich hatte ich ihn verunstaltet, nur weil ich unaufmerksam gewesen war und seine Stimmritze angeschmachtet hatte.

»Bevor Sie mich in die Finger bekommen haben, hatte ich zweiunddreißig gesunde Zähne!«

»Achtundzwanzig«, purzelte es über meine Zunge.

»Was?«

»Sie hatten nur achtundzwanzig Zähne. Ich weiß ja nicht, wann es passiert ist, aber irgendwann muss man Ihnen die Weisheitszähne rausoperiert haben.«

Raphael fing an zu dampfen. »Nun gut, dann eben achtundzwanzig! Und jetzt sind es siebenundzwanzig. Was genau haben Sie mit mir – «

»Um korrekt zu bleiben, siebenundzwanzig und einhalb«, unterbrach ich ihn.

Er machte Anstalten, aus dem Bett zu springen.

»Halt!«, rief ich aus. »Denken Sie an Ihre OP! Sie können noch nicht – «

Er schwankte. Dann kippte er rücklings auf die Matratze. Seine nackten Beine baumelten über den Bettrand.

»Der ist hin«, stellte die Schwester fest, die unserem Disput bisher nur still gelauscht hatte.

Ich schluckte. »Ich befürchte es auch.«

Gemeinsam wuchteten wir seine Beine auf das Bett zurück. Ich bemühte mich zu ignorieren, dass das flatterige OP-Hemd seine Blöße nur unzulänglich verbarg. Schnell stopfte ich die Bettdecke über ihm fest, damit er nicht fror.

»Er kann Metamizol auf Schiene und Dipi bei Bedarf haben«, gab ich der Schwester Anweisungen und half ihr, das Bett durch die Tür zu schieben. Langsam rollte es den Gang hinunter. Ein Arm des Fernsehkochs hing schlaff unter der Decke hervor. Ich wusste zwar nicht, warum ich das tat, aber ich winkte ihm nach.

Barolo und noch mehr Barolo

Mit siebzehn wusste Raphael Franz ganz genau, wie sein weiteres Leben verlaufen würde. Zumindest beruflich. Während einer Deutschklausur, in der er über Zuckmayers »Des Teufels General« brütete, überkam ihn ein großer Hunger, wie er sich heute noch erinnert. Ungeniert wickelte er sein Pausenbrot aus und biss in den Südtiroler Schinken. Er schmeckte Rosmarin und Wacholder und träumte selig.

Als der Lehrer seiner ansichtig wurde, hob dieser eine Augenbraue an. Raphael lächelte entschuldigend und tat, als schriebe er. Dabei zeichnete er nur einige Lorbeerblätter in die rechte obere Ecke des Hefts. Des Teufels General interessierte ihn kein bisschen, dafür ersann er ein Rezept für Rinderbraten, in dem eine Flasche Barolo die Hauptrolle spielte. Die letzten Sommerferien hatte er mit seiner Mutter im Piemont verbracht, Barbaresco und eben diesen Barolo genossen, die ersten weißen Trüffel selbst gesammelt – ein erhebender Augenblick. Sie hatten nicht die ehrwürdige Abtei besichtigt oder das alte Kloster San Giulio. Stattdessen hatten sie Bauernhöfe besucht, wo der Schinken an der Decke trocknete, und Küchen, in denen Gnocchi gerollt und in Stücke geschnitten wurden. Raphael lernte, mit welchem Druck man die Pasta mithilfe einer Gabel durch das Mehl wälzte, damit sie ihre typischen Rillen erhielt. Er lernte, dass man, um perfekte Tajarin herzustellen, zwanzig Eier in ein einziges

Kilo Mehl kneten musste und diese nach dem Kochen lediglich in Butter schwenken oder allenfalls mit ein paar Trüffelspänen bestreuen durfte. Er wusste seit seiner Kindheit, dass Kochen und Essen Ruhe und Zeit benötigten, aber erst im Piemont wurde diese Grundlage in seinem Kopf zementiert.

Sie besuchten Landgasthöfe und aßen sich durch die zehn Vorspeisen, die es brauchte, um eine piemontesische Köchin erst in Wallung zu bringen. Er nervte das Personal so lange, bis er das Heiligtum betreten durfte, in dem diese Köstlichkeiten entstanden. Raphael kochte dort Carne cruda, Bollito misto, Coniglio und den Brasato al Barolo, der ihn jetzt zu diesem neuen Rezept inspirierte. In Gedanken tauchte er wieder das Gemüse in Bagna caoda, eine Soße aus Sardellen, Knoblauch und Olivenöl. Sein Kuli fuhr über das glatte Papier und notierte Sellerie, Möhren und eine einzige rote Zwiebel. Zwei Sardellenfilets würden ausreichen, überlegte er und schnupperte, weil er meinte, den würzigen Geruch der getrockneten Tomaten zu erahnen. Aber stattdessen roch er nur das muffige Aroma, das sich nach dem Sportunterricht immer in der Klasse ausbreitete.

Ein Gedanke, der sich schon länger angebahnt hatte, formte sich wohl in diesem Augenblick zur Gewissheit und ließ ihn geradezu kribbelig werden: Er vergeudete hier wertvolle Jahre! Er könnte bereits viel weiter sein. Erfahrener.

Er beschloss, dass es nun an der Zeit wäre, diese Sinnlosigkeit zu beenden. Sollten andere sich darum kümmern, Hitler sein Quartier in der Hölle zu bereiten, er würde keine Zeit mehr an Dramen verschwenden, wenn es galt, ein Essen zu kochen. Nicht eine Minute!

Er wickelte die Reste seines Brotes ein und kritzelte noch einige Mengenangaben auf das Blatt. Dann schnappte er sich seine Schultasche.

Sein Lehrer war überrascht. Es war schließlich das erste Mal, dass Raphael seine Arbeit vor dem Pausenklingeln abgab. Stirnrunzelnd beäugte er die Zeichnung auf dem Papier und überflog die Zutatenliste.

Raphael erklärte ihm unmissverständlich, dass er mit der Schule fertig sei.

»Nehmen Sie das als Erinnerung«, sagte er seinem Lehrer. »Aber nicht, dass Sie auf die Idee kommen, die Soße mit Mehl zu binden. Passieren Sie einfach ein wenig von dem Gemüse in den Fond!«

»Aber –«, begann sein Lehrer, schluckte die Bemerkung jedoch herunter, nachdem er die Komposition vollständig gelesen hatte.

»Und welchen Wein trinkt man dazu?«

»Barolo natürlich.«

An der Tür winkte Raphael ihm kurz zu. Im Foyer warf er seine Schultasche in die Kiste mit den Fundsachen. Dann stieß er die große Flügeltür auf. Bereit, die kulinarische Welt zu erobern.

Aus »Das Rezept seines Erfolgs:
Raphael Franz – eine Biografie«
von Barbara Olivier

KAPITEL 4

»Ich bin wieder dahaaa!«, rief ich, nachdem ich die Haustür aufgeschlossen hatte.

Keine Antwort.

Nun gut, das war zu erwarten gewesen, da ich allein wohnte. Trotzdem gab es mir immer einen kleinen Stich, dass nicht einmal Bruce ein Zirpen von sich gab, um mich zu begrüßen. Ich warf meine Tasche auf die Kommode im Flur und streifte meine Ballerinas ab. Dann betrat ich die Küche, wo der Käfig meiner Haustiere stand. Ursprünglich hießen die beiden Bruce und Sina, aber kurze Zeit, nachdem die Meerschweinchen bei mir eingezogen waren, hatte ich feststellen müssen, dass Sina gar kein Weibchen war. Deshalb nannte ich sie jetzt Bruce und Willis.

Die Sonne drang durch die engen Gitterstäbe und beschien Willis' Bauch, der behaglich auf dem Heu döste. Bruce konnte ich nirgends entdecken. Ich klappte das Gitter auf und rüttelte einmal kurz an seinem Holzhäuschen. Schlaftrunken lugte er um die Ecke und reckte dann genüsslich die Beine. Ich schüttete ein paar Cornflakes in die Futterschüssel und steckte den beiden noch eine Möhre zwischen die Gitterstäbe. Dann kochte ich mir selbst einen Rooibos-Tee mit Vanillearoma.

Während der Beutel im heißen Wasser vor sich hin dümpelte, schaltete ich den Anrufbeantworter ein.

»Sie haben sechs neue Nachrichten!«, verkündete die nette Frau auf der Festplatte. »Nachricht eins: Donnerstag, 08. Juni, 8.17 Uhr.«

Ich fragte mich ernsthaft, welcher Unmensch es wagen konnte, um diese Uhrzeit anzurufen. Normalerweise war ich um acht längst im Krankenhaus, und sollte ich es einmal nicht sein, wäre es eine absolute Gemeinheit, mich schon aus dem Bett zu werfen. Ein Knacksen, dann ertönte eine hohe Stimme:

»Hallo Liebes, hier ist die Mama. Denkst du bitte an die Blumen, die ich bei Haberlands bestellt habe? Sie sind schon bezahlt, du musst sie nur abholen. Wir treffen uns dann um acht bei Frédéric. Für die Kinder brauchst du nichts mitbringen, aber zieh etwas Ordentliches an. Silke kann es nicht leiden, wenn du als Einzige wieder in Jeans kommst!«

Es erklang ein kurzer Piepton.

Nachricht zwei, 8.23 Uhr: Claude hier. Mama hat mich gerade angerufen. Ich hab null Bock, da heute Abend aufzukreuzen. Ruf mich zurück und nenn mir bitte eine Erkrankung, die so schlimm ist, dass ich nicht mal auf den Brustwarzen hinkriechen kann. Lass deine Phantasie spielen!

Ich warf den Teebeutel in den Mülleimer und rührte zwei Löffel Zucker in meine Tasse.

Nachricht drei, 8.28 Uhr: Ich bin es noch einmal! Claude hat mich gerade angerufen und behauptet, er hätte –, es raschelte im Hintergrund, – *eine akute, essenzielle, funktionelle, vegetative und idiopathische Dystonie. Was bedeutet das? Ich bin mir ziemlich sicher, dass das nur eine Ausrede ist. Ruf mich bitte zurück!*

Ich verbrannte mir die Oberlippe. Wow, wie ist Claude nur auf diese hirnverbrannte Beschreibung gekommen? Ich war beeindruckt, dass er sich so etwas Kompliziertes selbst ergoogelt hatte.

Nachricht vier, 8.42 Uhr: Hi, hier ist Claude. Wieso lässt du mich hängen? Mama sagt –

Hektisch drückte ich mehrmals hintereinander auf die Löschtaste.

Schlimm genug, dass ich gezwungen war, am Jahrestag von Frédéric und seiner Frau teilzunehmen (allein der Gedanke daran verursachte mir schon einen leichten Schwindel), jetzt versuchte mein Bruder Claude auch noch, mich als Puffer zu benutzen. Damit war ich nun ganz und gar nicht einverstanden.

Langsam schlürfte ich meinen Tee und betrat mein Schlafzimmer. Mittlerweile konnte ich meine Augen kaum noch offenhalten, ich stand schließlich seit mehr als achtundzwanzig Stunden auf den Beinen. Gähnend schlüpfte ich in mein Schlafshirt und ließ mich auf das Bett fallen. Welche Wohltat. Das Kissen umschmiegte mich herrlich weich.

Kurz dachte ich noch einmal an Raphael Franz, der jetzt vermutlich ziemlich unruhig schlafen würde. Hoffentlich hatte er wenigstens keine Schmerzen. Ich kuschelte mich noch tiefer in die Federn, und das Letzte, was ich vor meinem inneren Auge sah, war das Bild eines Fernsehkochs, der mich völlig zahnlos anlächelte.

* * *

Mein Handy vibrierte auf dem Nachttisch, ratterte über das Holz, um schließlich auf den Teppich zu plumpsen. Ich rollte mich auf die Seite und ließ meinen Oberkörper aus dem Bett hängen. Bis ich das Gerät erwischt hatte, war das begleitende Summen verstummt und ich atmete auf. Nur, um im selben Moment panisch zusammenzuzucken: Es war bereits Viertel nach sieben: Ich hatte verschlafen. Im selben Moment, in dem mich diese Erkenntnis traf, klingelte es wieder, diesmal an der Tür.

»Verdammt!«, fluchte ich, sprang aus dem Bett und schwankte. Mit dem Handy in der Hand eilte ich in den Flur und riss die Haustür auf. Ein riesiger Blumenstrauß verdeckte mir die Sicht und drängte mich zurück.

»Du bist also schon fertig«, sagte Claude und ließ den Strauß auf die Kommode fallen. »Schickes Kleid«, stellte er fest und deutete auf mein Schlafshirt, eines der Überbleibsel aus meiner Beziehung mit Christian, dem Hardrock-Fan. In Höhe meines Magens prangte ein Totenkopf, der eine fleischige Zunge herausstreckte.

»Das wird Silke bestimmt gefallen.«

»Blödmann«, sagte ich liebevoll und schlurfte zurück in mein Schlafzimmer. Mein jüngerer Bruder war schon immer sehr ironisch gewesen, und der Ton zwischen uns mochte sich für Außenstehende manchmal etwas rau anhören. Aber gerade für seine herzlich respektlose Art liebte ich ihn sehr.

»Was machst du eigentlich die ganze Zeit? Seit heute Morgen versuche ich, dich anzurufen!« Claude trabte ungeniert hinter mir her.

»Ich hatte Dienst«, sagte ich und riss die Türen meines Kleiderschranks auf. *Keine Jeans*, sagte ich mir vor wie ein Mantra, *keine Jeans, keine Jeans.*

»Und deshalb kannst du nicht mal ans Telefon gehen?«

»Ich hatte einen ziemlich *bescheidenen* Dienst! Genauer gesagt war es ganz grässlich.« Aber bevor er da nachhaken konnte, redete ich schnell weiter. »Sind das die Blumen von Haberlands, die du mitgebracht hast?«

»Ich dachte, ich könnte dir diesen Weg abnehmen. Außerdem sieht es gut aus, wenn ich etwas in der Hand halte, Silke hasst mich sowieso, da kann es nicht schaden, mal zu schleimen.«

Ich nickte und inspizierte weiter das magere Modeangebot.

»Wie wär's mit dem Motörhead-Shirt? Das, wo vorne dieser einäugige Zug mit dem Vampirgebiss drauf ist«, sagte er wenig hilfreich.

»Das ist kein Vampirgebiss!«, widersprach ich und zog eine schlichte schwarze Hose aus dem Schrank. Ich fand sogar eine sehr annehmbare Bluse in Cremeweiß, leider hatte sie einen Kaffeefleck in Brusthöhe. Wenn ich an diesem Abend Kommentare über ewig kaffeetrinkende Anästhesisten vermeiden wollte, musste ich definitiv etwas anderes wählen. Schließlich entschied ich mich für ein Twinset in Grau und band mir zur Feier des Tages auch noch ein Seidentuch um den Hals.

»Wenn ich dich so ansehe, überkommt mich ein Gähnen«, bemerkte mein Bruder. Er selbst steckte in einem schwarzen Anzug, allerdings ohne Krawatte. Ich konnte es zwar nicht genau erkennen, weil der Kragen so zerknittert war, aber ich war mir ziemlich sicher, dass der oberste Knopf an seinem Hemd fehlte.

»Du hättest auch mal das Bügeleisen benutzen können.«

Claude zuckte mit den Schultern.

Ich lief ins Bad, putzte mir schnell noch die Zähne und fuhr mir mit der Bürste durchs Haar. Im Flur warf ich mir dann den Mantel über. »Bitte fahr du«, bat ich. »Dann kann ich mich wenigstens betrinken.«

»Vergiss es!«, sagte Claude. »Diesmal bin ich dran! Du hast schon an Weihnachten die Punschschüssel geleert. Ich erinnere dich nur ungern daran, aber du hast *Last Christmas* mit *YMCA* verwechselt. Das wird uns allen für immer in Erinnerung bleiben!«

Und nicht nur das. Ich seufzte. Dies war auch der Augenblick gewesen, an dem meine Mutter sich endgültig von dem Gedanken verabschiedet hatte, eines ihrer Kinder könnte musikalisch sein.

Vor der Geburt meines älteren Bruders Frédéric hatte sie einen Artikel über die Vererbung bestimmter Talente gelesen. Darin wurde behauptet, dass Musikalität zu den multifaktoriell vererbten Eigenschaften gehöre und demnach nicht ausschließlich auf die Gene zurückzuführen sei. Um das Umfeld für unsere großartige musikalische Karriere vorzubereiten, hatte Mama uns alle nach bedeutenden Komponisten benannt: Frédéric nach Chopin, Claude nach Debussy und mich nach Haydn. Erst war es eine große Enttäuschung für meine Mutter gewesen, dass ich ein Mädchen geworden war, doch dann wurde aus Joseph eben Josephine. Der einzige Vorteil dieses scheußlichen Namens war, dass ich garantiert immer die einzige Josephine meines Jahrgangs, wenn nicht sogar der ganzen Schule war. Leider wartete meine Mutter bis heute vergeblich darauf, dass irgendeiner aus der Familie sein musikalisches Talent offenbarte.

»Wenn ich meine Schuhe ausziehe, bekommt Silke den Schock ihres Lebens«, erklärte Claude gerade und unterbrach damit meine Gedanken.

»Claude!«, rief ich angewidert aus. »Bitte, wir gehen zum *Essen*!«

»So war das nicht gemeint.« Er zuckte mit den Schultern. »Ich hatte noch dieses Paar mit den Löchern am dicken Zeh. Ich dachte, das wäre die Gelegenheit, sie endlich einmal aufzutragen.«

Ich war mir sicher, dass er das nur tat, weil Silke uns

jedes Mal zwang, die Schuhe auszuziehen, damit wir ihren beigefarbenen Teppich nicht beschmutzten. Ich verstand nicht, warum man sich sowas überhaupt in die Wohnung legte, wenn man dann nicht darauf laufen durfte, aber es war schließlich ihre Wohnung, also galten dort auch ihre Regeln.

Wir verließen das Haus. Umständlich schloss ich den kleinen Fiat auf und zog das Knöpfchen an der Beifahrerseite hoch.

»Du könntest dir wirklich mal ein neues Auto kaufen«, bemerkte Claude, als er sich neben mir in den Sitz quetschte. »Du verdienst doch ein Schweinegeld!«

»So viel ist es auch wieder nicht.« Ganz abgesehen davon, dass ich vor lauter Diensten kaum Zeit fand, überhaupt Geld auszugeben. »Außerdem spare ich.«

»Wofür denn?«

Spontan dachte ich an das Häuschen im Grünen, von dem ich schon sehr lange träumte. An die Familie, die ich vielleicht nie haben würde, an die Kinder, den Skiurlaub, die Playstation, die Tierarztkosten für den Hund, die Zahnspangen. Laut sagte ich:

»Och, nichts Besonderes. Wie war eigentlich dein Vorstellungsgespräch bei diesem IT-Unternehmen? Hast du schon etwas von ihnen gehört?«

Claude fuhr sich mit der Hand durch den Haarschopf. »Ich war gar nicht da«, gestand er.

»Warum denn nicht? Ich dachte, das wäre die Chance. Hast du nicht gesagt – «

»Ich arbeite gerade an einer ganz wichtigen Sache«, unterbrach er mich. »Da zählt quasi jede Minute. Ich kann mich jetzt unmöglich mit sowas wie einem Vorstellungsgespräch rumschlagen. Kostet nur unnötig Zeit.«

»An was denn?«

»Ich entwickle eine App.«

»Eine App?«

»Das, womit du dein iPhone vollstopfst. Diese – «

»Ich weiß, was eine App ist!«, unterbrach ich ihn. »Aber was für eine App genau?«

»Das ist streng geheim. Ich meine, ich könnte es dir sagen, aber dann würdest du dich garantiert darüber lustig machen.«

»Das kann ich leider nicht ausschließen«, gab ich zu, und wir verstummten beide. Der Straßenverlauf dirigierte uns hinunter Richtung Rhein.

»Und die Miete?«, hakte ich nach.

»Lisa macht mir da keinen Stress.«

Langsam lenkte ich den Wagen in die Rosenstraße. Das Glück war mir hold, ich fand sogar einen Parkplatz an der Ecke Achterstraße. Als wir zum Haus liefen, fing es an zu nieseln.

»Wie immer zehn Minuten zu spät!«, begrüßte uns Silke kurz darauf. »Kommt rein, aber zieht die Schuhe aus. Ihr wisst ja, der Teppich ist sehr empfindlich. Danke für die Blumen, der Strauß ist wunderschön. Severin, die Autos gehören nicht ins Wohnzimmer! Jemand könnte aus Versehen drauftreten und sich schwer verletzen. Auch wenn Tante Josephine jetzt da ist, möchte ich heute keine medizinische Hilfe in Anspruch nehmen. Nein, sie müssen in die blaue Kiste, die rote ist ausschließlich für die Legosteine. Dieses Kind macht mich wahnsinnig! Annika, nimm Onkel Claude mit und zeig ihm deine neuesten Kunstwerke. Ich bin sicher, er ist sehr daran interessiert zu sehen, was du in der Malschule schon alles gelernt hast.«

Es war beeindruckend, wie lange Silke reden konnte, ohne auch nur einmal Luft zu holen. Beeindruckend, aber auch Angst einflößend.

»Kann ich dir irgendwie helfen?«, bot ich ihr an.

»Helfen?« Sie strich ihre Schürze glatt und überlegte. Dann rief sie ins Esszimmer: »Frédéric, deine Geschwister sind da. Bitte schenk deinen Eltern und Claude etwas von dem Rotwein ein. Nein, den Merlot, der ist halbtrocken, deine Mutter mag nicht so viel Säure. Der Brotkorb steht auf der Anrichte. Und bitte, Frédéric, halte uns die Kinder vom Hals! Josephine hilft mir in der Küche.«

Damit schob sie mich durch den Flur.

Ich war mir nicht sicher, ob ich mein Angebot nicht bereuen würde, denn als die Tür hinter uns ins Schloss fiel, verspürte ich kurz das Bedürfnis, panisch dagegen zu hämmern und um Hilfe zu rufen.

Mein Gefühl trog nicht. Denn die ganzen Zutaten, die Silke sorgfältig in Schälchen und auf Tellern arrangiert hatte, schüchterten mich sofort ein.

»Pass auf«, sagte sie, »es gibt Zucchini mit Espresso-Pfeffer an einer Carbonara-Soße, der Nachtisch ist schon im Eisfach. Ein Wasabi-Kürbiskern-Parfait.«

»Und was soll ich machen?«

»Du wäschst die Zucchini! Ich werde in der Zeit noch mal das Rezept durchsehen«, erklärte sie und schob mir eine Schüssel vor die Nase. Dann kramte sie zwischen den Zutaten herum und zog eine Fernbedienung heraus.

»Seit wann habt ihr denn einen Fernseher in der Küche?«, fragte ich verwundert, denn ich wusste genau, dass Silke bei ihren Kindern unheimlich streng war, was den Fernsehkonsum anging.

»Seitdem zweimal in der Woche ›Die kochende Leidenschaft‹ gesendet wird«, erklärte sie.

Der Titel kam mir vage bekannt vor.

»Die letzten fünfzehn Folgen habe ich auf Festplatte. Wollen wir doch mal sehen, wie Raphael Franz die Zucchini zubereitet!«

Ich erstarrte in der Bewegung und fing an zu husten. »Raphael Franz?«

»Natürlich. Sag bloß, du hast noch nie seine Sendung gesehen? Also, ich bin von Anfang an dabei. Und seit er das Kalbsfilet auf Spargel-Morchel-Ragout vorgestellt hat, bin ich ihm restlos verfallen. Dieser Mann ist ein Genie, er hat eine goldene Zunge!«

Nein, dachte ich erschrocken, er hat einen abgebrochenen Zahn! Laut sagte ich: »Hast du etwas zu trinken für mich?«

»Selbstverständlich. Was bin ich nur für eine Gastgeberin, dass ich das vergessen habe. Was hättest du gerne? Frédéric hat extra San Pellegrino gekauft. Oder möchtest du lieber eine Cola? Für die Kinder ist das ja nichts. Severin macht immer ins Bett, wenn er Cola trinkt, und Annika – «

»Gib mir irgendetwas mit Stoff!«, platzte ich heraus.

»Wie bitte?«

»Etwas Alkoholisches.«

Sie öffnete den Kühlschrank. »Der Rotwein steht leider im Esszimmer. Hier habe ich nur Bier und«, sie griff in die Tür, »das Kirschwasser, das ich an Frédérics Geburtstag für die Schwarzwälderkirschtorte gebraucht habe.«

»Das ist ganz egal«, sagte ich und riss ihr die Flasche aus der Hand. Ich schraubte den Deckel ab und nahm einen tiefen Schluck, der mir die Kehle herunterbrannte. Es schmeckte nicht besonders, aber das machte nichts. Denn es half mir dabei, diesen unsäglichen Dienst der vergangenen Nacht durch eine trübe Wolke zu betrachten. Ich hielt die Flasche wie einen Schild vor meine Brust und wappnete mich auch innerlich.

»Na gut«, sagte ich, mutig geworden. »Dann lass mal sehen, wie Raphael die Zucchini kocht.«

KAPITEL 5

Silke startete das Video, und von lockerer Gitarrenmusik begleitet (James Blunt?), schwang ein Logo ins Bild. *Die kochende Leidenschaft*. Ich hatte ein Studio erwartet mit einer Hightech-Küche in Schwarz oder Rot. Auf jeden Fall lackglänzend. Stattdessen zeigte der Einspieler, wie ein paar Jeansbeine mit bloßen Füßen durch den Garten liefen. Sehr annehmbare Jeansbeine, das konnte ich nicht leugnen. So annehmbar, dass ich mir wünschte, die Kamera würde einen Schwenk machen, damit ich kontrollieren konnte, ob der obere Teil ähnlich annehmbar war. Und dann – der Kameramann war leider ein Vollidiot – zog das Bild viel zu schnell an Raphaels Hintern vorbei.

Silke seufzte. »Wenn wir mehr Zeit hätten, könnten wir es uns in Zeitlupe ansehen.«

»Hmh«, machte ich. Voll konzentriert starrte ich auf den Bildschirm und genoss den Anblick, der sich mir bot:

Braun gebrannte Arme, die einen Korb hielten; ein legeres Hemd, an dem mehrere Knöpfe offen standen. Himmel, lief die Sendung etwa im Abendprogramm? Mit dem Küchenhandtuch fächelte ich mir Kühlung zu und nahm einen Schluck aus der Flasche.

»Guck nur, wie er die Zucchini erntet!«, schwärmte Silke. »Mit welchem Schwung er die Klinge einsetzt. Und, zack, ist sie im Körbchen.«

Mein Herz hüpfte bei diesen Worten in die Höhe, als wollte es ebenfalls ins Körbchen springen. Ich nahm einen weiteren Schluck Kirschwasser, aber das Gefühl wollte sich nicht beruhigen lassen und schwappte in mir hoch.

Raphael setzte sich an einen großen Holztisch, der so abgewetzt aussah, als hätte er bereits Gartenpartys mehrerer Generationen erlebt. Hinter ihm stand eine Outdoor-Küche mit Gasherd.

»Kocht der etwa draußen?«

»Das ist die Sommerausgabe von letzter Woche«, erklärte Silke.

Raphael wickelte derweil einige Speckstreifen aus der Verpackung. Nicht ohne anschließend daran zu riechen. Ich fragte mich, ob er wohl an jedem Speck roch, den er entblättert hatte, spülte diesen Gedanken aber schnell mit Kirschwasser herunter.

Seine Klinge zerteilte den Bacon in kleine Würfel und schubste diese in die Pfanne. Das Zischen breitete sich als Gänsehaut über meine Arme aus.

»Hört sich klasse an, nicht wahr?«, fragte Raphael sein Publikum. Und ich konnte ihm nur nickend zustimmen.

Schwungvoll schnitt er die Zucchini in Hälften. Mit dem Daumen (Großaufnahme!) fuhr er über die

Schnittstelle und beschrieb ausführlich die Schönheit des Fruchtfleisches.

Silke und ich seufzten laut.

»Und jetzt können wir die Penne schon ins Wasser werfen«, erklärte er und lächelte sehr einnehmend.

»Schau nur, wie er die Zucchini klein schneidet! Genau dieselbe Form wie die Nudeln! Da«, rief Silke ekstatisch, »er rupft einfach so den Thymian ab und wirft ihn zum Gemüse in die Pfanne. Ich wette, er hat ihn nicht mal gewaschen!«

Das vermutete ich auch. Obwohl das sehr schade war, denn auch dabei hätte ich ihm gerne zugesehen.

Nun verstreute Raphael großzügig Pfeffer, griff sich einen Berg geriebenen Parmesankäse (mit bloßen Händen!) und rührte mit Eigelb eine Masse an.

»Und jetzt wird es ernst«, sagte er und zwinkerte tiefblau in die Kamera.

Silke und ich seufzten unisono.

Raphael zog die Gemüsepfanne vom Herd, kippte sowohl die Eimasse als auch die Penne hinein und mischte das Ganze, indem er die Pfanne kraftvoll schwenkte. Zu guter Letzt verspritzte er noch etwas Kochwasser darüber, bis die Masse eine cremige Konsistenz erreicht hatte und sich liebevoll an die Nudeln schmiegte.

Ich war beeindruckt. Raphael bewies eine sehr männliche Art zu kochen, und es war ein Genuss ihm dabei zuzusehen. Er maß keine Zutaten ab und drapierte sie in kleinen Schälchen, sondern nahm sich einfach, was er wollte. Er kochte ganz offensichtlich mit purer Leidenschaft.

Langsam und sinnlich träufelte er Olivenöl über das Essen, und ich räusperte mich.

Ganz spontan trudelten im nächsten Moment ein paar Freunde ein. Zwei Frauen in leichten Sommerkleidchen gesellten sich zu ihm.

Raphael lachte mit strahlend weißen und perfekten Schneidezähnen in die Kamera. (Das war der Augenblick, wo ich ganz dringend wieder einen Schluck Kirschwasser zu mir nehmen musste.) Dann riss er ein Stück des Baguettes ab und tunkte es in die Soße. Als er es langsam in seinen Mund schob, schloss er genüsslich die Augen.

Im Nachspann sah man dann, wie angeregt sich alle unterhielten und eine Weinflasche herumreichten.

Silke schwärmte: »Hat er nicht schöne Zähne?«

Ein Stöhnen entschlüpfte mir.

»Meinst du nicht, du hast langsam genug von diesem Zeug intus?«, fragte Silke und nahm mir die Flasche ab. »Außerdem musst du noch die Zucchini klein schneiden. Mach es aber genau so, wie Raphael es vorgemacht hat, ja? Ich will unbedingt diese Nudelform haben.«

Ich blinzelte und versuchte, den Wasserhahn zu fokussieren. Dann wusch ich mit Hingabe die Zucchini, was vermutlich daran lag, dass Raphaels Kochleidenschaft allein beim Zusehen abfärbte.

»Das Nudelwasser kocht gleich, kannst du dich nicht ein bisschen beeilen?«

»Jaha«, flötete ich und steckte mir eine harte Nudel zwischen die Lippen. Als Kind hatte ich immer versucht, die schönsten Töne hindurch zu pusten. Mit einem Zucchinistück klappte das aber leider nicht, stellte ich kurz darauf fest. Ich pustete und pustete, aber kein Ton wollte herauskommen. Dann schnitt ich mir in den Finger und mein Blut tröpfelte auf das Schneidebrett.

»Oh nein!«, rief meine Schwägerin aus. »Jetzt verdirbst du auch noch das schöne Essen!« Sie schob mich von der Theke fort und drückte mir eine Küchenrolle in die Arme. »Muss man denn alles selber machen?«

Ich entschuldigte mich und kauerte mich auf einen Stuhl, damit ich wenigstens nicht im Weg stand. Während sie das Gemüse zubereitete, wurde ich melancholisch:

»Ich hab ihm seine schönen Zähne ausgeschlagen«, gab ich in trostlosem Tonfall von mir.

»Mmh?«, machte Silke. Die Nudeln blubberten derweil vor sich hin.

»Und jetzt hasst er mich vermutlich.« Ich schnäuzte mich lautstark in das Küchenkrepp.

»Wer hasst dich?«

»Der Fernsehkoch.«

»Welcher Fernsehkoch denn?«

Ein plötzlicher Panik-Schluckauf hinderte mich daran, flüssig weiterzusprechen. »Ra…raph«, hickste ich.

Silke ließ den Schneebesen fallen, mit dem sie gerade die Eier geschlagen hatte. »Willst du damit sagen, dass Raphael Franz ein Patient von dir ist?«

»Hnh«, gab ich zu.

»Was hast du mit seinen Zähnen gemacht?« Ihr Ton war drohend, deshalb wagte ich es nicht zu flunkern.

»Es war ein Versehen. Ich wollte ja auf den Oberarzt warten, aber alle haben mich so gedrängelt und dann«, ich vollführte eine ausladende Handbewegung, »pling, war der Zahn abgebrochen. Aber ich hab ihn noch. Hier!« Ich kramte in meiner Hosentasche und hielt Silke den Zahn unter das Kinn. Warum ich den überhaupt eingesteckt hatte, konnte ich mir auch nicht erklären.

»Oh mein Gott!« Sie nahm mir das Stück ab und betrachtete es ehrfürchtig.

»Das ist Raphaels Schneidezahn?«

»Ja«, hauchte ich.

Sie war anscheinend so schockiert, dass sie diese Neuigkeit gleich dem Rest der Familie erzählen musste. Am Ärmel zerrte sie mich ins Esszimmer und baute sich vor den anderen auf.

»Meine Schwägerin, *eure* Tochter«, sie zeigte mit dem Finger auf meine Eltern, »hat Raphael Franz verstümmelt!«

»Wen?«, mein Vater Hans-Joachim, liebevoll Hajo genannt, setzte sein Weinglas ab.

»Kind, du hast mir gar nicht erzählt, dass du so prominente Patienten hast!« Das war meine Mutter.

Normalerweise vermied ich es auch, von meiner Arbeit zu erzählen. Nicht-Mediziner waren von Krankenhausgeschichten schnell gelangweilt. Vor allem, wenn man ihnen erklärte, dass es so, wie sie es in Emergency Room zu sehen bekamen, nicht besonders realistisch war.

»Naja«, gab ich zu bedenken, »die schlafen ja ohnehin immer, wenn sie in meiner Obhut sind. Außerdem habe ich Schweigepflicht«, fiel es mir viel zu spät ein.

»Was ist Schweigelicht?«, fragte Severin und versuchte, sich den Zahn zu schnappen, den Silke wie eine Trophäe hochhielt.

»Das ist, Schatzi, wenn man ein Geheimnis kennt und es nicht weitererzählen darf. Aber Tante Josephine hat sich nicht daran gehalten.«

»Kommst du jetzt ins Gefängnis?«, wollte Severin wissen.

Claude lehnte sich im Stuhl zurück, grinste und schien auch ansonsten die Situation völlig zu genießen. Endlich stand einmal nicht er in der Schusslinie.

»Tante Jo kommt nicht ins Gefängnis!«, sagte Frédéric und warf mir einen bösen Blick zu. »Es sei denn, dieser Mann verklagt sie. Dann ist sie demnächst pleite.«

»Muss Tante Jo dann unter der Brücke schlafen?« Severin rieb sich freudig die Hände.

»Ich weiß nicht, woher dieses Kind solche Ideen hat«, sagte meine Mutter. »Von mir jedenfalls nicht.«

»Von mir etwa?«, fauchte Silke. »Ich bin nicht kriminell und verstümmle andere Menschen.«

»Entschuldigung«, sagte ich mechanisch.

»Irgendetwas riecht hier komisch«, stellte Claude fest.

»Das Essen!« Silke ließ den Zahn auf den Tisch fallen und eilte in die Küche.

Ich muss gestehen, dass ich vom Geruch verbrannten Specks ein wenig abgelenkt war, sonst hätte ich bemerkt, dass Severin den Zahn an sich nahm und damit das ganze Unglück erst ins Rollen brachte. So aber schnüffelten wir alle und stellten Vermutungen an, ob das, was wir da rochen, womöglich noch essbar war.

»Ungenießbar!«, erklärte meine Mutter. »Da reicht eine kleine, verbrannte Stelle aus, und das schöne Essen ist hin.«

Claude murmelte etwas.

»Was hast du gesagt?«, fragte Frédéric in einem Ton, der uns allen klarmachte, dass er ihn genau verstanden hatte.

»Ich sagte, ich wäre sowieso lieber zu Hause geblieben und hätte mir eine Pizza bestellt. Das Theater hier kann ja kein Mensch ertragen.« Er warf seine Serviette wie einen Fehdehandschuh auf den Tisch.

»Claude! Nicht vor den Kindern!«, rief Mutter aus. »Außerdem dachte ich, du wärst krank. Hast du nicht gesagt, du hättest eine akute Essenz? Ich meine, einen akuten, essenziellen Vegetarismus?« Sie schien irritiert.

»Ich habe gesagt, ich hätte eine vegetative Idi... Idiopathie. Öh«, machte Claude und kratzte sich am Kopf.

»Du *bist* ein Idiot!«, stellte Frédéric fest.

»Eine vegetative Dystonie«, half ich aus.

»Was ist das?«, riefen alle wie aus einem Mund.

Ich überlegte, ob jetzt die Gelegenheit war, mich dafür zu rächen, dass Claude mich nicht verteidigt hatte. Ich könnte einfach die Wahrheit sagen. Dass nämlich eine idiopathische Dystonie ganz großer Käse war. Eine Verlegenheitsdiagnose, wenn der Arzt irgendetwas aufs Papier schreiben musste, aber keine Ahnung hatte, was. Ich könnte Claude als den Bruder entlarven, der schlicht keinen Bock auf Familienzusammenkünfte hatte. Ich schwenkte den Kopf hin und her, weil Engel und Teufel gerade miteinander rangen. Dann sagte ich:

»Claude ist nervenkrank. Er darf sich nicht aufregen, sonst... fällt er aus dem Gleichgewicht.«

»Ach, mein armer Junge!« Mama rannte um den Tisch und kniff ihren Jüngsten in die Wange. »Hajo, sag doch auch mal was, das ist doch furchtbar!«

»Was«, sagte Hajo.

Frédéric guckte, wenn irgend möglich, noch böser. Wenn er seine Kunden bei der Sparkasse auch so anstierte, konnte ich mir vorstellen, dass niemand es wagte, investiertes Geld von ihm zurückzuverlangen.

»So ein Blödsinn! Da fällt ja sogar meinen Kindern

eine bessere Ausrede ein, wenn sie einfach nur stinkend faul sind.«

Apropos Kinder …

Annika hatte sich unter dem Esstisch versteckt und zerbröselte das Brot, um damit eine Spur zu legen. »Das ist eine Acht!«, ließ sie uns wissen.

»Ganz richtig, Liebes«, sagte Mutter. »Aber wir spielen nicht mit dem Essen.«

»Wo ist Severin?«, fragte ich.

Mein Blick irrte über die Tischdecke, meine Augen weiteten sich auf Untertassengröße.

»Und wo ist Raphaels Zahn?«

KAPITEL 6

Claude fuhr uns zum Krankenhaus. Silke war so aufgeregt, dass sie nicht fähig war, auf den Straßenverkehr zu achten, und ich – nun, ich war nicht so ganz auf der Höhe aufgrund des Kirschwassers.

Severin hing über dem Schoß seiner Mutter und plärrte. Er hatte sich den Zahn ins Ohr geschoben und wollte abwarten, ob er dann im Mund wieder herauswachsen würde. Vor ein paar Tagen hatte er nämlich auf Nickelodeon eine Reportage über Haie und ihr nachwachsendes Gebiss gesehen. Und weil irgendjemand ihm erzählt hatte (ich hoffte sehr, dass nicht *ich* das gewesen war), dass Mund, Nase und Ohr miteinander verbunden waren, schien ihm das eine gute Idee zu sein. Und bevor ich sie daran hatte hindern können, hatte Silke versucht, den Zahn mit einem Wattestäbchen herauszubohren und ihn damit nur noch tiefer in den Gehörgang geschoben.

»Sein Trommelfell ist bestimmt irreparabel verletzt!«, sagte Silke. »Mein kleiner Schatz wird für immer taub sein.«

»Dann haben wir endlich den Musiker in der Familie«, murmelte Claude. »Beethoven war doch auch taub.«

Silke stimmte mit Severin einen Klagegesang an.

Als sie mit den Zwillingen schwanger war, hatte sie mit meiner Mutter einen harten Kampf ausfechten müssen, was die Namenswahl betraf. Mama hatte darauf bestanden, dass die beiden Robert und Clara heißen sollten. Sie hatte sich erst erweichen lassen, nachdem Silke einen Skandal offenbart hatte: Clara Schumann hätte ja wohl ganz klar eine Affäre mit Johannes Brahms gehabt, und ob sie so eine Frau als Namensgeberin für ihre Enkeltochter haben wollte? Mama war damals zutiefst beleidigt gewesen, das hatte ich noch lebhaft vor Augen.

»Mach dir keine Sorgen, das wird bestimmt nicht so schlimm«, sagte ich, die Erinnerungen verdrängend.

»Wieso musstest du auch Raphael Franz einen Zahn abbrechen?«, jaulte Silke vorwurfvoll.

Ich sank tiefer in meinen Sitz.

In der Ambulanz ließ man uns ziemlich lang warten. Erst, als ich erwähnte, dass ich ebenfalls im Hause arbeitete, rief man den diensthabenden HNO-Arzt an. Leider ließ sich Severin dann überhaupt nicht mehr beruhigen. Er wollte dem »doofen, weißen Mann« nicht erlauben, in sein Ohr zu gucken, und brüllte hemmungslos.

In meiner Handtasche fand ich zwei nicht mehr ganz wohlgeformte Überraschungs-Eier. Ich hatte ganz vergessen, sie den Kindern zu geben, und konnte Severin damit wenigstens kurzfristig ablenken. Zumindest so lange, dass der HNO-Arzt einen Blick in sein Ohr werfen konnte. Als er jedoch damit begann, einige Instrumente bereitzulegen, bekam es Severin beim Anblick der riesigen Pinzette so mit der Angst, dass er sich auf den Fußboden erbrach. Dabei wurde mein Hosenbein besprenkelt.

Silke schlug der Stress auf die Blase, und sie verschwand »für kleine Katzenmädchen«.

Nachdem Severin sich wieder beruhigt hatte, gab ich ihm ein Zauberpflaster auf die Hand und bot ihm etwas zu trinken an.

»Dir ist doch nicht mehr schlecht, oder?«, fragte ich hoffnungsvoll.

Severin schüttelte den Kopf.

»Das ist nämlich ein Schnaps«, weihte ich ihn mit ernster Miene ein.

Er wischte sich mit dem Ärmel die Tränen aus dem Gesicht. »Wirklich?«

»Ganz ehrlich!«, schwor ich. »Aber davon darfst du Mami nichts erzählen, sonst muss ich doch ins Gefängnis.«

»Musst du dann auch unter der Brücke schlafen?«

Ich nickte. »Es sei denn, du lässt mich für ein paar Tage auf dein Sofa.«

»Ich hab doch gar kein Sofa«, sagte er und beäugte die Flüssigkeit misstrauisch.

»Wenn ich aus dem Gefängnis komme, bist du erwachsen und ich steinalt. Dann hast du ein Sofa. Und einen Flachbildschirm«, fügte ich noch hinzu.

»Cool.« Er trank den Saft in einem Zug, ohne mit der Wimper zu zucken. Claude klopfte ihm anerkennend auf die Schulter. Dann sang er ihm das Lied vom betrunkenen Seemann vor. Bis Silke von der Toilette zurückkam, konnte er den Refrain bereits auswendig.

»*Örlindi mohning*«, grölte Severin immer noch, als sein Bettchen in Richtung OP rollte. Silke schluchzte leise. Ich hingegen winkte ihm mit gespielter Fröhlichkeit hinterher. Claude machte sich inzwischen auf die Suche nach einem Kaffeeautomaten.

Sobald Severin durch die Schleuse verschwunden war, verebbte Silkes Schluchzen. Es war erstaunlich, wie schnell sich diese Verwandlung vollzog, aber innerhalb von Sekunden transformierte sich ihr tränenumflorter Blick in den einer Raubkatze.

»Wo ist er?«, fragte sie plötzlich.

»Wer?« Ich war irritiert.

»Raphael Franz natürlich!« Ihre grünen Augen, die ohnehin eine Spur zu schräg standen, verengten sich zu kleinen Schlitzen. Catwoman.

»Keine Ahnung. In seinem Bett vermutlich. Auf der Chirurgie«, gab ich unbedacht zur Antwort.

»Aha.« Sie schwang sich ihre Handtasche über die Schulter und marschierte los.

»Claude?« Hilfesuchend sah ich mich nach meinem Bruder um, aber von ihm war keine Spur zu sehen. Panik überfiel mich: Silke konnte doch wohl nicht ernsthaft daran denken, Raphael am Krankenbett aufzusuchen. Oder doch?

Was auch immer Catwoman vorhatte, jemand musste sie aufhalten!

»Warte!«, rief ich. »Du kannst doch nicht einfach in Raphaels Zimmer gehen! Selbst wenn du wüsstest, welches es ist, der Mann erholt sich gerade von einer OP. Das Letzte, was der jetzt gebrauchen kann, ist ein Groupie. Ganz abgesehen davon, dass du überhaupt nicht wissen darfst, dass er hier ist.« Ich hechelte ihr hinterher.

»Ach, sowas spricht sich doch immer schnell rum. Das stand bestimmt heute Morgen schon in der Bild-Zeitung.«

»Und wenn nicht?«, keuchte ich, bemüht, mit ihr Schritt zu halten. Bild-Zeitung? Ach du lieber Güte! Nicht, dass sie noch ein Foto von ihm mit abgebrochenem Zahn knipsten. Dann wäre ich vollends ruiniert.

»Und in der Ruck-Zuck«, fügte sie hinzu. Dann blieb sie ruckartig stehen und zog mich am Arm in eine Nische.

»Was ist?«

»Pscht!«, machte sie. »Da vorne geht jemand den Flur runter.«

»Was denkst du denn?«, flüsterte ich zurück. »Vermutlich die Nachtschwester.«

»Die darf uns aber doch nicht sehen!«

»Wenn du das hier durchziehst, dann kommen wir beide ins Gefängnis«, prophezeite ich.

»Mach dich nicht lächerlich«, raunte sie. »Ich will doch nur mal einen Blick auf ihn werfen.«

»Und was ist mit Frédéric? Denkst du mal an den? Er wäre sicher nicht davon begeistert, dass du anderen Männern im Nachthemd hinterhersteigst. Äh, ich meine, dass du anderen Nachthemden hinterher … dass du angezogen anderen Männern im Nachthemd …«

»Er wird es nie erfahren!«, sagte sie im Brustton der Überzeugung.

»Ich verpetze dich!«, drohte ich.

»Das wirst du niemals. Weil ich nämlich sonst höchstpersönlich RTL anrufe.«

»Das traust du dich nicht!« Das klang wohl nicht sehr überzeugt, denn Silke schnurrte gefährlich. Dann trat sie aus der Nische heraus und hastete den Gang hinunter. Ich presste mich ängstlich an die Wand, als ich sie im Schwesternzimmer verschwinden sah. Aus dieser Nummer würde ich nie im Leben heil herauskommen. Zuerst hatte ich meinen Patienten verletzt und dann die Schweigepflicht. Wenn Silke nicht bald zur Vernunft käme, dann würde ich am Ende noch einen Mord begehen müssen, um das zu vertuschen.

Es dauerte nur Sekunden, dann stand Silke wieder neben mir. »Zimmer 219«, sagte sie atemlos.

»Das verzeihe ich dir nie!«

»Ist mir egal«, gab sie zu. »Ich will auch mal was erleben. Immer nur zu Hause in der Küche, das ist auf Dauer wirklich zu eintönig.«

»Und deshalb willst du unbedingt einem Koch auflauern?«

Einen kurzen Moment zögerte sie. In der Hoffnung, dass sie jetzt endlich zur Vernunft käme, hielt ich den Atem an. Leider war diese Hoffnung trügerisch.

Sie winkte ab und fuhr sich durch die blonden Locken. »Er ist nicht einfach bloß Koch! Er ist DER Fernsehkoch überhaupt!«

»Aber Severin«, spielte ich meinen letzten Trumpf aus. »Er ist bestimmt schon zehn Minuten im OP. Den Zahn werden sie längst raus haben. Er wird jeden Moment aufwachen.«

»So schnell wird der nicht wach«, sagte sie. »Wenn der einmal schläft, dann kann man den Mixer anstellen, die Stereoanlage aufdrehen, den Rasenmäher anwerfen, die …«

Ich hob die Hand. »Genug!« Dann sackte ich zusammen. Sie hatte gewonnen. Ich gab es zwar nicht gerne zu, aber mir fiel kein Argument mehr ein, das sie auch nur im Geringsten beeindrucken könnte. Außer vielleicht –

»Weißt du eigentlich, dass du die Küchenschürze noch anhast?«, fragte ich.

»Was?« Sie sah entsetzt an sich herunter. »Warum hast du mir das nicht schon viel früher gesagt? Du kannst mich doch nicht *so* durch halb Köln fahren lassen? Oh«, keuchte sie, »du … du böse … *Schwägerin*!« Sie riss sich die Schürze vom Hals und warf sie hinter sich auf einen Teewagen.

Dann hörten wir energische Schritte auf dem Linoleum.

Mit einem kräftigen Stoß wurde ich von Silke gegen die nächstbeste Tür geschubst, die sofort nachgab. Gemeinsam stolperten wir ins Innere. Ein Klackern, als die Tür ins Schloss fiel, und es wurde dunkel um uns herum.

»Aua«, fluchte ich, weil Silke mit ihrem Absatz meine linke Großzehe zerquetschte. »Der Untere ist meiner!«

»Dafür grapschst du gerade meine Brust an!«, keifte sie.

»Pssst!«, machte ich, denn irgendetwas bewegte sich in der Dunkelheit.

Eine angenehme, schlaftrunkene Stimme fragte: »Schwester?«, und mir rutschte das Herz in die Hose.

KAPITEL 7

So viel Pech kann doch kein Mensch haben! Es hätte durchaus das Zimmer einer 90-jährigen Omi mit Schenkelhalsfraktur sein können, die sich im Alzheimer-Endstadium befand. Aber nein, wir mussten unbedingt ins Zimmer 219 fallen! Fortuna hatte eindeutig Sinn für Humor.

Ich erkannte Raphaels Stimme sofort, schließlich hatte ich heute Abend mindestens zehn Mal gehört, wie er das Wort Zucchini sagte.

»Schwester?«, fragte er erneut. »Kann ich etwas gegen die Schmerzen haben?«

Bringe ich Ihnen sofort!, wollte ich sagen und so schnell wie möglich nach draußen flüchten, aber ich hatte die Rechnung ohne Catwoman gemacht. Silke schob mich beiseite und pirschte sich an das Bett heran.

»Wo tut es denn weh?«, fragte sie teilnahmsvoll.

Meine Atmung setzte aus. Gleichzeitig wurde wohl auch die Sauerstoffversorgung meines Kleinhirns unterbrochen, denn ich war absolut unfähig, mich zu rühren.

»Einen Augenblick«, bat Raphael. »Ich suche noch den Lichtschalter.«

Im selben Moment, als das Licht aufflackerte, ließ ich mich auf den Boden fallen und kroch zur Tür.

»Wer sind Sie?«, fragte Raphael jetzt wesentlich wacher. »Sie sind nicht die Nachtschwester.«

Er besaß wirklich ein helles Köpfchen. Ganz im Gegensatz zu mir. Denn vom Boden aus konnte ich unmöglich den Türgriff erreichen. Silke war, ganz entgegen ihrer Art, verstummt. Vermutlich versank sie gerade tief in Raphaels blauen Augen. Ohnehin dachte ich, dass solche Augen verboten sein sollten. Schließlich musste man beim Hineinsehen zwangsläufig Angst bekommen, zu ertrinken.

Diese Situation konnte ich nur mit Anstand hinter mich bringen, wenn ich etwas mehr Mut bewies. Mut, den ich aber keineswegs verspürte.

Mit wackeligen Knien stand ich auf.

»Das ist Silke Cat… Catsan.« Ojemine, hatte ich wirklich Catwoman sagen wollen? Ich holte tief Luft, da es anscheinend dringend an der Zeit war, mein Gehirn besser zu versorgen. »Frau Catsan ist… Zahnärztin.«

Sowohl Silke als auch Raphael drehten sich überrascht zu mir um. Silkes schwärmerischer Blick wich Entsetzen, als sie meine Worte verarbeitet hatte. Raphaels Blick war undefinierbar.

»Frau Dr. Henning?«

Mist!, dachte ich. Er erinnerte sich also. Und das, obwohl ich diesmal keine OP-Haube trug, die meine Haare platt drückte, und auch keinen Kittel, der aus jeder Frau ein unförmiges Gebilde machte.

»Ich wollte nur noch mal nach Ihnen sehen. Wie haben Sie die Narkose verkraftet? War Ihnen auch nicht übel?«, improvisierte ich.

»Nein, mit Übelkeit hatte ich nicht zu kämpfen.« Es klang ein wenig lahm.

»Dann ist ja gut. Mehr wollte ich auch gar nicht wissen. Gute Nacht!«, sagte ich hastig und machte Anstalten zu verschwinden.

»Moment!«, sagte Raphael. »Sie sind also Zahnärztin?« Er wandte sich an Silke.

»Ja.« Meine Schwägerin fand sehr schnell in ihre alte Selbstsicherheit zurück und hielt Raphael die ausgestreckte Hand hin.

»Genauer gesagt bin ich Oralchirurgin! Meine Kollegin, Frau Dr. *Hering* hat mich auf Ihr kleines Problem aufmerksam gemacht.«

»Henning!«, unterbrach ich sie. Aber Silke ließ sich nicht ablenken und plapperte weiter:

»Und da ich sowieso gerade eine Patientin hier im Haus aufsuchen musste, hat sie mich gebeten, mir mal Ihren Zahn anzusehen. Es gab da ein Malheur während der Narkose?«

»Das kann man wohl sagen.«

»Na dann, machen Sie bitte mal *Aaaah*!«, verlangte Silke, und ich hätte sterben mögen. Sie verhielt sich genau so wie der Zahnarzt, der ihre Zwillinge behandelte. Konnte sie nicht einfach sagen »Öffnen Sie bitte Ihren Mund«? Oder »Lassen Sie mich mal einen Blick reinwerfen«? Nein, sie stand vor ihm und demonstrierte ihm, wie man *Aaaah* machte!

»Haben Sie nicht so ein Teil dabei?«, fragte Raphael. »Einen Spatel?«

Silke klopfte ihr Cocktailkleid nach Werkzeug ab. »Den muss ich wohl im Arztzimmer liegen gelassen haben.«

»Sie haben eine ungewöhnliche Dienstkleidung.« Raphael musterte sie von den schwarzen Nylons bis zur Perlenkette.

»Tja«, sagte sie. »Immer im Dienst. Auch wenn man eigentlich frei hat. Das ist das Los der Karrierefrauen. Aber ich sehe schon, der Zahn ist zwar abgebrochen, bietet aber noch genug Material, um ihm die Krone aufzusetzen. Also eine Zahnkrone natürlich. Haha.« Sie lachte affektiert. »Ich würde Ihnen empfehlen, schnellstmöglich in meine Praxis zu kommen. Das heißt, sobald Sie hier entlassen werden.«

»Ich habe bereits einen Termin bei meinem Zahnarzt gemacht«, winkte Raphael ab.

»Dann ist ja alles in bester Ordnung, nicht wahr? Gute Besserung, Herr Franz! Und kochen Sie schön!« Sie drehte sich auf dem Absatz um und stöckelte hoch erhobenen Hauptes an mir vorbei nach draußen.

»Frau Dr. Henning?«

Ich zuckte zusammen. Raphael hatte seine ganze Aufmerksamkeit auf mich gelenkt, und das war alles andere als beruhigend. Deshalb bot ich ihm sofort an, der

Schwester Bescheid zu geben, dass er mehr Schmerzmittel benötigte.

»Da gibt es noch etwas«, begann Raphael und setzte sich auf die Bettkante. Er trug Shorts und ein einfaches T-Shirt, und ich bemühte mich wirklich, nicht auf seine Beine zu achten. Auch wenn ich durchaus interessiert war, das Muster ihrer Behaarung genauer zu studieren. Um aber nicht so auffällig seinen Körper anzustarren, musste ich ihm ins Gesicht sehen. Etwas, das ich bisher tunlichst vermieden hatte. Ich blickte also auf und bereute es sogleich. Seine Augen waren einfach zu faszinierend. Der liebe Gott hatte für ihn extra den Aquarellkasten ausgepackt und geradezu mit Hingabe die Iris gemalt. Nur, um sie anschließend mit köstlichem Quellwasser auslaufen zu lassen.

Ich räusperte mich. »Mmh?«

»Wie heißen Sie eigentlich mit Vornamen?«

»J-Josephine«, stotterte ich.

»Josephine.« Er lächelte, und ich muss zugeben, dass mich das noch mehr verunsicherte, als wenn er mit mir geschimpft hätte. Außerdem standen seine dunkelblonden Haare hinreißend wirr vom Kopf ab, was mir zusätzlich noch das Atmen erschwerte.

»Ein schöner Name.«

Diese Aussage allein hätte mich schon misstrauisch machen sollen, denn mal ehrlich, was bitte war an Josephine schön?

»Finden Sie?«

»Er passt zu Ihnen.« Er stand auf und bewegte sich geschmeidig auf mich zu. Ich konnte nicht verhindern, dass ich ihn nur mit offenem Mund anstarrte.

»Sie sollten mich einmal in meinem Restaurant besuchen kommen«, sagte er und kam mir dabei immer näher.

»Wirklich?«

Nur noch wenige Zentimeter trennten seinen Körper von meinem. Die Bettwärme, die er ausstrahlte, entlockte mir ein leises Seufzen.

»Unbedingt.« Er nickte.

Ich merkte gar nicht, dass ich weiter zur Tür zurückgewichen war, bis ich den kühlen Luftzug im Rücken spürte.

»Ich würde mich nämlich für das alles hier«, er machte eine ausladende Geste, »gerne einmal revanchieren.«

Und damit knallte er mir die Tür vor der Nase zu.

Rache ist Chili

Wenn es eins gab, über das Raphael im Übermaß verfügte, dann war es Optimismus. Er ließ sich nie von den Streichen seiner Kollegen entmutigen, die einfach ihre Löffel in seine Nachspeisen tauchten oder ungefragt sein Essen nachwürzten. Er hatte schließlich schon anderes überstanden:

Die Tage, an denen er zum Beispiel nur Kartoffeln schälen durfte oder Fisch ausnehmen. Oder den Moment, als er geteert und gefedert wurde, was in der Küche bedeutet, mit Wasser und Mehl paniert zu werden.

Er berichtete davon, dass ihn der Souschef einmal bat, die Schlüssel aus dessen Hosentasche zu nehmen, weil er keine Hand freihatte. Raphael kam dieser Bitte nach und packte in eine angewärmte, rohe Niere. Den Schreck, seinem Vorgesetzten vermeintlich an die bloßen Eier gepackt zu haben, musste er erst verdauen. Aber das war nichts gegen den Tag, an dem er sich an seinem Kollegen Steve rächte, der ihm kurz vor dem Servieren schnell rohe Kartoffeln ins Kochwasser warf.

Das alles geschah während seiner Zeit in Baiersbronn. Die Gäste beschwerten sich über die harte Beilage und ließen die Teller zurückgehen, was Raphael einen Schwall schadenfrohen Gelächters seiner Kollegen einbrachte.

Wenn er mit Steve arbeitete, bedeutete das sehr häufig Ärger, weil der nicht nur Raphael, sondern auch seinem chinesischen Kollegen das Leben schwer machte. Steve nannte Lian abfällig Hop Sing, nach dem einfältigen Koch aus Bonanza, und entwendete ihm regelmäßig wichtige Zutaten, sodass Lian mit der Zeitplanung durcheinander kam. Die rohe Kartoffel war diesmal nur die Krönung vergangener Streiche, und das verlangte nach einer Revanche.

Als Steve sich das nächste Mal aufs Klo schlich, um heimlich eine Zigarette zu rauchen, opferte Raphael ein Parfait, an dessen Verfeinerung er stundenlang gearbeitet hatte. Er pürierte einige Erdbeeren und rührte sie mit extrascharfer Tabascosauce zu einem feinen Mus an, das er großzügig über das Eis goss.

Als Steve zurückkam, bot er ihm nichts davon an. Nein, dazu war er zu geschickt. Er wusste, er würde ihm bloß den Rücken kehren müssen, damit Steve sich daran zu schaffen machte.

»Lian!«, rief Raphael seinem Kollegen zu und zwinkerte. »Komm bloß nicht auf die Idee, mein Parfait anzupacken, das hat mich echt Nerven gekostet. Ich hol nur schnell noch etwas Minze.«

»Geht klar«, bestätigte Lian und wandte sich ab, damit Steve sein erwartungsfrohes Grinsen nicht sah und sich ahnungslos auf das Parfait stürzte.

Als Raphael seinen Platz in der Küche wieder einnahm, klebten die Reste des Parfaits an der Dunstabzugshaube und Lian hielt sich den Bauch vor Lachen. Von Steve war weit und breit nichts zu sehen. Er fand ihn erst eine Stunde später im Aufenthaltsraum, wilde Flüche ausstoßend. Steve musste die ganze Zeit über mit Milch gegurgelt haben, damit er überhaupt wieder sprechen konnte.

In der nächsten Zeit blieb Raphael jedenfalls von seinem Kollegen verschont, zum Leidwesen der anderen Köche, die diese Rangeleien sehr genossen hatten. Und Raphael hatte an Erfahrung gewonnen. Er sah es jemandem an, wenn er etwas ausbrütete. Von einem unschuldigen Gesichtsausdruck ließ er sich nicht täuschen. Und durch die raue Schule einer Profiküche gestählt, hatte er einen gesunden Humor entwickelt.

So leicht konnte ihn nichts mehr aus der Fassung bringen.

Aus »Das Rezept seines Erfolgs:
Raphael Franz – eine Biografie«
von Barbara Olivier

KAPITEL 8

Mit rasend klopfendem Herzen stolperte ich rückwärts gegen den Teewagen und stieß ein Keuchen aus. Hinter der Tür hörte ich Raphael glucksen. Er hatte mich reingelegt: Er hatte mich mit seinen Wasserfarben-Augen hypnotisiert, mit seiner Schmeichelstimme eingelullt und mich dann aus seinem Zimmer geworfen.

Das war ganz schön raffiniert.

In etwa so raffiniert wie Kaa, die Schlange!, grollte ich, als ich wieder zu Atem kam. Aber ich würde ihm schon zeigen, dass ich mindestens ebenso raffiniert sein konnte wie Balu, der Bär. Äh, vielleicht nicht unbedingt Balu, überdachte ich meine Wahl und schüttelte den Kopf.

Gerade wollte ich den Gang zurück Richtung OP laufen, als die Nachtschwester mich erwischte.

»Jo? Was machst du denn hier? Ich dachte, du bist zu Hause. Hast du nicht eigentlich *Zustand nach Dienst*?«

»Margot!« Das fehlte mir noch. »Ich, puh, brauchte noch ein Feedback zum Narkoseverlauf. Ich bin aber sofort weg.« In nicht einmal ganz acht Stunden würde ich sowieso wieder hier sein müssen. »Lass dich von mir nicht aufhalten!«, sagte ich schnell.

»Dann einen schönen Feierabend!«

Ich bedankte mich und winkte. Aber aus mir unerklärlichen Gründen war dies der Augenblick, wo ich nicht nur meine gute Erziehung, sondern auch die vielen Jahre Studium und meinen Hippokratischen Eid völlig vergaß. Andernfalls wäre ich wohl nie auf die Idee gekommen, noch Folgendes hinzuzufügen:

»Ach Margot? Kannst du dem Patienten auf 219 noch zwölf Tropfen Laxoberal geben? Er klagte eben über Verstopfungen.«

»Mach ich gerne.«

»Aber sprich ihn nicht darauf an, ja? Das ist ihm nämlich furchtbar peinlich.«

Margot nickte. »Selbstverständlich.«

Lächelnd verließ ich die Station. Kaa musste sich warm anziehen, dachte ich zufrieden. Ich war mindestens Shir Khan!

* * *

Zwei Stunden später durften wir endlich gehen. Severins Ohr war wieder zahnlos und hatte glücklicherweise keinen Schaden davongetragen. Er schlief die ganze Fahrt bis nach Hause. Anschließend setzte mich Claude vor meiner Tür ab. Kaum im Schlafzimmer wickelte ich mich wie eine Mumie in meine Bettdecke ein und schlief traumlos bis zum Weckerklingeln. Am nächsten Morgen knurrte mein Magen empört, weil das Abendessen ausgefallen war.

Auch Bruce und Willis quiekten empört.

Ich stopfte ihnen Heu in den Käfig und bröselte noch einige Haferflocken dazu. Als ich die Wohnung verließ, knabberten beide hingebungsvoll an einem Chicorée-Blatt.

Ich dagegen hatte nichts mehr im Kühlschrank gehabt und gierte geradezu nach Kaffee. Im Aufenthaltsraum lauschte ich vergeblich nach dem typischen, frühmorgendlichen Röcheln der Kaffeemaschine. Daher schlich ich mich ins Sekretariat. Ich war nicht die Einzige, die auf diese grandiose Idee gekommen war: Gaby schenkte sich ebenfalls gerade großzügig ein. Sie sah, ganz im Gegensatz zu mir, taufrisch aus.

»Ich benötige ihn viel dringender!«, klärte ich sie auf und hielt ihr meine Tasse entgegen.

»Was ist der rote Fleck auf dem Kittel eines Chirurgen?«, fragte sie. Anstatt mir einzuschenken, hielt sie die Kanne demonstrativ von mir fern. Bevor sie ihren blöden Witz nicht loswerden konnte, bestand also wenig Hoffnung darauf, etwas Koffein zu bekommen.

»Blut?«

»Und ein gelber auf dem des Urologen?«

Seufzend tat ich ihr den Gefallen: »Urin.«

»Stimmt!« Bereits jetzt konnte ich ihre Genugtuung heraushören. »Und ein brauner beim Anästhesisten?«

»Kaffee bestimmt nicht, wenn du mir den noch weiter vorenthältst!«, sagte ich fast verzweifelt und nahm ihr die Kanne ab.

»Wie sieht der OP-Plan heute aus?«, wollte ich wissen, nachdem ich den ersten Schluck genommen hatte.

»Hüfte, Hüfte, Knie, Hüfte, Hüfte«, gähnte sie heraus.

»Das klingt unheimlich spannend.«

Sie nickte. »Aber du bist nicht in meinem Saal. Kuttenkeuler hat dich bei den Urologen im dritten Stock eingetragen.«

»Wie schade.«

»Bei dem Fernsehkoch gestern wäre ich auch gerne Urologin gewesen. Du etwa nicht?«

»Kann ich nicht behaupten«, log ich. Und außerdem hatte ich den Gedanken an Raphael Franz heute Morgen bisher erfolgreich verdrängt. Jetzt, wo sie ihn erwähnte, überfiel mich sofort mein schlechtes Gewissen. Wenn ich Pech hatte, würde Kuttenkeuler gleich von mir verlangen, dass ich bei Raphael Franz Narkose-Visite machte. Das war ganz und gar unmöglich! Gestern war ich mir doch noch so sicher gewesen, dass ich ihm nie wieder begegnen würde. Aber das musste wohl am Kirschwasser gelegen haben.

Schließlich befiel mich ein weiterer grauenvoller Gedanke: die Tropfen!

Was war da nur in mich gefahren?

Ich schaute auf die Uhr und erstarrte. Wenn er sie sofort geschluckt hatte, nachdem Margot sie hineingebracht hatte, dann saß er vermutlich jetzt schon auf der Toilette.

»Gaby!«, sagte ich atemlos. »Ich muss ganz dringend etwas erledigen.«

»Ganz bestimmt musst du das. In acht Minuten fängt die Visite an, und du gehörst auf die Intensivstation.«

»Kannst du mich bei Kuttenkeuler entschuldigen? Sag ihm einfach, mir wäre plötzlich schlecht geworden. Ich komme höchstens fünf Minuten zu spät.« Ich wartete ihre Antwort nicht ab, sondern knallte nur meine Tasse auf den Tisch. Im Laufen warf ich mir den weißen Kittel über.

Es war sieben Minuten vor acht. Als ich die chirurgische Station erreicht hatte, war ich bereits schweißgebadet, aber noch gut in der Zeit. Ich wusste zwar nicht, wie ich das Unglück jetzt noch abwenden sollte, aber wenn ich es innerhalb von dreißig Sekunden schaffte, dann konnte ich sogar noch pünktlich zur Visite erscheinen.

Ich könnte Raphael zum Beispiel mit Immodium akut versorgen.

Oder ich würde ihm den Magen auspumpen. (Okay, das war nun wirklich ein aus Verzweiflung geborener Gedanke.)

Das Letzte, was mir einfiel, war vermutlich am sinnvollsten und bestätigte mir, dass Joggen tatsächlich die Durchblutung des Gehirns fördert: Ich würde ihn so lange bequatschen, bis er mir glaubte, dass Durchfall nach einer Blinddarm-OP absolut normal sei.

Auf Station 5 hatte der Morgenwahnsinn bereits begonnen. Wäschewagen wurden über den Gang gerollt und Patienten aus ihren Betten. Schon von Weitem sah ich, dass Raphaels Zimmertür weit offen stand. Ich betete, dass er sich nicht bitter beim Frühdienst beschwert hatte. Darüber, dass ihm jemand anstatt eines Schmerzmittels Abführmittel gegeben hatte. Darüber, dass ihn nachts im Haus zwei Groupies überfallen hatten. Darüber, dass die Anästhesistin ihm einen Zahn ausgeschlagen hatte. Darüber, dass … Stopp!

Keuchend erreichte ich das Zimmer 219, wo eine Schwesternschülerin gerade damit beschäftigt war, den Nachttisch abzuwischen. Dabei fegte sie einen Tropfenbecher vom Tablett. Er kullerte auf den Boden und blieb am Fußende des gähnend leeren Bettes liegen.

»Ist der Patient im Badezimmer?« Selbst mir fiel die Panik in meiner Stimme auf.

»Guten Morgen, Frau Dr. Henning! Nein, Herr Franz ist bereits nach Hause.«

»Nach Hause?«

»Er ist auf eigene Verantwortung gegangen.«

»Auf eigene Verantwortung gegangen?«

Leider neige ich in Stressmomenten dazu, die Antworten meines Gegenübers sinnlos zu wiederholen. Dafür habe ich mehrere Theorien: Die eine ist, dass ich sehr empathisch veranlagt bin und auf diese Art mein Verständnis ausdrücke. Die andere ist, dass ich überhaupt nichts verstanden habe und alles so lange wiederkäue, bis es in meinem Gehirn einen Sinn ergibt. Diese beiden Möglichkeiten überzeugen mich aber nicht. Deshalb muss es eine dritte sein. Nämlich, dass in meinem Kopf ein Papagei lebt, der in Paniksituationen meinen Körper übernimmt.

»Aber er wurde doch erst gestern operiert!«, rief ich aus.

»Ich weiß, aber er war schon weg, als ich zum Frühdienst gekommen bin. Schwester Margot hat gesagt, dass er sich noch in der Nacht verabschiedet hat, weil er hier nicht die nötige Ruhe finden könne, um sich zu erholen. Außerdem will er heute noch auf Sendung.«

»Will heute noch auf Sendung?«

»Er macht doch diese Kochshow im WDR. Kennen Sie die nicht? Die ist wahnsinnig erfolgreich. Mich ärgert das auch total. Ich wollte unbedingt noch ein Autogramm von ihm. Außerdem habe ich schon Jenny und Sonja davon erzählt. Toll, wenn ich nachher nichts vorzuweisen habe, dann glauben die mir kein Wort. Jenny wird bestimmt stinksauer sein!«

»Jenny wird stinksauer sein?« Es dämmerte in meinem Hirn. »Wer ist Jenny?«

»Meine Mitbewohnerin.«

»Oh«, sagte ich und kratzte mich an der Nase. Mitbewohnerinnen konnten ganz schön ungemütlich werden, da kannte ich mich aus.

»Auf dem Anamnesebogen steht seine Unterschrift. Vielleicht könnten Sie die einfach fotokopieren?«

Ihr Gesicht erhellte sich. »Das ist die Idee! Soll Jenny

da mal was gegen sagen. Sie hatte neulich bloß diesen Minister. Ich meine, wer will schon Steinbrück, wenn er einen Fernsehkoch haben kann?« Kopfschüttelnd schob sie Raphaels Bett aus dem Zimmer.

Ich kam natürlich zu spät zur Visite. Es fiel aber nicht weiter auf, weil Kuttenkeuler gerade Dr. Brahms bauchpinselte. Einen Honorararzt, der nur tageweise einsprang und damit ein Heidengeld verdiente. Ich sah ihn heute das erste Mal. Vermutlich hatte Kuttenkeuler es sich in den Kopf gesetzt, ihn abzuwerben, und schleimte sich deshalb bei ihm ein. Brahms dachte das anscheinend auch, denn er bewegte sich wie eine Schildkröte, kurz bevor ihr Kopf im Panzer verschwindet. Mit faltigem Hals und winzigen, zusammengekniffenen Augen. Er grunzte zur Bestätigung, als mein Chef seine Handlungsweise bei einer Intensivpatientin lobte, und das nicht gerade musikalisch. Warum ausgerechnet er einen solchen Nachnamen hatte, konnte ich mir nicht erklären. Ich wusste nur, meine Mutter dürfte niemals von diesem Kollegen erfahren, sonst würde sie mir in den Ohren liegen, dass Männer, die Brahms hießen, bestimmt hervorragende Ehemänner abgäben. Als hätte Brahms meine Gedanken gelesen, hob er den Kopf und zwinkerte mir zu. Wobei ich mir nicht ganz sicher war, ob er wirklich zwinkerte, vielleicht hatte er auch nur was im Auge.

»Ich bin übrigens Johannes«, sagte er und streckte mir seine Hand hin.

»Oh mein Gott«, hauchte ich. Das konnte doch wohl nur ein Scherz sein! Er missdeutete meinen Ausspruch wohl, denn sein Hals schwoll an vor Stolz.

»Johannes Brahms«, wiederholte er unnötigerweise. Ich überlegte schon, ob ich ihm einen Dämpfer verpassen sollte. Ich könnte fragen, ob er nach dem Erfinder der Heißmangel benannt worden sei oder nach diesem berühmten Rap-Sänger. Leider unterbrach Kuttenkeuler meine Gedanken:

»Fräulein Henning, Sie werden heute in den urologischen OP gehen. Dann bekommen Sie mal was anderes zu sehen. Eine radikale Prostatektomie hatten Sie wohl noch nie?«, erkundigte er sich.

»Nicht persönlich«, gab ich zu.

Johannes Brahms lächelte. Etwas Schwarzes klebte am Rand seines rechten Schneidezahns, was vermuten ließ, dass er Mohnbrötchen gefrühstückt hatte.

Ich schüttelte mich innerlich und war beinahe froh, als ich später ein bekanntes Gesicht in Form von Klaus im Uro-OP entdeckte.

Ausnahmsweise verlief alles ohne Komplikationen. Der Patient schlief und die Urologen operierten. Im Radio erklang Reggae, was zwar nicht meinem Geschmack entsprach, aber wesentlich besser zu ertragen war als Rammstein. Ich kauerte mich hinter dem Tuch zusammen, das mich vom Operationsbereich trennte, um ungestört meine E-Mails abzufragen. Die ersten zwölf waren überflüssige Facebook-Nachrichten, die ich unbesehen löschte. Claude schrieb eine Frustnachricht, dass sich das mit seiner App ein für alle Mal erledigt hätte, denn eben hatte er im Apple-Shop eine gefunden, die fast identisch war mit derjenigen, an der er seit Wochen arbeitete. Ich lud sie mir direkt herunter, damit ich ihm nachher bestätigen konnte, dass sie ganz großer Mist war und er das bestimmt viel besser hinbekäme als ›Bannana Games Inc‹.

Die nächste Nachricht war von Gaby:

Wie ist es bei den feinen Pinkeln? Höhö! Kommst du am Samstag mit zum Sommerfest? Wir könnten uns mit Mai Tai abfüllen und den Oberärzten ungeniert sagen, dass ihr Musikgeschmack scheiße ist. Na?

Ich tippte eine kurze Antwort:

Ok.

Nach einer halben Stunde spritzte ich bei dem Patienten noch etwas Fentanyl nach. Der Chef der Urologen rief: »Wir brauchen mehr Volumen!«, und Klaus hängte eine weitere Infusion an. Dann holte ich das Handy wieder heraus und schrieb:

Aber wehe, du nutzt den Alkoholrausch aus und fasst Straubing an den Po! Ich weiß genau, dass du auf ihn stehst!

Es dauerte keine Minute, da brummte es in meiner Hosentasche.

Der ist verheiratet!

Seine Frau ist letzte Woche ausgezogen. Hat Klaus erzählt.

Er ist viel zu alt!

Du hast sowieso einen Vaterkomplex.

Ich stehe NICHT auf Straubing!!! Spinnst du?

Drei Ausrufezeichen sind ein sicheres Zeichen für einen kranken Geist, sagt Terry Pratchett.

Wer zum Teufel ist Terry Pratchett?

Hast du nie seine Scheibenwelt-Romane gelesen?

Ich lese nur Fachliteratur.

Fachidiot.

Das schrieb ich doch recht barsch zurück, wie ich mir nachher eingestand. Und von Gaby kam lange Zeit keine Antwort mehr.

Erst als ich am frühen Abend in der Badewanne lag, brummte mein Handy und wanderte dabei über die Ablage der Waschmaschine. Ich war so weit im Schaum versunken (Apfel und Passionsfrucht), dass nur Nase und Stirn herauslugten. Hilflos prustete ich und schnappte erst nach dem Handtuch und dann nach dem Telefon.

»Erstens«, brüllte Gaby in den Hörer, »ist Terry

Pratchett bloß ein Fantasy-Autor, ja? Und zweitens hat Straubing behaarte Oberarme. Ich wette eins zu fünfhundert, dass sein Rücken ebenfalls behaart ist!«

Wider meinen Willen musste ich lachen. »Dann ist das mit den inneren Werten wohl auch endlich vom Tisch?«

»Was denn für innere Werte?«, schnauzte sie. »Der Mann ist bestimmt Ende fünfzig!«

»Ich hab ja auch nur gesagt, dass du die Finger von ihm lassen sollst.«

»Du … du!«

Ich nickte, was Gaby natürlich nicht sehen konnte.

»Ach übrigens«, fiel ihr dann ein, »dein Fernsehkoch ist gerade auf Sendung. Und er sieht irgendwie mächtig gequält aus.«

Ich sprang so schnell aus der Wanne, dass ich mit dem Fuß umknickte und laut aufjaulte. Nur im Bademantel warf ich mich dann aufs Bett und knipste den Fernseher an.

RAPHAEL

Raphael kontrollierte den Sitz seiner Jeans und danach den Reißverschluss, während die hübsche blonde Visagistin bestimmt zum fünften Mal seine Stirn abpuderte. Er fragte sich, ob das mit den Schweißausbrüchen an den Wundschmerzen lag oder am Grummeln in seinem Darm. An Vicky lag es jedenfalls nicht, auch wenn sie ihn bereits zum dritten Mal wie zufällig mit den Brüsten streifte.

Marc hob zwei Finger in die Luft.

»Genug«, sagte Raphael und schob die Blondine beiseite.

Im Einspieler musste er lässig aus dem Gemüsegarten treten. Auch wenn ihm gerade gar nicht nach Lässigkeit zumute war – seine Därme wanden sich wie eine Schlange – lächelte er in die Kamera. Sein Zahnarzt hatte ihm ein schickes Provisorium verpasst. Er trug ein einfaches, kariertes Hemd und hatte die Ärmel aufgekrempelt. Seine Füße steckten in abgewetzten Boots.

Er ließ die Zwiebeln, die er frisch aus der lockeren Erde gezogen hatte, auf den Tisch fallen. Neben ihm stieg Rauch auf.

»Heute werden wir grillen«, verkündete er und packte verschiedene Fleischsorten aus.

»Lammkeule, Hühnchen, Rippchen – nehmt, was ihr wollt. Das Geheimnis ist die Marinade.« Er zerhackte grob ein paar Kräuter mit Chilischoten und goss Olivenöl darüber. »Ich weiß nicht, wie es euch geht, aber ich steh nicht so auf abgestandenes Zeug. Am besten, ihr greift zu frischen Gewürzen und zermahlt sie selbst.«

Raphael gab Fenchelsamen, Pfefferkörner, Salz und Paprikapulver in einen Mörser und zerkleinerte alles.

»Ihr müsst das richtig einreiben. Aber nicht so grob, macht das liebevoll, als würdet ihr eurer Freundin die Schenkel massieren.« Grinsend rieb er über das Hühnchen.

»Vergesst das Gemüse nicht. Nur weil wir grillen, müssen wir nicht auf was Frisches verzichten. Und es gibt Gemüse, das sich wunderbar dazu eignet.« Er zerbrach einige Blätter Mangold.

»Schneidet dazu ein paar Möhren in Streifen und gebt alles in Alufolie. Und denkt daran, gutes Olivenöl darüber zu träufeln.«

Er schob das Gemüsepaket auf den Grillrost. Spontan schnappte er sich ein übrig gebliebenes Möhrenstück und biss ab. Für wenige Sekunden erstarrten seine Gesichtszüge.

Er kaute.

Dann schluckte er das Provisorium, das sich in diesem Moment verabschiedet hatte, tapfer hinunter.

»Seht euch an, wie geschmeidig die Marinade das Fleisch umgibt«, murmelte er und lenkte den Blick der Kamera von seinem Gesicht weg zu seinen Händen, die in dem rot gefärbten Öl badeten.

»Das ist wie eine sinnliche Umarmung«, sagte er. Seine Stimme klang heiser. Nicht vor Erregung, wie man vermuten könnte, sondern weil sein Darm genau diesen Moment gewählt hatte, sich selbst ebenso sinnlich zu umarmen. Als die Kamera einen Schwenk zur zarten Rauchsäule des Grills unternahm, gab er dem Regisseur ein Zeichen. Dabei deutete seine Hand eine imaginäre Grenze in Gürtelhöhe an. Seine Lippen formten lautlos die Worte: *No Full Shot!*

KAPITEL 9

»Ist das etwa live?«

»Klar«, sagte Gaby. »Ist doch das Sommer-Grill-Special, das senden sie immer live.«

»Woher weißt du das denn? Ich dachte, du kennst diese Kochshow auch nicht?«

»Ich habe mich eben informiert.«

Gaby hatte recht: Raphael sah wirklich gequält aus. Außerdem fand ich es wunderlich, dass man nie sein Gesicht in Großaufnahme sehen konnte. Ich wollte mich so gerne vergewissern, dass sein Zahnarzt ganze Arbeit geleistet hatte, aber irgendwie schwenkte die Kamera immer direkt zu seinen Händen. Nicht, dass der Anblick von Raphaels eingeölten Fingern kein Genuss gewesen wäre, aber seltsam war es schon.

Raphaels linkes Handgelenk schmückte ein schlichtes Lederarmband. Er hatte schöne, aber raue Hände, stellte ich fest, mit langen Phalangen. Bestimmt könnte man auf einem Röntgenbild ebenso wunderschöne Knochen sehen.

Ein Kahn, der fuhr im Mondenschein im Dreieck um das Erbsenbein, begann ich, im Geiste den Merkspruch für die Handwurzelknochen zu deklamieren. *Vieleck groß, Vieleck klein, am Kopf da muss ein Haken sein.*

Gaby schnaubte. »Wieso hält er sich eigentlich ständig etwas vor den Mund? Eben hatte er ein ganzes Büschel Mangold im Gesicht. Und guck mal! Will er etwa in die Klinge beißen, oder warum hält er sich das Messer so dicht vor die Nase?«

»Keine Ahnung«, sagte ich wahrheitsgemäß. Aber es stimmte: Sobald der Kameramann in Richtung von Raphaels Gesicht lenkte, verschwand er halb unter seinen Zutaten oder wie im Augenblick hinter einer Lage Alufolie.

»Denkst du, er hat Schmerzen?«, fragte ich Gaby mit Bedauern in der Stimme. Denn es tat mir wirklich leid, dass er sich so quälen musste. Wieso durfte sich ein Fernsehkoch nicht einmal in Ruhe von einer Operation erholen?

»Aber sicher«, sagte sie. »Seine Körperhaltung spricht doch Bände! Ich meine, er ist zur Salzsäule mutiert. Gestern habe ich mir die Wiederholung von letzter Woche angesehen. Da ist er immer mal wieder durch den Garten gelaufen und hat irgendwelche blöden Gräser geerntet. Jetzt steht er da wie angenagelt. Man kann nicht einmal einen kurzen Blick auf seinen Knackarsch werfen.«

Das fand ich allerdings auch sehr bedauerlich. Das Bild hielt stur auf seine Hände, den Grill oder die Knopfleiste seines Hemdes. Außerdem perlte der Schweiß über seine Stirn, wie ich kurz erkennen konnte, bevor die Kamera wieder weghuschte.

»Er wäre besser mal bei uns geblieben«, stellte Gaby fest. »Haben die ihm etwa kein Schmerzmittel mit eingepackt? Guck nur, wie er sich krümmt! Sieht aus, als hätte er Krämpfe.«

»Oh«, entfuhr es mir, weil mir bei dem Wort Krämpfe die Abführtropfen wieder einfielen. Es sah ganz danach aus, als entfalteten sie gerade ihre Wirkung. Ganz plötzlich stieg mir eine ungeahnte Hitze in den Kopf. Ich war froh, dass Gaby das nicht sehen konnte.

»Oje«, sagte sie. »Jetzt blenden sie sogar kurz weg. Scheiße, dem geht es echt mies.«

Ich schloss die Augen, griff nach meinem Kopfkissen und biss kurz mal hinein.

»Hast du das auch gesehen?«, fragte sie.

Ich rang nach Atem.

»Dem standen eben die Tränen in den Augen. Der Ärmste!«

Als ich es wagte, wieder einen Blick auf den Bildschirm zu riskieren, wischte Raphael sich eine Träne aus dem Augenwinkel und lächelte müde. Dann griff er nach einer Bierdose, goss einen Teil des Inhalts über seine Rippchen, bevor er die Dose an den Mund hob und sie leerte, ohne abzusetzen.

Fehlte nur noch, dass er sie in der Hand zerdrückte und laut rülpste, dachte ich. Aber anscheinend besann er sich doch wieder auf seine Sendung, denn der erwartete Rülpser blieb aus. Die letzten Minuten brachte er mit stoischer Gelassenheit hinter sich. Allerdings bemerkte ich, dass er heimlich auch noch den Aceto balsamico austrank.

Ich war erleichtert, als diese Qual ein Ende hatte, konnte ich doch nicht ahnen, dass sie gleich weitergehen würde:

»Ich habe dich übrigens angemeldet«, sagte Gaby nämlich, als der Abspann lief.

»Wozu?« Ich öffnete meinen Bademantel, um mich etwas abzukühlen.

»Zum Sommerfest, Herzchen. Hast du das etwa vergessen? Im Sekretariat hing eine Liste, wo sich alle eintragen konnten. Frau Mäuser wollte sie gerade abnehmen und zum Restaurant faxen, wird ja alles vorbestellt. Wir hatten echt Glück.«

»Wo findet es denn diesmal statt?«, fragte ich gelangweilt. »Schon wieder im La Poêle d'Or?«

»Diesmal nicht, Gott sei Dank. Auf so einen Edeltempel habe ich auch keine Lust. Warte, ich guck mal nach.« Sie raschelte mit irgendwelchen Papieren.

»Beginn: 19.00 Uhr ... bla ... bla ... um Abendgarderobe wird gebeten ... ach ja, hier steht es ... oh verdammt!«, sagte Gaby.

»Was denn? Gibt es etwa Stöckelschuhpflicht für Damen?« Ich kicherte in mich hinein. Doch nur wenige Wimpernschläge später blieb mir der Scherz im Halse stecken.

»Sag, dass es nicht dort ist, wo ich denke, dass es ist!«, befahl ich und zog den Bademantel wieder enger um mich. Eine Eiseskälte überlief meine Beine und ließ mich frösteln.

Gaby stöhnte.

»Sag mir sofort, dass ich falsch liege!«, begehrte ich auf. Und als keine Antwort kam: »Gaby, bist du noch dran?«

»Mmh«, machte sie.

»Sag mir bitte, dass ich nur eine Panikattacke habe als Folge des gestrigen Albtraums. Sag mir, dass es nicht ein Restaurant ist, das zufällig ›Die kochende Leidenschaft‹ heißt oder so!«

Gabys Atem ging flach. »Okay«, schnaufte sie. »Es ist nicht ›Die kochende Leidenschaft‹! Es gibt überhaupt kein Restaurant mit diesem Namen.«

»Gott sei Dank!«

»Naja.« Sie raschelte wieder mit der Einladung. »Deine Erleichterung könnte von kurzer Dauer sein«, gab sie zu bedenken.

»Wieso?«

»Das Restaurant heißt Raphaello.«

»Aha.« Ich nickte wissend. »So wie diese leckeren Schokoladenkugeln ohne Schokolade. Die mit dem Kokosnuss-Zeug. Raffaello«, rezitierte ich, »vollkommen ohne Schokolade.«

»Die Dinger heißen aber Raffaello. Mit Doppel-Eff!«

»Na und?«

»Das Restaurant schreibt sich mit ph.«

»Ich weiß nicht, was du mir damit sagen willst«, log

ich und spürte, wie sich meine Kehle zuzog. Mein Herz wummerte gegen mein Brustbein.

»Im Logo stehen zwei riesige, geschwungene Rs.«

»Etwa wie bei Riva Rocci?«

»Das ist der Erfinder der Blutdruck-Messung.«

»Das weiß ich doch. Dann eben wie bei George R. R. Martin?«

»Wer soll das denn sein?«

»Och, bloß so ein Fantasy-Autor«, sagte ich.

»Natürlich nicht wie irgendein dämlicher Fantasy-Autor!«, keifte sie.

»Mmh«, überlegte ich. »Dann wird es wohl auch nicht J. R. R. Tolkien sein.«

»Nein, verdammt noch mal!«, brüllte Gaby. »Es ist R. R. wie *Raphaels Raphaello*! R. R. wie ... wie ... Riesen ... Reinfall!« Sie lachte auf.

»Ich weiß gar nicht, warum du jetzt hysterisch wirst«, sagte ich. »Wenn hier einer Grund hat, hysterisch zu werden, dann doch wohl ich!«

»Das stimmt allerdings.«

»Er wird mich umbringen«, stellte ich nüchtern fest.

»Quatsch.«

»Bestimmt rührt er mir Rattengift unter die Panna cotta. Oder er spuckt mir in den Salat, bevor der Kellner den Teller nach draußen trägt.«

»Spucke wird dich ja wohl kaum umbringen. Überhaupt – warum sollte er das tun? Das mit dem Zahn war nun wirklich ein Unfall. Du warst halt ein bisschen ungeschickt. Ist ja auch verständlich, wenn man bedenkt, wie wir dich alle unter Druck gesetzt haben. Außerdem war es dein erster 24h-Dienst. Da kannst du von Glück reden, dass nichts Schlimmeres passiert ist.«

»Danke.« Ich war ehrlich gerührt. »Aber du kennst ja nicht die ganze Geschichte.« Ich erzählte ihr von der letzten Nacht, meiner Shir-Khan-Attacke mit den Abführtropfen und dass das garantiert der Grund für sein seltsames Verhalten in der Live-Sendung eben gewesen sein musste. Das andere Ende der Leitung blieb daraufhin lange still.

Ich klopfte gegen den Hörer. »Hallo?«

»Okay, du hast recht«, sagte Gaby nach einem tiefen Seufzer. »Er wird dich umbringen.«

RAPHAEL

»Ich werde sie vergiften«, murmelte Raphael Franz, als er die Gästeliste für das Essen der intensivmedizinischen Abteilung überflogen hatte.

Der Name Josephine Henning stach hervor wie ein Chili unter grünen Tomaten.

»Was hast du gesagt?«, fragte Evie, die gerade das Menü des Tages in die Speisekarten schob. Doch Raphael hatte gar nicht hingehört. Er hielt das Fax so fest zwischen seinen Fingern, dass es zu zerreißen drohte.

»Vergiften und anschließend zu Moussaka verarbeiten.«

Er wiegte den Kopf hin und her, als überdachte er die möglichen Rezept-Variationen.

»Willst du eine griechische Woche einführen?«, fragte Evie.

Griechische Woche – pah! – wir sind hier schließlich nicht bei McDonald's! Er legte das Blatt auf seinem Schreibtisch ab. Seit der Sendung gestern ging es ihm deutlich besser, aber seine Wut war keineswegs verflogen. Nicht nur, dass Josephine Henning schuld daran war, dass er eine Live-Sendung so gut wie zahnlos hatte hinter sich bringen müssen; nein, inzwischen war er sogar ziemlich sicher, dass diese Schmerztropfen, die sie der Schwester für ihn gegeben hatte, gar keine Schmerztropfen gewesen sein konnten. Hätten ihn sonst solche Bauchkrämpfe gequält? Bestimmt hatte sie ihm lediglich irgendein Placebo gegeben, um ihn ruhig zu stellen.

Auf dem Bildschirm vor ihm war das Fenster eines Medizinforums noch geöffnet. Im Moment kochte seine Wut so hoch, dass er froh war, das Krankenhaus frühzeitig verlassen zu haben. So wollte er ihr keinesfalls begegnen. Ganz abgesehen davon, dass er befürchtete, beim Anblick ihrer unschuldigen braunen Augen besänftigt zu werden.

Griechisch – Blödsinn. Wenn er an Josephine Henning dachte, dann eher an Französisch.

Von sich selbst schockiert, begann er, eine Seite nach der anderen zu schließen, bis nur noch die Homepage des Krankenhauses geöffnet war. Das briefmarkengroße Foto der Anästhesistin war aber kaum zu erkennen.

Er schaltete den Computer ganz aus und zog die Gästeliste näher heran. Mit dem Daumen stampfte er auf ihren Namen, als zerquetsche er eine Fliege.

KAPITEL 10

»Föhl ens, Schwester!«, sagte Frau Oltmanns, die heute Morgen vergessen hatte, ihr Gebiss einzusetzen. Sie lächelte ein so bezauberndes Baby-Lächeln, dass ich ihr die Anrede nicht übel nehmen konnte.

Die weißen Haare der alten Dame waren zu plüschigen Wellen gedreht. Ihr gehäkeltes Bettjäckchen hatte sie eng um sich gezogen und die Decke zur Seite geschoben. Jetzt klopfte sie neben sich auf die Matratze.

»Schwester, fühl doch mal!«, wiederholte sie im schönsten Hochdeutsch.

Ich fuhr mit der Hand über das Laken. Es war klitschnass.

»Haben Sie so geschwitzt?«, erkundigte ich mich.

»Ich glaube, ich hab in das Bett gepisst«, erklärte sie mir.

Möglichst unauffällig wischte ich meine Hand an ihrer Bettdecke ab und sah mich nach dem Desinfektionsmittel um.

»Ich schicke Ihnen gleich die Schwester vorbei«, sagte ich und dachte noch daran, was für ein Glück ich hatte, dass es nicht meine Aufgabe war, sie trocken zu legen.

»Ja, bist du denn nicht die Schwester, die mir heute Nacht geholfen hat?«

»Frau Oltmanns, ich bin doch die Anästhesistin. Heute Nacht das war Schwester Annegret.«

»Dann operierst du mich heute.«

»Nein, ich bin eine Assistenzärztin der Anästhesie, ich bin für Ihre Narkose zuständig.«

»Und wenn du groß bist, dann darfst du mich operieren?«

»Nicht ganz. Wenn ich meinen Facharzt habe, dann sorge ich ganz allein dafür, dass Sie von der OP nichts mitbekommen und keine Schmerzen haben«, erklärte ich geduldig.

»Bist ein leev Mädche!«, sagte sie mit Tränen in den Augen und tätschelte mir die Wange. Ihre Hand war noch pipifeucht.

»Haben Sie denn alles verstanden, was ich Ihnen eben erklärt habe, Frau Oltmanns?«

Sie nickte. »Meine Hüfte macht es nicht mehr, deshalb muss ich unter das Messer.«

»Ich meine, ob Sie verstanden haben, welche Risiken die Narkose mit sich bringt.«

»Natürlich, Kind. In meinem Alter kann es jeden Moment vorbei sein.«

»Mit Ihren Zähnen ist es nicht ganz ungefährlich. Die beiden einzigen Backenzähne, die Sie noch besitzen, sind ziemlich morsch. Ich kann nicht dafür garantieren, dass sie heile bleiben.«

»Das macht doch nichts, Leevche. Beißen kann ich damit niemanden mehr.« Sie kicherte, dann verstummte sie, weil hinter mir die Tür geöffnet wurde.

»Frau Kollegin«, erklang die Stimme von Johannes Brahms, »Sie werden auf der Intensivstation benötigt.«

»Tatsächlich?« Ich war überrascht, weil ich eigentlich schon Feierabend hatte.

Brahms trat zu uns ans Bett und rümpfte die Nase, als er Frau Oltmanns' Pipi-Aroma bemerkte. Ein Blick auf den Anästhesiebogen ließ ihn sofort tätig werden.

»Sie haben noch nicht unterschrieben, werte Dame!«, stellte er fest und quetschte Frau Oltmanns einen Kuli zwischen die Gichtfinger.

»Die Schwester war mir gerade noch etwas am erklären!«, gab die werte Dame zurück und runzelte die Stirn.

»Frau Dr. Henning«, er betonte den Doktortitel laut, »hat jetzt keine Zeit für ein Kaffeekränzchen. Sie werden doch wohl verstehen, dass eine Schwangere auf der Intensivstation wichtiger ist als Ihre Hüfte!«

Frau Oltmanns war sichtlich bestürzt. »Leeve Jott! Geht es um Leben und Tod?«

»Auf der Intensivstation geht es immer um Leben und Tod!«, meinte Brahms streng. »Was denken Sie denn?« Er schob den Aufklärungsbogen unter ihre Hand und dirigierte den Kugelschreiber mit geübter Sicherheit über das Papier. Die Unterschrift, die sie ihm gab, hatte deutliche Ähnlichkeit mit einem EKG bei Angina Pectoris.

Heute trug Brahms kein T-Shirt unter seiner blauen Anästhesie-Kleidung, deshalb gewährte er mir einen tiefen Einblick auf seine schmale Brust, die mit Muttermalen übersät war wie ein Teich mit Entengrütze. Noch bevor Frau Oltmanns erneut Luft geholt hatte, entriss er ihr das Blatt und zerrte mich nach draußen.

»So«, grunzte er zufrieden. »Jetzt, wo ich Ihnen mindestens eine halbe Stunde Zeit verschafft habe, wäre es nur recht und billig, wenn Sie mir etwas davon abtreten würden.«

»Abtreten?«, wiederholte ich verwirrt.

»Machen wir einen Abstecher in die Kantine!«

»In die Kantine?«

»Kaffee oder Tee?«, fragte er und gab sich selbst die Antwort darauf. »Was für eine Frage – man sieht doch gleich an Ihrem Kittel, dass Sie Kaffeetrinkerin sind!« Sein Adamsapfel hüpfte beim Lachen auf und ab wie ein Flummi.

Ich schaute an mir herunter und entdeckte (mal wieder) eine verräterische blassbraune Spur in Brusthöhe. Da hatte er sich schon meinen Arm geschnappt und ihn bei sich eingehakt.

»Was ist denn mit der Schwangeren?«, wagte ich nachzufragen.

»Welche Schwangere denn? Ach so«, sein Adamsapfel hüpfte wieder. »Sie Dummerchen! Das habe ich doch bloß gesagt, damit die alte Schachtel endlich Ruhe gibt. Wenn Sie immer so lange bei der Aufklärung brauchen, ist das nicht sehr effektiv.«

Ich überlegte, wie effektiv es wäre, seinen Adamsapfel festzutackern. Denn als Dummerchen ließ ich mich nicht gerne anreden.

Die Aufzugtür schloss sich hinter uns. Das schummrige Fahrstuhllicht wirkte auf Brahms anscheinend anregend.

»Sagen Sie ruhig Johannes zu mir. Johannes und Josephine, das klingt doch wunderbar.«

Metallklammern oder bioresorbierbare Kunststoffklammern?, überlegte ich. Was würde wohl mehr wehtun?

»Beim Kaffee können wir auch gleich einmal Ihre Dosierung bei der Präkurarisierung unter die Lupe nehmen. Ich bin der Meinung, Sie ...«

Ob es auch Klammern mit Widerhaken gab? Wenn nicht, dann wäre es höchste Zeit, sie zu entwickeln. Da tat sich eine Marktlücke auf, die ich unbedingt mit Claude besprechen sollte. In Gedanken machte ich mir weiter Notizen, derweil Brahms über Inhalationsanästhetika und Muskelrelaxanzien philosophierte. Außerdem bemäkelte er mein Zeitmanagement.

»Als selbstständiger Anästhesist ist man natürlich ganz anders organisiert«, erklärte er und holte zu einem längeren Monolog aus, während er mich an der Theke vorbeilotste.

»Haben Sie schon davon gehört, dass Ihr Kollege Viehhöfer nach München geht? Ihm wurde eine Oberarztstelle in einer Privatklinik in Harlaching angeboten.«

»Das ist aber schade«, sagte ich, nachdem wir uns auf den Plastikstühlen niedergelassen hatten. Ich mochte Viehhöfer, bisher war er mir zumindest nie unangenehm aufgefallen.

»Die operieren dort alles. *Von der Hand bis zur Hüfte*«, zitierte Brahms. »Vielleicht sind wir dann demnächst richtige Kollegen.«

Ich lächelte gequält. Ich war nicht besonders scharf darauf, Brahms zu meinen *richtigen* Kollegen zu zählen. Eigentlich war ich von den wenigen Diensten, die wir bisher gemeinsam erlebt hatten, bereits übersättigt.

Da entdeckte ich Gaby, die ein Tablett vor sich her balancierte, und winkte hektisch.

»Hier ist noch ein Platz frei!«, rief ich ihr durch den Gang zu. Was leicht untertrieben war, da am späten Nachmittag kaum Besucher in die Cafeteria fanden. Aber Gaby durchschaute meine Notlage und ließ ihr Tablett auf unserem Tisch nieder.

»Hey, ihr zwei«, johlte sie. »Wenn ihr jetzt tot umfallt, könnte das glatt als Arbeitsunfall durchgehen.«

Schnell zog ich meine Hände aus der Kitteltasche.

»Gabriele«, sagte Gaby und reichte Brahms die Hand. »Chirurgie.«

»Brahms«, sagte Brahms. »Johannes Brahms. Ich bin Anästhesist.«

»Guter Witz! Haha!«, lachte Gaby und war zu meiner Bestürzung gleich für ihn eingenommen.

»Rachmaninov. Gaby Rachmaninov.« Sie schlug sich auf die Schenkel.

Ich räusperte mich und nippte an meiner Tasse.

»Sie sind neu hier, was?«

Möglichst unauffällig versuchte ich, unter der Tischplatte Gabys Schienbein zu erwischen. Dabei verschüttete ich etwas Kaffee. Aber da mein Kittel ohnehin schon ruiniert war, störte mich das nicht besonders. Was mich aber störte, war die Tatsache, dass Gaby sich ein ganz falsches Bild von Brahms machte, wenn sie weiterhin dachte, er sei der Typ für Witze. Mir wurde bereits jetzt ganz flau im Magen, als ich sah, wie sie ihn anlächelte.

»Kommen Sie auch zu unserem Sommerfest ins Raphaello am Samstag?«, fragte sie ihn auch prompt.

»Also ich weiß noch nicht, ob ich da hingehe«, fuhr ich dazwischen. »Meine Schwägerin plant wieder eines ihrer Familientreffen. Sie möchte das Essen für den Geburtstag meiner Mutter probekochen.«

»Sei nicht so ein Feigling, natürlich gehst du!«

»Du weißt, wie ungemütlich Silke wird, wenn etwas nicht nach ihrem Plan läuft. Außerdem ist sie immer noch sehr … sehr«, ich suchte nach Worten, »… labil durch die Operation und die dramatischen Komplikationen.«

»Was für eine OP denn?«, fragte Gaby.

»Na ja, die mit dem, äh, Zahn.«

»Ach die!«, sagte Gaby mit Grabesstimme. »Du könntest Silke ja mitbringen, das würde sie auf andere Gedanken bringen. Kuttenkeuler schleppt auch seine Frau an, da kannst du als Single«, sie bedachte Brahms dabei mit einem vielsagenden Blick, »doch deine Schwägerin mitnehmen.«

»Würde ich ja gerne. Wenn nur die Anmeldefrist nicht schon abgelaufen wäre.« Ich bemühte mich gar nicht erst, den Triumph in meiner Stimme zu verbergen.

»Es wäre wirklich sehr bedauerlich, Josephine, wenn Sie sich das entgehen ließen, nur weil Ihnen die Begleitung fehlt«, sagte Brahms daraufhin salbungsvoll.

Ogottogott, dachte ich, das lief ja in eine völlig falsche Richtung!

»Sie würden mir eine große Freude machen, wenn ich Sie geleiten dürfte.«

»Jöh«, röchelte ich.

Gaby grinste.

»Das ist sehr nett von Ihnen, dass Sie sich für mich aufopfern wollen«, sagte ich, während mir ein Schauer den Rücken herunterlief, »aber das wird nicht nötig sein.« Mir fiel zwar kein Argument ein, warum das nicht nötig sein würde, aber ich hoffte, dass Brahms so taktvoll war, da nicht weiter nachzuhaken.

War er aber nicht.

»Von einem Opfer kann gar keine Rede sein. Ganz abgesehen davon, dass die schönen Dinge des Lebens doch nie wirklich nötig sind, nicht wahr?«

Er hatte eindeutig eine philosophische Ader.

»Ich hole Sie dann am Samstag um halb sieben ab. Einverstanden?«

Damit war ich natürlich nicht einverstanden. Das flaue Gefühl in meinem Magen verstärkte sich. »Ich glaube, mir wird schlecht«, platzte es aus mir heraus. Der Kaffee …« Ich deutete auf die leere Tasse und schob schnell meinen Stuhl zurück, »war wohl nicht mehr ganz frisch.«

KAPITEL 11

Fluchtartig verließ ich die Cafeteria. Um dieses unfreiwillige Rendezvous mit Brahms zu verhindern, würde ich Frau Mäuser, die Sekretärin, bestechen müssen, keine Frage. Aber das war es mir wert. Deshalb kaufte ich ihr am Kiosk einen Blumenstrauß und eine Flasche Prosecco.

Leider bestand Frau Mäuser darauf, dass ich ein Glas davon mit ihr trank, bevor sie meine Schwägerin auf die Liste setzte und eine aktualisierte Fassung an das Restaurant faxte. Als ich schließlich den Parkplatz überquerte, war ich erleichtert, dass es so einfach gewesen war.

Ich schloss mein Auto auf und war mir sicher, dass mir das kleine Gläschen Sekt nicht viel anhaben konnte. Gemütlich lenkte ich meinen Fiat durch die Nebenstraßen, bevor ich auf den Feierabendverkehr traf und ein Bus sich vor mich setzte. Ein blöder, schwarzer Kleinbus mit grünem Logo, das ich nicht weiter beachtete.

Wenn ich genauer hingesehen hätte, dann wäre ich bestimmt alarmiert gewesen, aber so summte ich die Anfangsmelodie von P!nks *Try* mit und stellte den CD-Player lauter. Der Bus nahm den gleichen Weg wie ich, was ich als ziemlich lästig empfand, da er mir die Sicht versperrte.

Als der Song verklungen war, drückte ich auf den Repeat-Knopf. In dem Moment machte der Bus eine Vollbremsung. Meine Reaktion war in Anbetracht der Umstände rekordverdächtig schnell. Trotzdem titschte mein kleiner Fiat gegen den VW-Bus. Beim Rückstoß gab mein Auto den Blick auf eine ziemlich zerbeulte Stoßstange frei.

Erschrocken schrie ich auf. Kontrollierend fasst ich in meinen Nacken, aber es fühlte sich alles normal an.

Mein Herz raste.

Dass mir der Schweiß ausbrach, musste daran liegen, dass mein Auto keine Klimaanlage besaß. Ganz im Gegensatz zum VW-Bus, vermutete ich, denn die Fahrertür ging auf und ein Paar brauner Beine schlenderte völlig entspannt in meine Richtung.

Shorts. Flipflops.

Es kann auch sein, dass die laute Musik mich hypnotisierte und mich dazu brachte, alles wie in Zeitlupe zu sehen, jedenfalls kam mir der Gang geradezu lasziv vor.

Eine Hand stützte sich in meinem offenen Fenster ab. Diese Phalangen hätte ich überall wiedererkannt. Ich hatte sie im Fernsehen schließlich ausgiebig bewundert. Und nicht nur dort. Auch im Operationssaal hatte ich sie ungeniert angestarrt.

»Sind Sie verletzt?«, fragte eine besorgte, sehr männlich warme Stimme, die in meinem Magen etwas zum Schwingen brachte. Aber in meinem Hirn hörte ich nur Zucchini, Zucchini, Zucchini.

Langsam drehte ich den Kopf.

Als sich in Raphael Franz' Augen das Erkennen widerspiegelte, tat ich das einzig Vernünftige:

Ich betätigte den elektrischen Fensterheber und verriegelte die Fahrertür.

* * *

»Machen Sie die Tür auf!«, befahl Raphael.

Er rüttelte zwar nicht am Türgriff, aber das bedurfte es auch gar nicht, um mich in Panik zu versetzen.

Ich fühlte mich wie in einem Stephen-King-Roman. Ich war Donna, die in brütender Hitze im Auto ausharrte, während der tollwütige Cujo an die Scheibe sabberte. Nur dass Raphael nicht sabberte und wütete. Ganz im Gegenteil:

Er lächelte.

Jetzt konnte ich mir selbst ein Bild davon machen, dass sein Zahnarzt ganze Arbeit geleistet hatte.

»Öffnen Sie die Tür, und wir klären das wie unter Männern.«

Das war doch eine Drohung, oder?

Wenn er nicht zugeguckt hätte, dann hätte ich zum Stressabbau womöglich ins Lenkrad gebissen. So aber verharrte ich in derselben Position, spürte nur, wie mir der Schweiß den Rücken runterlief.

P!nk sang derweil ungedämpft weiter. Warum sie in einem solchen Moment nicht mal kurz innehalten konnte, wusste ich nicht. Schließlich bahnte sich hier gerade ein Drama an.

So aber schmetterte sie aus vollem Hals ihr Lied über loderndes Verlangen.

Wenn ich Raphael so betrachtete, verstand ich ihre Verzweiflung nur zu gut. Denn auch in seinen Augen loderte ein Feuer. Ich befürchtete nur, dass seine Begierde weniger erotisch induziert war, als vielmehr aus dem Wunsch heraus, mir auch mindestens einen Zahn auszuschlagen.

Raphael klopfte gegen die Scheibe. Mit den Lippen formte er nur ein Wort:

»F e i g l i n g!«

Seine blauen Augen schienen tiefer zu sein als der Marianengraben. Ich klammerte mich am Lenkrad fest, um nicht hineinzufallen.

P!nk wusste, dass man sich einfach verbrennen musste, wenn es eine Flamme gab, und das brüllte sie mir auch überdeutlich ins Ohr.

Oh ja, und wie ich mich schon verbrannt hatte!

Im nächsten Augenblick holte ich erleichtert Luft, weil Raphael den Platz neben meinem Auto verließ.

Hinter uns verstummte das Hupkonzert.

Ich sah im Augenwinkel, dass er mit einem Warndreieck im Arm die anderen Autofahrer vorbeiwinkte. Welch ein Glück, dass er so besonnen war. Leider dauerte mein Glücksgefühl nicht lange an, denn Raphaels Schatten verdunkelte erneut mein Sichtfeld.

Er hielt ein Handy in der Hand.

»Machen Sie jetzt endlich die Tür auf?«

Ich schüttelte heftig den Kopf. Eher würde ich hier festwachsen, oder noch besser: Ich fuhr ihn einfach um! Auf einen Anklagepunkt mehr oder weniger kam es schließlich nicht an.

Er tippte etwas in sein Telefon, ein altmodisches Teil mit Tasten, wie ich feststellen konnte. Das verwunderte mich dann doch, denn ich hatte eine ganz andere Vorstellung von einem wahnsinnig erfolgreichen Fernsehkoch. Ein Uralt-Handy passte da gar nicht ins Bild.

Raphael beugte sich über meine Motorhaube. Ich bestaunte dabei seinen Musculus biceps brachii und leckte mir über die Lippen. Aber sicher nur, weil ich Durst hatte.

Er zwinkerte mir zu und presste dann sein Handy gegen meine Windschutzscheibe, damit ich das Display sehen konnte.

Vor meinen Augen leuchteten drei Ziffern auf:

110.

Er würde doch nicht …

Tatsächlich. Er hielt drei Finger in die Luft und zählte demonstrativ runter, dann betätigte er die Wähltaste.

Mistikack!, dachte ich noch, dann schloss ich die Augen.

* * *

»Führerschein und Fahrzeugpapiere«, nölte die Polizeibeamtin herunter, nachdem ich es gewagt hatte, mein Fenster einen Spalt zu öffnen. »Und dann kommen Sie bitte mal raus.«

»Aber nur, wenn Sie den da«, ich deutete auf Raphael, »von mir fernhalten.«

»Gibt es irgendein Problem zwischen Ihnen beiden? Hat der Mann Sie bedroht?«

»Nun ja. Nicht direkt bedroht«, gab ich zu. »Aber er sieht so wütend aus, das macht mir Angst.«

Die Beamtin drehte sich um. Raphael lehnte bequem an seinem Wagen. Er war die Entspannung in Person und sah in etwa so gefährlich aus wie ein Bärenfell vor dem Kamin. Gerade nahm er einen Schluck aus einer Wasserflasche, wie ich neidvoll feststellte. Er hob die Flasche an und prostete uns zu. Die Polizistin schüttelte den Kopf, und ich quälte mich endlich aus meinem Sitz hoch.

Meine Kehrseite klebte, als hätte ich mit den Jeans in der Badewanne gelegen.

»Wie genau ist der Unfall denn passiert? Sieht ja ganz danach aus, als wären sie zu schnell unterwegs gewesen und hätten nicht rechtzeitig bremsen können.«

»Zu schnell würde ich nicht sagen. Aber der schwarze Bus hat mir vollkommen die Sicht versperrt. Der hat ja hinten nicht mal Fenster.«

»Also auf jeden Fall zu schnell für den Berufsverkehr«, stellte sie fest. »Auch wenn Sie in der Stadt fünfzig fahren dürfen, heißt das nicht, dass Sie sich nicht an die Verkehrssituation anpassen müssen.«

Ziemlich beklommen stammelte ich eine Entschuldigung.

Sie blätterte durch die Papiere. »Herr Franz!«

Raphael stellte seine Wasserflasche in die Fahrertür und kam gemächlich auf uns zu.

»Da Sie nicht die Straße geräumt haben, obwohl es sich, wie man sehen kann, nur um einen geringen Unfallschaden handelt, muss ich Ihnen beiden einen Strafzettel wegen Gefährdung im Straßenverkehr ausstellen.« Sie kritzelte etwas auf einen Block.

»Das macht 35 Euro.«

»Bar?«, fragte Raphael und bedachte die Polizistin mit einem atemberaubenden Lächeln. Also mir raubte sein Lächeln jedenfalls den Atem, die Beamtin blieb relativ gelassen. Man merkte nur an ihrer Handschrift, dass sie leicht zitterte.

»Nein, nur Karte.«

Wir kramten beide in unseren Portemonnaies. Als die Polizistin mit dem Einlesen der Bankkarten beschäftigt war, beugte sich Raphael grinsend zu mir herüber.

»Das ist es mir wert«, raunte er.

Mein Herz pochte mir bis zum Hals. Es war gut möglich, dass das an den hohen Ozonwerten in der Innenstadt lag.

»Sie müssen nur noch das Protokoll unterschreiben«, erklärte die Beamtin. »Das dürfte wohl kein Problem darstellen, der Unfallverursacher ist ja offensichtlich.« Sie schnüffelte und kam mir dabei immer näher.

»Sagen Sie mal«, fragte sie und runzelte die Stirn, »Sie haben nicht zufällig etwas getrunken?«

»Öh«, machte ich. »Also, ich ...«

Raphaels Augen weiteten sich.

»Nur ein Gläschen Sekt«, sagte ich schnell. »Aber das ist bestimmt wieder abgebaut.« Und wenn nicht, dann hatte ich es längst aus mir herausgeschwitzt.

»Das glaub ich jetzt nicht«, ließ sich Raphael vernehmen.

»Das haben wir gleich«, sagte die Polizistin. Sie holte etwas aus dem Auto. »Blasen Sie mal hier rein und dann sehen wir weiter!« Sie hielt mir ein Gerät vor den Mund. Und mit hochrotem Kopf blies ich, bis das Teil laut piepte. Vor Scham hätte ich mit dem Asphalt verschmelzen mögen.

Die Beamtin ging zurück zum Wagen und besprach sich mit ihrem Kollegen.

Als ich es wagte, den Kopf zu heben, warf Raphael mir einen eindringlichen Blick zu. »Warum hast du mir nicht gesagt, dass du was getrunken hast?«, flüsterte er.

»Hättest du dann etwa nicht die Polizei gerufen?«, zischte ich. »Und überhaupt – wieso duzen Sie mich plötzlich?«

Statt einer Antwort presste er nur die Lippen aufeinander.

»Da haben Sie noch mal Glück gehabt!«, stellte die

Polizistin fest, als sie zurückkam. »Null Komma eins.« Sie klang fast ein wenig enttäuscht.

»Ab einem Wert von null Komma drei gehen wir nämlich von einer relativen Fahruntüchtigkeit aus. Ich warne Sie aber eindringlich: Alkohol am Steuer ist kein Kavaliersdelikt!«

Ich nickte betreten.

Raphael schien genauso erleichtert zu sein wie ich, denn er seufzte leise.

»Sie beide tauschen dann am besten die Versicherungsdaten aus. Dafür brauchen Sie uns nicht mehr. Aber vorher fahren Sie in die Verkehrsbucht da vorne!« Sie stieg zu ihrem Kollegen ins Auto.

Raphael fuhr vor und stoppte in besagter Haltebucht. Ich parkte dahinter und lief zu seinem geöffneten Fenster.

Mich überkam plötzlich das dringende Bedürfnis, ihn um Verzeihung zu bitten. Nicht nur für den Schaden an seinem Auto, auch wegen des Zahns und der Abführtropfen. Der Shir Khan in mir maunzte erbärmlich. Raphael starrte stur geradeaus und fuhr sich nachdenklich durch das Haar.

Entschuldige dich sofort!, versuchte ich mir selbst einen Befehl zu erteilen. Sonst fiel mir das doch auch nicht so schwer. Ich hatte ihn immerhin ziemlich in Schwierigkeiten gebracht. Wenn es auch nicht absichtlich geschehen war, so musste ich ihm doch äußerst lästig erscheinen.

Aber gerade, als ich dazu ansetzen wollte, räusperte er sich.

»Ich habe Lebensmittel im Wagen«, murmelte er vor sich hin. »Wird Zeit, dass die in die Kühlung kommen.« Damit startete er den Motor und brauste davon.

KAPITEL 12

»Und dann hat er dich einfach stehen lassen?«, erkundigte sich meine Schwägerin. »Er wollte deine Versicherungsdaten gar nicht wissen?«

»Das ist es ja gerade«, gestand ich. »Ich kann nicht einmal für seinen Schaden aufkommen. Jetzt fühle ich mich wirklich mies.«

»Noch mieser als nach der Nummer mit dem Zahn?«

»Hnh«, machte ich. »Ich weiß nur, dass ich heute Abend keinesfalls dorthin gehen kann.« Allein die Vorstellung brachte mich beinahe um vor Scham.

»Warum denn nicht?«

»Findest du das etwa nicht hochnotpeinlich?«

Silke rümpfte die Nase. »Schlimmer kann es doch gar nicht mehr kommen. Du hast dich bis auf die Knochen blamiert. Ich bin der Meinung, du solltest die Chance nutzen, um dich endlich bei Raphael zu entschuldigen.« Sie strich sich über ihr neues Kleid. »Was mir aber viel mehr Sorgen bereitet: Wie soll ich mich bei deinen Kollegen vorstellen? Etwas als Zahnärztin?«

»Gar nicht. Weil wir nämlich nicht hingehen!«

»Josephine!«, sagte Silke streng. »Das kannst du mir nicht antun! Seit Wochen ist es das erste Mal, dass ich ohne Kinder vor die Tür komme. Genauer gesagt auch noch ohne Frédéric. Ich habe mir extra diesen hinreißenden Fummel in der Ehrenstraße gekauft. Wenn du mir jetzt diesen Abend verdirbst, auf den ich mich so gefreut habe, dann schwöre ich dir, erwürge ich dich!«

Dann platzte etwas anderes aus ihr heraus: »Warum musstest du mich ausgerechnet als Dr. Catsan ankündigen?« Sie schürzte die Lippen. »Dr. Silke Henning hätte sich doch auch schön angehört.«

»Dann wäre aber aufgefallen, dass wir denselben Nachnamen haben. Außerdem darfst du nicht vergessen, dass Raphael deinen Namen kennt. Wenn er die Gästeliste liest – «

»Als ob ein Starkoch die Gästeliste lesen würde.«

»Es ist auch ganz egal«, winkte ich ab. »Wir werden nicht an diesem Essen teilnehmen.«

»Und ob wir teilnehmen! Und du wirst dich entschuldigen!«

Mein Gesicht wurde erst heiß und dann wieder kalt.

»Du hast vergessen, dass sich Ärzte niemals entschuldigen. Das käme einem Schuldeingeständnis gleich.«

»So ein Kokolores! Willst du damit sagen, dass du erst einen Anwalt befragen musst, bevor du jemanden um Verzeihung bitten darfst?«

»Naja«, gab ich zu. »Ich müsste das mit dem Zahn ja nicht unbedingt erwähnen. Oder eben nur am Rande. Es hat sich auch so schon genug angesammelt.« Ich kratzte mich am Haaransatz. »Das Beste wird sein, ich schreibe ihm einen Brief.«

»Also wirklich! Ich war fest davon überzeugt, dass du mehr Mumm in den Knochen hast.«

»Nur zur Vorsicht«, warf ich ein. »Vielleicht ergibt sich gar nicht die Gelegenheit, persönlich mit ihm zu sprechen, schließlich ist er ja in der Küche beschäftigt.«

»Das glaubst du doch wohl selber nicht! Seit wann machen sich denn Fernsehköche noch die Hände schmutzig? Erst neulich habe ich einen Artikel über Paul Bocuse gelesen. Darin fragte ihn der Journalist, wer denn jetzt in der Küche koche, wo er doch gerade das Interview gebe. Und was, denkst du, hat Bocuse geantwortet?«

»Keine Ahnung.«

»Er hat gesagt: Genau derselbe, der auch kocht, wenn ich da bin.«

»Raphael ist aber nicht Bocuse«, wandte ich ein. »Und außerdem sind wir hier in Köln, da muss man die Drecksarbeit noch selber machen.«

Ich griff also nach Stift und Papier und begann zu schreiben:

Sehr geehrter Herr Franz,
hiermit entschuldige ich mich aufrichtig für den entstandenen Schaden an Ihrem Auto. Es war wirklich purer Zufall. Keinesfalls habe ich Sie mit Absicht von hinten angebumst.

Nein, so konnte ich das unmöglich formulieren! Ich zerknüllte das Blatt und setzte erneut an:

Sehr geehrter Herr Franz, das mit Ihrem Auto tut mir wahnsinnig leid. Auch die Sache mit dem Zahn und den Abführtropfen, die Sie sicher sehr gequält haben, das konnte ich im Fernsehen deutlich sehen. Aber da haben Sie mich schließlich provoziert. Ich bin auch ganz bestimmt kein Groupie. Und überhaupt hatte ich von Ihnen und Ihrer Fernsehsendung zuvor noch nie etwas gehört.

Jetzt fehlte eigentlich nur noch ein Indianerehrenwort und es könnte glatt als Entschuldigung eines Kindergartenkindes durchgehen, dachte ich und zerriss auch diesen Zettel. Ich hatte gerade *»Ich bitte aufrichtig um Verzeihung«* auf ein weiteres jungfräuliches Blatt geschrieben, als Silke mich unterbrach:

»Was machen Bruce und Willis denn da?« Sie hatte sich über den Käfig gebeugt und die beiden Meerschweinchen beobachtet, die sich zu einem Bündel verkeilt hatten.

»Bestimmt zanken sie sich.« Das kam häufiger vor, schließlich waren es zwei Männchen. Aber ich sorgte mich nicht ernsthaft deswegen.

»Meinst du, sie haben Hunger?«

»Vielleicht. Du kannst ihnen gerne etwas Salat geben.«

»Mmh«, machte Silke. »Nach Zanken sieht das eigentlich nicht aus. Und warum grunzen die so komisch?« Sie rüttelte am Käfig, aber die beiden ließen sich nicht stören.

»Meinst du, sie sind schwul?«

»Das kann schon sein.« Grübelnd kaute ich an meinem Kuli und suchte nach einer Formulierung, die sich wenigstens einen Hauch distinguiert anhörte.

Den Autounfall bedauere ich sehr. Selbstverständlich komme ich für den entstandenen Schaden auf. Ich entschuldige mich auch dafür, dass ich Ihnen den Schneidezahn abgebrochen und Ihnen die Abführtropfen verabreicht habe. Das war kindisch und unprofessionell von mir. Ich hoffe sehr, dass Sie mir das verzeihen können, und verbleibe mit freundlichen Grüßen

Josephine Henning

Das klang weder zu jämmerlich noch zu überheblich, wie ich fand. So konnte es bleiben. Und weil ich gerade so schön im Schreibfluss war, notierte ich gleich noch eine Nachricht für die Versicherung und heftete sie an die Rechnung der Autowerkstatt.

Ich schob die Briefe in die Kuverts.

Wenn ich nur daran dachte, eine Klebefläche anzulecken, bekam ich schon einen trockenen Hals, deshalb schenkte ich mir erst einmal ein Glas Apfelschorle ein und trank gierig. Dann klebte ich die Umschläge zu, schrieb auf den einen schlicht *Raphael Franz* und auf den anderen die Adresse der Versicherung.

Ich konnte ja nicht ahnen, dass ich mir damit gerade mein eigenes Grab geschaufelt hatte.

RAPHAEL

Alles war perfekt vorbereitet. Raphael war besonders stolz auf sein schlichtes Menü. Wenn andere ihre Radieschen in Scheiben schnitten und sie dann als Carpaccio anpriesen, fand er das lächerlich. Er nannte die Dinge gerne beim Namen, und ebenso wenig hatte er Verständnis dafür, wenn ein Gericht durch übertriebenes Garnieren verunstaltet wurde. Nicht umsonst lobte die Presse seine Küche als herausragenden Balanceakt zwischen Bodenständigkeit und Innovation.

Das heutige Menü machte ihm also keine Schwierigkeiten. Trotzdem war er nervös.

Ob es daran lag, dass Evie ihn am Vormittag dabei erwischt hatte, wie er die Gästeliste unbewusst verziert hatte? Er hatte dem Namen der Anästhesistin beim Telefonieren mit Kuli einen dicken Rahmen verpasst.

»Ist das ein besonderer Gast?«, hatte Evie sich erkundigt. Ihm war daraufhin keine Erwiderung eingefallen, die auch nur annähernd erklären konnte, was in ihm vorging. Deshalb hatte er den Zettel zerknüllt und in den Papierkorb geworfen.

Jetzt überflog er zum wiederholten Male seine Notizen. Es würde keine Überraschungen geben. Er würde nicht plötzlich erfahren, dass ein Großteil der Gäste den Fisch à la carte bestellt hatte und dann ins Kühlhaus eilen müssen, um weitere Portionen herauszulösen.

Sein Team war gut organisiert. Er selbst übernahm wie immer den Fleisch- und Soßenposten, was nicht bedeutete, dass er dem Entremetier nicht aushelfen würde, wenn es die Situation erforderte.

Seinen Status hatte er sich hart erarbeitet. Nach seiner Ausbildung in einem Hotel in Baiersbronn hatte er unter anderem in Bozen, Hamburg und auf der MS Europa gekocht, bevor er nach Köln zurückgekehrt war. In seinem Urlaub kochte er sich durch die Toskana und die Emilia Romagna. Seine Liebe zur italienischen Küche gründete auf seiner norditalienischen Großmutter, die ihn als Kleinkind mit sinnlich schlichter Polenta gefüttert hatte.

Doch hatte seine Kochleidenschaft einen Knick erhalten, nachdem Susanne ihn mit der Begründung verlassen hatte, ein einfacher Koch könne wohl kaum eine Familie ernähren. Ob sie das inzwischen bereute, wusste er nicht. Es war ihm auch einerlei.

Einen Moment dachte er noch darüber nach, wie viel Geld Ärztinnen wohl verdienten. Bestimmt so viel, dass sie nicht auf einen Mann angewiesen waren. Dann stellte er fest, dass ihm das eigentlich auch egal sein konnte.

KAPITEL 13

»Du siehst aus, als gingst du zu einer Hochzeit«, sagte Silke und schnaubte. »Zu deiner eigenen Hochzeit!«

Sie hatte recht: Ich konnte unmöglich wie ein wandelndes Baiser auf dem Sommerfest auftauchen. Außerdem passte das weiße Kleid überhaupt nicht zu den neuen Schuhen. Ich schälte mich wieder heraus und stopfte es zurück in den Kleiderschrank. Stattdessen wählte ich einen dünnen, gelben Pullover und einen jeansblauen Faltenrock, der eine Handbreit über dem Knie endete. Das Ganze toppte ich mit einem hellblau gepunkteten Tuch. Abendgarderobe hin oder her, bei dem Wetter würde ich mich nicht in ein schwarzes Kleid zwängen. Ich wollte sexy aussehen, aber nicht so sexy, dass meine männlichen Kollegen anfingen zu sabbern. Wenn sie sabberten, dann bitte einzig und allein wegen Raphaels Kochkunst.

Silke trug ein Sommerkleid mit Blumenprint. Sie sah aus wie eine Rose, die unbedingt gepflückt werden wollte, was ich voller Argwohn feststellte.

»Es gibt wohl keine Möglichkeit, dich noch davon abzubringen?«, fragte ich mit einem Quäntchen Resthoffnung in der Stimme.

»Nein!«

»Na gut«, seufzte ich und puderte meine Nase.

»Das Restaurant ist ein Traum«, erzählte Silke. »Ich habe mir das im Internet angesehen. Sie bieten 120 Sitzplätze auf der Terrasse an und ebenso viele im Innenbereich. Und denk dir nur: In Raphaels Küche arbeiten allein zwölf Köche! Kannst du dir das vorstellen?«

»Hoffentlich nicht alle auf einmal«, sagte ich und tuschte mir die Wimpern.

»Und ich hoffe, wir sitzen draußen. Das ist so furchtbar romantisch.«

»Ja«, bestätigte ich, »vor allem mit den Fliegen im Weinglas.«

»Davon hast du wohl schon welche an den Wimpern kleben«, gab Silke zurück, und ich zupfte die Hälfte der klumpigen Tusche wieder herunter.

»Vielleicht sollten wir vorher noch zu McDonald's fahren«, überlegte ich laut, während ich meine Haare bürstete, bis sie glänzten.

Silke stutzte. »Denkst du, die Portionen in einem Nobelrestaurant sind so winzig?«

»Nein«, gab ich zu. »Aber ich denke, dass zumindest meine Portion ungenießbar sein wird. Es würde mich nicht wundern, wenn mir Raphael anstatt des Trüffels Fliegenpilz über das Essen streute.«

»Du spinnst! Wenn er wirklich vorhätte, sich an dir zu rächen, dann wäre er wohl kaum so dämlich, das in seinem eigenen Restaurant zu tun, wo es doch sofort auf ihn zurückfällt.«

»Jeder Mensch begeht mal einen Fehler.«

»So wie du, meinst du wohl.«

Ich fand es ungerecht, dass sie weiter darauf herumritt, trug es doch nicht gerade dazu bei, mein Gewissen zu beruhigen. Aber da sie recht hatte, seufzte ich nur.

Im Übrigen war Silke nicht die Einzige, die im Internet recherchiert hatte, ich hatte ebenfalls das ganze Netz nach Raphael Franz abgesucht. Allerdings war sein Restaurant für mich von weniger großem Interesse gewesen. Vielmehr hatte ich nach seinem Privatleben geforscht. Aber entweder es gab keines, oder er war so geschickt darin, es zu verbergen, dass man unmöglich etwas über ihn erfahren konnte.

Es gab etliche Einträge zu Raphaels Kochsendung, aber kaum welche zu seiner Person. Erst heute Morgen hatte ich seine Webseite besucht und mich beim Anblick des riesigen Fischs auf der Startseite erst einmal zu Tode erschreckt. Aber immerhin gab es auf dieser Seite einen kleinen Artikel über seine Vita. Ich fand es äußerst spannend zu lesen, wo Raphael schon überall auf der Welt gewesen war. Und ich konnte auch nicht widerstehen, als ich sein Foto daneben sah, und speicherte es auf meinem PC ab. Es zeigte einen ganz anderen Raphael als den, den man in seiner Sendung zu sehen bekam. Ernst und nachdenklich. Und doch mit dem verstrubbelten Haar und den geschwungenen Lippen von unglaublicher Sinnlichkeit.

Dann hatte ich entdeckt, dass es sogar eine Biografie

von Raphael gab. Und auch wenn ich mir einzureden versuchte, dass es sicher nicht nur Groupies waren, die sich diese Biografie kauften, hatte ich doch ein mulmiges Gefühl, als ich die Bestellung aufgab. Das Buch war bereits heute Morgen angekommen und ich hatte es wohlweislich vor meiner Schwägerin versteckt. Dass es unter meinem Kopfkissen lag, musste sie ja nicht unbedingt wissen.

In diese Gedanken hinein klingelte es an der Haustür, und ich zuckte wie ertappt zusammen.

»Es ist halb sieben, wer kann das denn jetzt sein?«, fragte Silke.

»Oh nein!«, entfuhr es mir, als mich eine böse Ahnung erfasste. Ich war mir so sicher gewesen, dass Brahms die Abfuhr verstanden hatte. Doch als ich mich zur Tür gequält hatte, wich meine Befürchtung der gnadenlosen Realität:

»Ich habe Ihnen Blumen mitgebracht«, sagte Brahms, obwohl das nicht zu übersehen war, denn er trug den Strauß vor sich an die Brust gepresst.

»Da liegt wohl ein Missverständnis vor«, begann ich, schluckte den Rest aber hinunter, als ich Brahms' enttäuschtes Gesicht sah. »Darf ich Ihnen meine Schwägerin vorstellen? Frau Dr. Catsan.«

Sie schüttelten einander die Hände. Brahms mit einer strammen Haltung, Silke mit geschürzten Lippen.

»Dr. *Henning*-Catsan«, verbesserte sie.

»Brahms«, sagte Brahms. Es hätte mich nicht gewundert, wenn er dabei die Hacken zusammengeschlagen hätte. Er war in etwa so entspannt wie ein Besenstil. So gesehen passten wir gut zusammen, denn auch meine Nerven lagen blank.

Wir ließen uns von Brahms in seinem alten Volvo zum Restaurant fahren. Unterwegs warf ich noch den Brief für die Versicherung in den Kasten. Den anderen, der Raphaels Namen trug, presste ich in der Handtasche fest an mich.

Das Raphaello lag direkt am Rhein, etwas außerhalb vom Stadtzentrum in Richtung Rodenkirchen. Deshalb bot sich uns kein Blick auf bunte Fährschiffe, sondern eine wunderschöne Aussicht auf das Ufer mit Bäumen und Kiesstrand. Das Restaurant selbst war in einem alten Fabrikgebäude aus Backstein untergebracht. Die Rheinseite bestand zum größten Teil aus Fensterfront. Eine schmiedeeiserne Pergola überdachte einen Teil der Terrasse. Weißes Tuch bauschte sich zwischen den einzelnen Pfosten. Neben der Eingangstür standen zwei Wildschweine aus schwarzem Stein. Eine junge Frau mit auffällig roten Haaren kontrollierte am Eingang die Gästeliste.

»Sie gehören zur medizinischen Abteilung?«, fragte sie, als ich mich gerade an ihr vorbeischlängeln wollte.

»Zur medizinischen Abteilung?«, fragte ich. (Es fing schon wieder an.)

»Darf ich nach Ihrem Namen fragen?«

»Nach meinem Namen fragen?«

Silke stieß mich in die Rippen. »Das ist Frau Dr. Henning!«, fuhr sie dazwischen. »Ich bin Frau Dr. Catsan und der ältere Herr da, das ist Dr. Brahms.«

Brahms fuhr bei dieser wenig schmeichelhaften Beschreibung sichtlich zusammen.

»Johannes Brahms«, ergänzte er. »Ich bin erst achtundvierzig.« In dem Moment tat er mir leid, deshalb beschloss ich, an diesem Abend besonders freundlich zu ihm zu sein.

»Ach, Sie sind Josephine Henning?« Die Rothaarige sah sehr interessiert aus und kritzelte etwas auf ihre Kladde. Leider konnte ich nicht erkennen, was es war. Es war auch möglich, dass sie nur einen Haken hinter meinem Namen malte. Oder sie berechnete gerade die Dosis an Gift, die bei der Breite meiner Hüften nötig sein würde, um mich zur Strecke zu bringen. Jedenfalls musterte sie mich eingehend, während sie uns mit einer Geste zur Terrasse lotste. Ich schenkte ihr mein freundlichstes Lächeln. Jeder Mensch wusste, dass Servicekräfte immer am längeren Hebel saßen. So jemanden machte man sich nicht zum Feind. Ich legte noch eine Schippe drauf und bedankte mich artig.

Ein Kellner bot uns ein Tablett mit Sektgläsern dar. Mechanisch griff ich danach, hielt aber als Erstes das Glas ins Licht. Ob man Giftspuren als Schlieren auf dem Glas würde erkennen können?

Silke kippte ihren Sekt in einem Zug herunter. Ich

schnupperte noch argwöhnisch. Brahms entschuldigte sich und verschwand in Richtung Toiletten.

»Lecker«, sagte Silke und packte dem nächsten Kellner, der vorbei kam, ungeniert ans Tablett.

»Ich kann das nicht trinken. Was, wenn Raphael seine Kollegen geimpft hat, mich zu impfen? Also, ich meine, mich zu vergiften.« Das letzte Wort wisperte ich Silke ins Ohr.

»Sowas Idiotisches!«, raunte sie zurück. Leider nicht ganz so leise. »Es wäre viel unkomplizierter, wenn er dich einfach in den Rhein werfen lassen würde. Er hat schließlich das perfekte Alibi – ein Haus voller Gäste. Und du würdest frühestens in Düsseldorf wieder angespült werden.« Ein wohliger Schauer schien sie zu durchrieseln, denn sie lächelte bei dieser Vorstellung.

Ich beäugte mein Glas. War in dem zartgoldenen Schein nicht ein grüner Schimmer zu sehen? Unauffällig tauschte ich bei der nächsten Gelegenheit meine Sektflöte gegen eine frische aus.

Aus Sicherheitsgründen trank ich schnell. Bereits als junges Mädchen lernt man im Rheinland von seiner Mutter, dass man niemals (unter keinen Umständen) ein Getränk unbeaufsichtigt stehen lassen darf. Wegen der Gefahr von K.-o.-Tropfen. Seltsamerweise waren mir in meiner medizinischen Laufbahn noch nie welche untergekommen, und ich hatte schon viele Bluttests gesehen. Die Mädchen, die jedes Jahr an Karneval völlig willenlos und komatös ins Krankenhaus eingeliefert wurden, hatten stattdessen einen Blutalkoholgehalt von mindestens 1,6 Promille. Sie wandten wohl alle dieselbe Technik an wie ich, vermutete ich, als ich den Rest hastig herunterspülte.

»Sieht der Kellner dahinten nicht umwerfend aus?«, schwärmte Silke und unterbrach damit meine Gedanken.

»Welcher denn? Die sehen doch alle umwerfend aus«, stellte ich fest. Leider traf das nicht nur auf das männliche Personal zu.

»Der Schwarze da.« Silke seufzte.

»Sie tragen doch alle schwarz.«

»Ich meine den mit dem schwarzen Gesicht.« Jetzt kicherte sie wieder.

»Sieht aus wie Espresso«, bestätigte ich.

»Nicht wahr?« Sie leckte sich über die Lippen. »Und ich liebe Espresso! Ich glaube, ich hole mir einen.«

»Du kannst mich doch hier nicht allein lassen!«, rief ich aus, als sie davonstöckelte. »Brahms kommt bestimmt jeden Moment zurück.«

»Mit dem wirst du schon fertig«, rief sie im Gehen. Aber da war ich mir nicht so sicher. Ich fühlte mich hilflos und warf ständig nervöse Blicke über meine Schulter.

Erneut kam ein junger Kellner, eine neckische Locke in der Stirn, vorbei. Diesmal bot er Fingerfood an. Mein Magen knurrte angriffslustig. Ich wollte auch schon zugreifen, da schob er eines der Häppchen, die auf silbernen Löffeln drapiert waren, zu mir herüber.

»Probieren sie den Lachsfisch, das ist eine Spezialität unseres Chefs. Ein Nordseeschnäpel.« Er lächelte süß.

Abrupt zog ich meine Hand zurück. »Danke, aber ich will mich nicht schon satt machen«, sagte ich schnell. Von seinem Lächeln ließ ich mich nicht täuschen. Spezialität des Chefs – ausgerechnet! Wusste doch jeder, dass gerade Fisch äußerst gefährlich war. Mir fielen bestimmt zehn Morde ein, bei denen Fisch die Hauptrolle gespielt hatte, und die waren nicht alle von Agatha Christie!

Ganz abgesehen davon, dass Schnäpel jetzt auch nicht so appetitlich klang. Erinnerte fast ein wenig an Schrapnell, und das brachte ja bekanntlich auch den Tod.

Ich schüttelte mich noch, als Brahms zurückkam.

»Darf ich Ihnen ein weiteres Glas Sekt holen?«, erkundigte er sich.

»Nein danke. Aber vielleicht können wir uns schon mal einen Platz suchen?« Meine Pumps drückten ein wenig und ich freute mich darauf, meine Füße zu entlasten. Den Eingang immer im Blick ließ ich mich von Brahms zu einem Tisch im vorderen Bereich des Restaurants führen. Die Flügeltüren standen sperrangelweit offen, und eine Brise brachte angenehme Luft ins Innere. Ich setzte mich mit dem Gesicht zur Küche. Schließlich wollte ich die Gefahr nicht im Rücken spüren.

Viel lieber sah ich ihr ins Auge.

RAPHAEL

»Sie ist da«, sagte Jonas und schob sich die widerspenstige Locke aus der Stirn.

»Wer?«, fragte Raphael. Bevor er sich zu seinem Kollegen umdrehte, trank er seine Wasserflasche leer. In den nächsten Stunden würde er kaum dazu kommen.

»Der weibliche Gast, der eigentlich gar nicht wichtig ist«, erklärte Jonas und zupfte demonstrativ einen unsichtbaren Flusen von seinem Hemd.

Jetzt war sich Raphael sicher, dass Evie geplaudert hatte. Den ganzen Morgen hatte sie schon seltsame Andeutungen gemacht, die er mit einem Achselzucken zur Kenntnis genommen hatte. Dass aber Jonas jetzt auch solche Sprüche klopfte, konnte nur bedeuten, dass sie getratscht hatte.

Er filetierte den letzten Lammrücken und versuchte, nicht darauf zu reagieren. Doch Jonas war noch nicht fertig: »Wenn ich heute einen besonders schönen Teller habe, wem soll ich den dann geben?«

Raphael hörte ein Kichern in seinem Rücken, doch als er sich umwandte, schienen alle in ihre Vorbereitungen vertieft.

»Bei uns sind alle Gäste gleich.« Scheinbar gelangweilt zählte er die Lammstücke durch.

»Aber manche sind gleicher als andere«, gab Jonas zurück.

»Hast du Lust, zu spülen, oder was?«, raunzte Raphael.

»Große.« Jonas nickte.

Erneutes Kichern. Wenn er das Getuschel im Keim ersticken wollte, dann blieb ihm nur der Angriff.

»Okay, Leute«, er drehte sich zu seinem Team um, »jetzt kommt die Ansprache des Tages und mein Beitrag zum Phrasenschwein: Wo eine Flamme ist, muss auch jemand brennen. Wir kochen mit Leidenschaft und nicht mit dem Lineal! Der Tellerrand gehört nicht dem Gast, sondern dem Service. Und wer garniert, der ist zu dämlich zum Anrichten!« Er packte Jonas an der Schulter und schob ihn zur Küchentür. »Und solltest du, lieber Jonas, einen besonders schönen Teller in die Finger bekommen, dann wirst du ihn«, er deutete durch das Sichtfenster in den vorderen Teil des Restaurants, »der jungen Frau dort in dem gelben Pullover geben, ist das klar?«

»Der mit dem süßen Gesicht und dem kurzen Rock?«

Raphael schluckte. »Genau der.«

KAPITEL 14

Als Silke endlich zu unserem Tisch fand, hatte Brahms bereits den Platz neben mir eingenommen. Auch Gaby war inzwischen angekommen.

»Hat der Espresso geschmeckt?«, fragte ich meine Schwägerin, viel angriffslustiger, als ich das eigentlich beabsichtigt hatte. Sie lächelte nur.

»Dein Lippenstift ist übrigens verschmiert.«

»Dann klebt er vermutlich an der Tasse. Kann ich ja später noch nachziehen. Nach dem Essen«, ergänzte sie. »Ich habe nämlich einen Bärenhunger.«

»Hnh«, machte ich.

Gaby saß uns direkt gegenüber und lächelte Brahms an, der sie aber gar nicht bemerkte, weil er gerade in ein Gespräch mit einem Chirurgen vertieft war, den ich nicht näher kannte.

»Straubing ist mit seiner Frau gekommen.« Sie deutete auf ein Paar in einem albernen Trachtenoutfit. Ich hätte nicht behaupten können, dass ich schon immer scharf darauf gewesen wäre, den Professor der Chirurgie in einer Lederhose zu sehen, und das noch dazu im Rheinland. Doch gegen meinen Willen war ich vom Anblick seiner haarigen Waden auf morbide Art gefesselt. Frau Professor trug ein Dirndl mit den typischen Strickstrümpfen und hing an seinem Arm. Wenn das ihr Versöhnungsauftritt war, dann erklärte es auch, warum Gaby versuchte, mit Brahms zu flirten. Es war wirklich allerhöchste Zeit, sie über Brahms' nicht vorhandenen Humor aufzuklären!

»Darf ich Ihnen schon etwas zu trinken bringen?« Der gelockte Kellner von vorhin war neben unserem Tisch erschienen und empfahl uns Rotwein. Ich bestellte mir lieber eine Flasche San Pellegrino, weil ich da sicher sein konnte, etwaige Zusätze sofort herauszuschmecken.

Über uns baumelten riesige Glühbirnen, die Tische schmückten unscheinbare Grünpflanzen. Das Fehlen der Tischdecken vermerkte ich unter dem Stichwort »männliche Kargheit«. Irgendwie gefiel mir das. Ich hatte den Eindruck, dass das ganze Restaurant Raphael auszuatmen schien. Und das war ein sehr sinnlicher, herber Duft mit einem hohen Moschusanteil.

An der linken Seite des Raumes entdeckte ich einen Schriftzug an der Wand: »Wo Verlangen ist, da lodert auch eine Flamme«, konnte ich entziffern. Neben der Terrassentür lief die Schrift weiter: »Wo eine Flamme lodert, da muss auch jemand für sie brennen.«

Allein beim Lesen wurde mir schon ganz heiß.

Vom dunklen Holz des Tisches hob sich eine hellgrüne Serviette ab, in der die Menükarte steckte. Ebenso schnörkellos wie das ganze Restaurant, aber auf hochwertigem Papier gedruckt:

RAPHAELLO

MENÜ

Wilder Salat
Olivenkraut

Gebratene Meerbarbe
Erbsenmus

Lammkarree
Paprikabeere

Aprikose
Ricotta

WEIN

Raphaello, trocken
100% Nebbiolo

Acquagiusta Rosso
kräftig und elegant

Mehr Auswahl finden Sie
auf unserer separaten Weinkarte.

Ich muss wohl nicht extra erwähnen, dass mir allein beim Lesen das Wasser im Mund überlief. Meine Glandula sublingualis produzierte im Übermaß. Schnell spülte ich etwas Wasser nach, um meinen Magen zu besänftigen.

Als das allgemeine Stühlerücken nachgelassen hatte, wurde der Salat serviert. Wie ausgehungert stürzte sich Silke auf das Blattgrün.

Ich war skeptisch.

Rucola und Löwenzahn an sich schmeckten bereits bitter. Darin ließen sich bestimmt Gifte jeglicher Art verstecken. Einige der Blätter erinnerten auch stark an Eisenhut, und selbst ein Laie wusste, dass man davon Herzrhythmusstörungen bekam. Sehr geschickt von Raphael, dachte ich anerkennend.

Ich stocherte in den Salatblättern, als Gaby meine trüben Gedanken unterbrach:

»Ein Internist, ein Psychiater und ein Chirurg gehen auf Entenjagd«, begann sie. Brahms zupfte seine Fliege zurecht und beugte sich zu mir herüber.

»Schmeckt es Ihnen nicht?«

Der Blick auf seinen sprechenden Mund ließ in mir das Gefühl aufkommen, in einen dunklen Tunnel zu fahren. »Doch, doch«, log ich. »Ich vertrage nur rohes Gemüse nicht so gut.«

Gaby ließ sich nicht stören:

»Der Internist legt das Gewehr an. ›Sieht aus wie eine Ente, fliegt wie eine Ente, aber ob es wirklich eine

Ente ist?‹, und, schwupps, ist das Tier vorbeigeflogen.« Sie hatte Brahms' Aufmerksamkeit gewonnen – sein offener Mund zeigte nun in ihre Richtung, und ich konnte wieder freier atmen. Zumindest so lange, bis mir den Atem stockte, weil ein Fuß mein Schienbein hochfuhr. Erstaunt stellte ich fest, dass es Gaby war, die wohl mit Brahms füßeln wollte, dabei aber mein Bein getroffen hatte.

»Der Psychiater legt das Gewehr an. ›Sieht aus wie eine Ente, fliegt wie eine Ente, aber ob sie weiß, dass sie eine Ente ist?‹, und schon ist das Tier vorbeigeflattert.« Gaby bürstete mit Hingabe meine Wade, was mich dazu veranlasste, mit dem anderen Fuß nach ihr zu treten.

Brahms offener Mund musste inzwischen auch ziemlich ausgetrocknet sein. Er machte ein paar Schnappbewegungen, bevor er einen Schluck aus dem Weinglas nahm. Neidvoll sah ich zu, wie der Rotwein eine ölige Spur auf seinem Glas hinterließ.

»Der Chirurg legt das Gewehr an und ballert wie wild drauflos. Federn spratzen in alle Richtungen, das verstümmelte Tier fällt zu Boden. ›Schau mal, ob es eine Ente war!‹, sagt er.«

Gaby gluckste. Die anderen lachten verhalten.

Ich war froh, als endlich mein Salat abgeräumt wurde. Gott sei Dank mag ich keinen Fisch!, dachte ich noch. Aber ich hatte auch noch nie zuvor gebratene Meerbarbe gerochen. Erbsenmus klang in meinen Ohren bereits wahnsinnig attraktiv, aber was waren schon

Worte, wenn man kräftiges Grün auf weißem Teller erblickte?

Die würzigen Röstaromen des Fischs zogen mir in die Nase und mein Magen zog sich schmerzhaft zusammen. Silke schaufelte ungehemmt das Essen in sich hinein.

»Iff daff niff köfftliff?«, schmatzte sie.

»Genial!«, bestätigte Gaby.

»Eine Offenbarung«, ließ sich selbst Brahms zu einem Lob hinreißen.

Mit der Gabel zerteilte ich meine Meerbarbe und schob die Bröckchen auf dem Teller hin und her. Als Silke erneut die Augen verdrehte, spießte ich schnell ein Stück Fisch von ihrem Teller auf und verschlang es. Ich stöhnte, weil die Meerbarbe Liebesbriefe an meinen Gaumen sandte.

»Iffab daff genau geffehn!« Silke fuchtelte drohend mit ihrer Gabel durch die Luft. »Du biff dumm, daff du dir daff entgeh'n läfft!«

Mein Magen war anscheinend derselben Meinung wie sie, denn er zwickte und zwackte. Doch auch diese Qual fand noch eine Steigerung, als das Lammkarree serviert wurde.

Nur mit Mühe konnte ich meine Zunge daran hindern, auf den Teller zu fallen. Den Speichel schluckte ich tapfer herunter, fragte mich aber doch, ob diese Tortur langfristige Schäden verursachen könnte.

»Sehen Sie sich das an!«, verlangte Brahms und

drückte mit der Gabel auf sein Fleischstück. Der Saft troff heraus und bildete eine kleine rosa Pfütze. Gaby leckte ungeniert ihr Messer ab und ließ ihren Fuß zwischen meinen Beinen hochwandern. Panisch schubste ich den Stuhl nach hinten und sprang auf. Sie blickte erschrocken hoch, als ihr damit das vermeintliche Objekt der Begierde entzogen wurde.

»Ich muss auf die Toilette«, stieß ich hervor.

KAPITEL 15

Das viele Wasser, das ich als Ersatz für das Essen in mich hineingeschüttet hatte, bahnte sich seinen Weg nach draußen. Hektisch suchte ich die Türen ab.

»Kann ich Ihnen behilflich sein?«

Das war die Kellnerin, die mich am Eingang so kritisch gemustert hatte. Jetzt lächelte sie verständnisvoll. »Die Treppe dort hinten«, erklärte sie. Ich hastete die Stufen hinab. Auf einer Tür entdeckte ich ein Symbol, dessen Bögen durchaus als Brüste durchgehen konnten. Interessiert schaute ich mich nach dem Männerklo um. Tatsächlich: Dort prangte ein ähnliches Zeichen, allerdings nicht auf Augenhöhe.

Wenige Augenblicke später kam ich erleichtert an den Tisch zurück. Doch wenn ich gewusst hätte, was mich dort erwartete, wäre ich den Rest des Abends auf der Toilette geblieben.

Der lockige Kellner entfernte nämlich gerade mein Lamm. Als Ersatz reichte er einen Teller mit Polenta.

»Ich hab ihm gesagt, dass du Vegetarierin bist«, flüsterte Silke mir zu.

»Nehmen Sie das bitte wieder mit!«, keuchte ich mühsam beherrscht. »Ich bin … pappsatt.« Diese

Lüge zog mir den Boden unter den Füßen weg, und ich plumpste auf meinen Stuhl.

»Wirklich?«, fragte er.

»Wirklich«, quiekte ich.

»Nein!«, stieß Silke hervor und rammte ihre Gabel in die Polenta. »Wir geben das nicht wieder her!« Sie mampfte fröhlich, während der Kellner sich verwirrt entfernte.

»Bist du verrückt, Silke? Was ist, wenn du gleich tot umfällst?«

»Sind doch genug Ärzte hier«, sagte sie. Dann ging ihre Stimme in ein Stöhnen über. »Mmh, das ist außen knusprig und innen cremig, genau so, wie es sein soll. Und wenn ich schon sterben muss, dann wenigstens auf diese Art, mit einer solchen Köstlichkeit auf den Lippen.«

»Na gut«, gab ich nach. »Wenn du dieses Risiko eingehen willst.« Ich zuckte mit den Schultern und wenige Augenblicke später zusammen, weil ich einen Aufschrei hörte.

»Kam das aus der Küche?«, fragte ich Brahms.

»Was denn?«

»Das Gebrüll gerade.«

»Ich habe nichts gehört.«

Anscheinend litt ich unter Wahrnehmungsstörungen. Ob mein niedriger Blutzucker daran schuld war? Das war durchaus möglich. Ich hätte doch darauf bestehen sollen, vorher zu McDonald's zu fahren.

»Sie wissen aber schon, dass sich unregelmäßige Nahrungsaufnahme auf Ihre Leistungsfähigkeit auswirkt?«, erinnerte mich Brahms. Er warf dem Nachtisch, der in diesem Moment aufgetragen wurde, bewundernde Blicke zu.

Und nicht nur darauf, dachte ich wütend. Es wirkte sich auch ganz eindeutig auf meine Stimmung aus!

»Tun Sie das weg!«, hechelte ich heraus, was den Kellner sichtlich schockierte:

»Sie möchten kein Dessert?« Seine Stimme schoss vor Entsetzen eine Oktave in die Höhe.

»Nein, danke.« Ich kramte in meiner Handtasche nach Traubenzucker. Leider fand ich keinen, ich musste ihn bereits beim letzten Dienst vernichtet haben. Als ich wieder hochsah, bemerkte ich zwei Dinge, die mich irritierten: zum einen eine lange Möhre, die jemand vor mir platziert hatte (das konnte nur Gaby gewesen sein) und zum anderen den Kellner, der beides (die Möhre und mich) entgeistert musterte. Gaby wählte dann auch diesen Augenblick, um ihr Arrangement zu vervollkommnen:

Sie raschelte unter dem Tisch und ließ dann zwei Raffaello-Kugeln rechts und links neben die Möhre plumpsen.

Das war unverkennbar ein Phallus-Symbol. Sowohl der Kellner als auch ich atmeten hörbar ein.

Jetzt war es ohnehin schon egal. Und da ich wirklich außerordentlich hungrig war und bei dieser Süßigkeit wenigstens sicher sein konnte, dass sie nicht vergiftet war, spießte ich eine davon mit der Dessertgabel auf und stopfte sie mir im Ganzen in den Mund.

Ich kaute.

Der Kellner schluckte.

»Waffen ffie!«, rief ich mit vollem Mund aus, als er sich davonstehlen wollte. Hastig würgte ich die Süßigkeit hinunter. »Darf ich Sie nach Ihrem Namen fragen?«

»Jonas.«

Ich zog den Briefumschlag mit meiner Entschuldigung aus der Tasche. »Jonas, könnten Sie das bitte Ihrem Chef geben?«

»Gibt es etwas zu beanstanden? Waren Sie mit dem Essen nicht zufrieden? Oder mit dem Service?« Seine Hand, die den Brief nahm, zitterte leicht.

»Das ist etwas, äh, Privates«, wich ich aus.

Als er verschwunden war, beschwerte ich mich als Erstes bei Gaby. »Was sollte das mit den Raffaellos?«, fauchte ich. »Hast du gesehen, wie dieser Jonas mich angeguckt hat? Der hält mich jetzt bestimmt für eine Irre!«

»Wobei er damit gar nicht so unrecht haben dürfte«, wandte meine Schwägerin ein. »Schließlich verdirbst du dir selbst diesen schönen Abend. Ein wenig irre ist das schon.«

»Was soll denn an diesem Abend schön sein? Das ist sowas von peinlich. Stell dir vor, mein Chef hätte das mitbekommen!«

Brahms unterbrach uns. »Auch wenn es gerade nicht der richtige Augenblick zu sein scheint: Ich möchte Sie gerne darauf hinweisen, dass man mir Viehhöfers Stelle angeboten hat. Demnächst werde ich also Ihr Oberarzt sein.«

Mir hing der Atem in der Kehle fest. Irgendwo zwischen Stimmlippen und Kehldeckel.

»Aber ich nehme Ihnen und Ihrer Freundin diesen kleinen Scherz in keiner Weise übel.« Er tätschelte beruhigend meinen Arm.

»Das ist wirklich kein Grund, sich aufzuregen«, fügte Silke noch hinzu. Diese unerwartete Gelassenheit musste dem üppigen Essen geschuldet sein. Catwoman räkelte sich genüsslich und putzte sich das Fell.

»Finde ich auch«, meinte Gaby.

»In der Tat«, sagte Brahms.

»Außerdem«, Silke deutete mit ihrem Kinn in Richtung Küche, »hast du jetzt ganz andere Probleme.«

»Stimmt«, sagte Gaby.

Brahms nickte.

»Wieso?«

»Guck doch mal!«

»Ja«, bestätigte Gaby. »Dreh dich mal um!«

»Oha«, machte Brahms.

Ich wandte mich um und erstarrte.

Meine Vorstellung von einem Fernsehkoch reinkarnierte.

Insgeheim hatte ich mich schon gefragt, ob Raphael

einen weißen Kittel tragen würde, oder eine dieser hässlichen Kochmützen. Nun, jetzt kannte ich die Antwort:

Er trug keine Mütze.

Es war aber auch gut möglich, dass er sie sich gerade erst vom Kopf gerissen hatte, denn sein Haar stand wieder einmal völlig zerzaust ab. Er steckte zwar in einer Kochjacke mit unendlich vielen Knöpfen, doch war seine schwarz. Um den Hals trug er ein geknüpftes Tuch in den grünen Raphaello-Farben. Auf den Wangen dafür ein kräftiges Rot. Seine linke Hand krampfte sich um einen Zettel. War das etwa mein Brief?

Er sah irgendwie wütend aus.

RAPHAEL

»Sie hat dich an den Eiern«, sagte Jonas. »Raffaello-Eiern!«

Raphael hörte gar nicht genau hin. Er konnte es einfach nicht fassen, dass sie sein Lamm nicht einmal angerührt hatte.

Es schien beinahe, als wäre diese Ärztin seine persönliche Heimsuchung. Den ausgeschlagenen Zahn hatte er einigermaßen gut verkraftet. Der nächtliche Besuch im Krankenhaus fiel dann unter die Kategorie »Groupie« und auch den Auffahrunfall hatte er für einen herzhaften Versuch gehalten, ihn anzubaggern. Dass sie aber nun sein Essen verschmähte, das ging eindeutig zu weit! Und es passte auch gar nicht ins Bild, das er sich von einem Groupie machte. Er hatte eigentlich erwartet, dass sie ihn umschmeicheln würde wie alle anderen. Dass sie seine Kochkunst loben und seine Nähe suchen würde. Stattdessen hatte sie das Essen zerrupft wie einen welken Salat. Sie hatte sein Lamm abgewiesen! Das kam einer Beleidigung gleich.

»Hat sie die Polenta gegessen?«, fragte er in einem viel zornigeren Ton als beabsichtigt.

Man konnte Jonas ansehen, dass er um eine Antwort rang.

»Lüg mich nicht an!«

»Nein«, gab Jonas zu. »Aber sie hat mir einen Brief für dich gegeben. Hier!« Er streckte diesen von sich, als wäre er in Salzsäure getränkt worden.

Raphael riss den Umschlag ungeduldig auf und überflog den Inhalt.

Sein Unterkiefer fiel herab. »Was zum Teufel – «, entfuhr es ihm.

Er klappte den Mund auf und wieder zu.

Er raufte sich die Haare.

Er ballte die Hände zu Fäusten.

Dann stieß er die Tür auf, die ihn von seiner Peinigerin trennte.

Dass es keine gute Idee war, so aufgebracht das Restaurant zu betreten, wäre ihm klar gewesen, hätte er noch klar denken können. Aber sein Denkvermögen hatte sich in einer Rauchwolke aufgelöst, und sein Herz hämmerte in seiner Brust wie ein Fleischklopfer.

Sie hatte sich zu ihrer Sitznachbarin gewandt und sah ihn nicht kommen. Er spürte bereits, wie sich seine Finger um ihren schlanken Hals legten und zudrückten, da blickte sie ihn an.

Er genoss den Ausdruck der Angst in ihren Augen.

Dann hob sie plötzlich die Hände und

… fing an zu klatschen.

Als die Geräusche in sein Bewusstsein drangen, stellte er fest, dass nicht nur sie, sondern auch alle anderen Gäste ihm applaudierten. Es war nicht ungewöhnlich, dass einem Chefkoch auf diese Art Wertschätzung entgegen gebracht wurde, war er doch durch seine Fernsehauftritte überaus populär, doch gerade jetzt passte ihm diese Aufmerksamkeit überhaupt nicht.

Einer dieser arroganten Akademiker trat ihm in den Weg. Ein arroganter Akademiker mit völlig lächerlichen Lederhosen, wie er feststellte. Er kam ihm auch irgendwie bekannt vor.

»Herr Franz!«, dröhnte dieser. »Lassen Sie mich Ihnen offiziell für das überaus gelungene Fest danken. Einfach köstlich, kann ich nur sagen!« Sie schüttelten einander die Hände.

Diese Unterbrechung passte Raphael nun gar nicht, und er hätte dem Arzt die immer noch geballte Linke gerne in den Wanst gerammt. Nur mit Mühe entkrampfte sich seine Hand, und mit einem dankbaren Nicken in alle Richtungen wehrte er jede weitere Huldigung ab.

Raphael war nicht der Typ, der Sachen auf die lange Bank schob. Wenn es etwas zu klären gab, dann erledigte er das lieber sofort, bevor es ihm den Schlaf raubte.

Angestrengt lächelnd ging er an Josephines Tisch vorbei. Sie blickte stur auf ihr Wasserglas und vermied es, ihn anzusehen, deshalb ließ er eine Hand auf ihre Schulter fallen und beugte sich zu ihr hinab.

»Wir müssen reden«, raunte er. »Sofort!«

KAPITEL 16

»Wir müssen reden«, raunte Raphael in mein Ohr. Seine Finger krampften sich eine Spur zu fest in meine Schulter. »Sofort!«

Das war keine Bitte, da war ich mir sicher. Deshalb schob sich mein Stuhl auch wie ferngesteuert nach hinten. Meine Hand zitterte leicht, als Raphael sie packte und mich hochzog.

»Entschuldigt ihr mich einen Augenblick?«, fragte ich meine Tischnachbarn, aber Raphael zerrte mich fort, ohne dass ich eine Antwort hätte abwarten können. Er schleifte mich regelrecht an den anderen Gästen vorbei, und es hätte mich nicht gewundert, wenn er mich, sobald wir außer Sichtweite waren, über die Schulter geworfen hätte wie erlegtes Wild.

Der Vergleich schien mir äußerst passend und ängstigte mich gleichzeitig ein wenig. Raphael stieß die Küchentür auf, und sofort sprangen mehrere Personen zur Seite, als hätten sie sich alle vor dem Glasausschnitt gedrängt, um zu beobachten, was im Restaurant vor sich ging. Mehr als ein Dutzend Augenpaare starrten mich an. Der Gelockte grinste breit.

»Ha-hallo Jonas!«, brachte ich noch heraus, bevor Raphael mich auch schon weiterzog. Wir verließen unter dem albernen Gekicher der Umstehenden die Küche durch die Hintertür, und liefen die Treppe nach unten.

Ich erkannte die Gästetoilette wieder, die ich eben aufgesucht hatte, und war ein wenig erleichtert. Allerdings nur so lange, bis mir der Gedanke kam, dass Raphael eventuell eine Folterkammer in den hinteren Räumen seines Kellers eingerichtet haben könnte. Wer wusste schon, ob Köche nicht heimlichen Metzgerleidenschaften frönten? Die Möglichkeit kam mir gar nicht so abwegig vor.

»Wohin gehen wir?«, fragte ich, meine Stimme nicht viel mehr als ein Piepsen.

»Dorthin, wo man die Schreie nicht hört!«

»Meine Schreie?«, fragte ich keuchend.

»Nein, meine.«

Ach so.

»Aber warum bist du auf einmal so wütend?«, hakte ich nach.

»Seit wann duzen wir uns denn?«, blaffte er statt einer Antwort und schubste mich den Gang entlang.

Die Beleuchtung ließ zu wünschen übrig. Der Flur schien zwar penibel sauber zu sein, doch hockten in meiner Phantasie grundsätzlich ganze Spinnenlegionen in der Dunkelheit. Es roch selbst hier unten nach Essen.

Ich hätte mich auch gerne wie ein Esel gegen den Boden gestemmt, doch bot der Fliesenbelag zu wenig Halt. Außerdem wollte ich Raphael nicht noch mehr verärgern.

»Habe ich mich irgendwie missverständlich ausgedrückt?«, fragte ich Raphael, der daraufhin abrupt stehen blieb.

»Inwiefern?«

»Der Brief war wirklich ernst gemeint.«

»Meinst du etwa diesen Wisch hier?« Er wedelte mit meinem Schreiben in der Luft herum.

»Wieso? Was stimmt damit nicht?«

»Eine Rechnung über 500 Euro ist also deine Art, um Entschuldigung zu bitten?« Er ließ endlich meine Hand los, faltete den Zettel auseinander und las laut vor: »Mit der Bitte um sofortige Begleichung, Josephine Henning!« Mühsam drosselte er seine Stimme. »Was soll das? Schließlich bist du mir in das Heck gekracht, nicht ich dir!«

»Uff«, stöhnte ich. Mir wurde auf einmal ganz heiß. Und dass Raphaels Blick sich so in meinen brannte, machte die Sache nicht besser. »Da muss ich wohl die Briefe vertauscht haben.«

»Wer's glaubt!«

»Wirklich!«, beteuerte ich und entriss ihm das Schreiben. »Die Rechnung war selbstverständlich für die Versicherung gedacht. Ich wollte mich ehrlich entschuldigen. Und nicht nur dafür, dass ich dir den Zahn abgebrochen habe. Obwohl mir das natürlich besonders leidtut.« Jetzt kam ich in Schwung. »Ich stand ziemlich unter Druck, und außerdem war das mein erster 24-Stunden-Dienst. Ich war einfach überfordert, da kann sowas schon mal passieren. Auch das mit deinem Auto tut mir wahnsinnig leid! Und mit den Tropfen, das hätte ich nie gemacht, wenn du mich nicht provoziert hättest.«

»Den Tropfen?«, unterbrach er mich.

»Ja, den Tropfen.«

»Was denn für Tropfen?«

»Na, das Abführmittel, natürlich. Ich dachte – «

»Abführ…?«, keuchte er. Sein Blick umwölkte sich. »Deshalb also – « er schlug sich an die Stirn.

Verflixt!

»Das ist, äh, im Affekt passiert. Ich konnte ja nicht ahnen, dass du schon am nächsten Tag frühzeitig nach Hause gehen würdest. Und es tut mir auch unheimlich leid, dass sie ausgerechnet bei deiner Livesendung – «

»Abführtropfen!«, japste Raphael erneut. Sein Gesicht wirkte plötzlich irgendwie düster. Wenn ich ehrlich bin, dann war es ein sattes, dunkles Rot.

»Verzeihung«, sagte ich und versuchte damit, das Ruder noch herumzureißen. Aber er presste mich gegen die nächste Tür. Seine breite Brust an meiner zu spüren war nicht so unangenehm, wie ich es in dieser Situation erwartet hätte. Ob es im Marianengraben eigentlich Haie gab? War ja schließlich der Pazifik, oder? Zumindest schwamm etwas Gefährliches, Haiähnliches in Raphaels Augen herum, daran bestand kein Zweifel.

»Ich muss«, er atmete schwer, »mich … einen Moment … abkühlen!« Er betätigte einen Hebel in meinem Rücken, und der Widerstand hinter mir gab nach.

Er stieß mich in den angrenzenden Raum, und die Tür schloss sich zwischen uns.

Tja, und da war ich nun.

In der Kälte.

Ich fragte mich allerdings, ob Raphael sich nicht auf der falschen Seite befand. Wenn *er* sich unbedingt abkühlen wollte, warum musste *ich* dann jetzt frieren?

Meine Finger tasteten über die Wandfliesen nach einem Lichtschalter. Die Leuchtstoffröhren blinzelten mehrmals, bis sie schließlich grell aufleuchteten und damit das ganze Elend meiner Situation offenbarten.

RAPHAEL

Schwer atmend lehnte sich Raphael an die Tür.

Abführtropfen!

Er fühlte sich gedemütigt. Nicht nur, dass sie ihm dieses Zeug verabreicht hatte, wohl wissend, was es bewirkte, nein, sie hatte auch noch seinen Auftritt im Fernsehen in Kenntnis dessen verfolgt, was in seinen Eingeweiden vor sich ging. Noch in der Erinnerung an die Krämpfe wand er sich.

Das würde sie ihm büßen!

Er warf einen Blick auf seine Armbanduhr und überlegte, wie lange er sie im Kühlraum frieren lassen musste, bis diese Schmach auch nur zu einem Bruchteil gesühnt wäre. Vermutlich würde die Stromversorgung von ganz Köln dazu nicht ausreichen.

Allerdings – es war wirklich kalt da drin. Ziemlich genau fünf Grad, und Josephine trug nur einen kurzen Rock, was er eben ausführlich hatte in Augenschein nehmen können. Der dünne Pullover hatte auch nicht danach ausgesehen, als könnte er sie lange warmhalten, dazu war er zu weit ausgeschnitten. Sicher hatte sie bereits jetzt überall Gänsehaut.

Sein Herz hüpfte unregelmäßig. Er sah erneut auf die Uhr.

Josephine hatte noch nicht einmal geschrien oder um Hilfe gerufen, was er äußerst seltsam fand. Für eine Frau.

Zwei Minuten schon. Raphael lehnte sein Ohr an die Tür und horchte. Kein Laut drang durch die dicke Isolierschicht.

Spontan beschloss er, seine Rache zu reduzieren. Eine halbe Stunde würde sie wohl ausreichend leiden lassen. Und überhaupt: Es war doch möglich, dass ihr mit dem Brief wirklich nur ein dummer Fehler unterlaufen war. So groß war die Beule an seinem Bus auch wieder nicht. Außerdem war das schließlich nur ein Auto; für ihn ein schlichtes Arbeitsmittel, um Waren zu transportieren. Nie käme er auf den Gedanken, ein seelenloses Stück Blech einem Menschen vorzuziehen. Und eigentlich schienen ihm schon zehn Minuten genug der Revanche.

Sein Sekundenzeiger tickte träge. Ob er seine Uhr mal wieder neu einstellen lassen sollte? Er zählte im Geiste mit: einundzwanzig, zweiundzwanzig, dreiundzwanzig. Nein, so schleppend ging sie sonst nie.

Scheiß auf die Minuten! Wenn der Sekundenzeiger auf der Sechs wäre, dann würde er die Tür öffnen, entschied er. Nicht, dass sie sich eine Erkältung zuzog, oder womöglich noch Schlimmeres.

Noch zehn Sekunden.

Seine Hand umfasste bereits den Türhebel, als er Schritte auf dem Gang vernahm.

»Da bist du ja!«, sagte Evie. »Ich habe dich schon überall gesucht. Einige Gäste möchten sich persönlich von dir verabschieden. Was machst du da eigentlich?«

Raphael unterdrückte einen Fluch und ließ die Klinke los. »Ich … musste nur noch … ein Stück Fleisch in die Kühlung bringen«, murmelte er.

KAPITEL 17

Brrrr, war das kalt!

Das flackernde Neonlicht erstarrte und erhellte einen Raum voller Metallregale. Und eine Tür, die auf der Innenseite keinen Griff besaß.

In dutzenden Kisten lagen Früchte aus aller Welt. Tierhälften baumelten von der Decke und aus einem Regal glotzten mich Fischaugen an.

Dass am Schluss immer ein Kühlhaus kommt, war mir als Ärztin eigentlich völlig klar gewesen. Schließlich enden wir alle einmal mit einem Etikett am dicken Zeh. Aber dass Raphael ausgerechnet diese Todesart für mich ausgesucht haben sollte, erschien mir unlogisch. Es würde Stunden dauern, bis mich die Kälte so geschwächt hätte, dass ich müde auf den Fliesen zusammenbrach. Ich hätte (und dieser Gedanke war besonders betrüblich) Raphaels köstliches Menü also bedenkenlos essen können.

Er war wirklich wütend, daran bestand kein Zweifel. Und weil er allen Grund dazu hatte, verkniff ich es mir auch, um Hilfe zu rufen. Die massive Tür ließ das ohnehin sinnlos erscheinen. Außerdem rechnete ich insgeheim auch damit, dass Raphael nach mir sehen würde, sobald er sich beruhigt hatte.

Dass ich die beiden Briefe vertauscht hatte, war zwar sehr peinlich, aber nun nicht mehr zu ändern. Deshalb verdrängte ich jeden weiteren Gedanken daran und rubbelte mir über die Oberarme. Leider hatte ich keine Uhr dabei, und auch mein Handy schlummerte in der Handtasche, die über meiner Stuhllehne hing. Ich schätzte, dass ich mindestens schon fünf Minuten hier ausharrte.

Als meine Beine anfingen zu zittern, hüpfte ich auf der Stelle, um mehr Wärme zu produzieren. In meinem Kopf sang P!nk hemmungslos von Feuer und Begierde.

Hatte die eine Ahnung! Ich spürte ganz schön viel Verlangen in mir, aber von einer Flamme war keine Spur zu entdecken. So gesehen war Raphaels leidenschaftliche Wut gar nicht schlecht. Man müsste sie nur in andere Bahnen lenken, überlegte ich.

Ich tänzelte auf der Stelle und ruderte mit den Armen. Meine Choreografie ließ einiges zu wünschen übrig, aber wenigstens hörte das starke Zittern kurzfristig auf.

Ich erfand Namen für meine Tanzschritte: »Der doppelte Leberlappen« und »Der harte Lymphknoten«. Wäre ich begabter in Eurythmie (und Waldorfschülerin), dann hätte ich versucht, ein Elektrokardiogramm nachzutanzen.

Gerade als ich eine Pirouette drehte und breitbeinig und wenig elegant in der Position »Hüftdysplasie« landete, ging die Tür auf. Sofort zog warme Luft ins Innere. Leider kam nicht Raphaels blonder Schopf zum Vorschein, sondern der rote der Servicekraft, die mir nun schon zum dritten Mal begegnete.

»Ach ne«, sagte sie und trat ein.

»Guten Abend.«

Sie kniff die Augen zusammen und musterte mich. »Ist das irgendein Spiel zwischen Ihnen beiden?«

»Ein Spiel?«, stammelte ich und überlegte ernsthaft, ob ich die Gunst der Stunde nutzen und an ihr vorbeipreschen sollte. Obwohl das Raphael gegenüber nicht ganz fair wäre. Er hatte schließlich ein Recht darauf, seine Rache auszukosten. Wenn ich jetzt flüchtete, dann hätte ich ihn darum betrogen und mich weiterhin schlecht fühlen müssen.

»Ein Vorspiel, meinen Sie?«, hakte ich nach, weil die Rothaarige nicht antwortete.

»Eigentlich meinte ich ein Rollenspiel, aber es ist interessant, dass Sie das so interpretieren.«

Woher kam auf einmal diese Hitze, die sich in meinem Kopf sammelte?

»Sie wollen wohl nicht, dass ich Sie rauslasse, oder?«

»Och«, sagte ich, »nicht unbedingt. Aber wenn Sie mir mit Ihrer Strickjacke aushelfen könnten«, ich deutete auf die schwarze Jacke, die sie locker um ihre Hüften geknotet hatte.

Sie lächelte. Dann warf sie mir die Jacke zu. Sie schloss die Tür, ohne ein weiteres Wort zu verlieren.

Ich muss völlig plemplem sein, überlegte ich, während

ich die herrlich angewärmte Wolle fest um mich wickelte. Oder ich besaß masochistische Züge, die mir bisher entgangen waren. Das erklärte dann vielleicht auch meinen spontanen Gedanken an ein Vorspiel. Ich war mir nur nicht sicher, ob ich den Hauptteil unbedingt erleben wollte, wenn das Vorgeplänkel schon so frostig war.

Mitten in diese Überlegungen hinein öffnete sich die Tür erneut. Mit allem hatte ich gerechnet, nur nicht mit Johannes Brahms. Und überhaupt: Warum nur rannten mir alle in den Keller hinterher?

»Dieser Mordbube!«, rief Brahms mit übertriebenem Pathos. »Hierhin hat er Sie also verschleppt!«

»Pssst!« Ich hob beschwörend die Hand. »Was wollen Sie denn hier?«

Brahms, der sich gerade auf mich stürzen wollte, hielt in der Bewegung inne. »Ich bin gekommen, um Sie aus dieser misslichen Lage zu befreien«, begann er. »Als ich sah, dass dieser Koch, dieser Emporkömmling, ohne Sie wieder zurückkam, da dachte ich mir gleich, dass da etwas nicht koscher ist.« Sein Adamsapfel hüpfte.

»Ach, das dachten Sie?«

»Auf der Damentoilette waren Sie auch nicht zu finden, da mussten Sie zwangsläufig hier festgehalten werden. Das war die logische Konsequenz.«

Ich bewunderte seine Kombinationsgabe, überlegte aber, wie ich ihn schnellstmöglich loswerden konnte, bevor Raphael kam.

»Sie müssen mich nicht befreien.«

»Wie meinen?«

»Ich bin nämlich gar nicht gefangen«, erklärte ich. »Ich kontrolliere nur die, äh, tropischen und subtropischen Früchte.«

»Sie kontrollieren die tropischen und subtropischen Früchte?«

Irgendjemand sollte Brahms sagen, dass das stupide Wiederholen meine Taktik war und nicht seine.

»Auf ihre Qualität«, bestätigte ich.

»Etwa für das Gesundheitsamt?«

»Ganz genau«, sagte ich und holte dann weit aus: »Ich arbeite schon seit Jahren nebenbei in der Hygienekontrolle. Es hat eine anonyme Anzeige gegeben, der ich hier nun nachgehen muss.« Ich schob demonstrativ einige Früchte hin und her. »Diese Kakis sehen aber noch ganz prima aus, finden Sie nicht?«

Brahms beugte sich über die Kiste. »Sind das nicht Feigen?«

»Feigen, ganz genau«, verbesserte ich schnell. »Diese Feigen sind 1A. Es ist mir unbegreiflich, wie es zu dieser Anzeige kommen konnte.«

»Es war aber sehr geschickt von Ihnen, die Inspektion als Sommerfest zu tarnen. Ist das der Grund, warum Sie Ihr Essen gar nicht angerührt haben?«

»Reine Vorsichtsmaßnahme! Aber ich kann Ihnen versichern, dass es nichts zu beanstanden gibt. Schauen Sie sich allein diesen Lachs an! Seine Augen glänzen noch ganz frisch, kein bisschen trüb.«

»Tatsächlich. Doch sieht er aus wie eine Forelle.«

»Jaaa«, sage ich gedehnt, »damit verwechseln ihn die meisten Laien, dabei handelt es sich um eine spezielle Art des Schwarzpunkt-Lachses. Er ist eigentlich in Südostasien beheimatet, deshalb muss ich auch die legale Herkunft noch überprüfen und wäre Ihnen sehr dankbar, wenn Sie mich dafür allein lassen könnten.«

»Selbstverständlich«, Brahms zupfte seine Fliege zurecht. »Wir wollen ja nicht, dass Ihre Kontrolle behindert wird.«

»Nein, das wollen wir ganz und gar nicht.«

Er stand unschlüssig im Türrahmen. »Da wäre noch etwas«, begann er. »Ihre Schwägerin Frau Dr. Henning-Catsan möchte gerne nach Hause. Und ich habe Frau Dr. Rachmaninov angeboten, sie ebenfalls mitzunehmen – «

»Das ist überhaupt kein Problem«, unterbrach ich ihn schnell. »Ich bin hier noch mindestens eine Stunde beschäftigt und rufe mir dann ein Taxi.«

Man konnte Brahms deutlich ansehen, dass ihm das nicht recht war. Es widersprach seinem Ehrgefühl, mich zurückzulassen.

»Das geht schon in Ordnung«, versuchte ich, ihn zu beruhigen. »Genau genommen ist das ja keine Verabredung. Ich bin eigentlich dienstlich hier.«

»In der Tat.« Er nickte erleichtert und verabschiedete sich dann.

»Tür zu!«, rief ich ihm noch hinterher. Er war wohl

zu verwirrt, um mein Ansinnen in Frage zu stellen, denn er schloss tatsächlich die Tür.

Nach diesem Sieg über Brahms (und meine Vernunft) breitete sich ein Hochgefühl in mir aus. Leider hielt es nicht lange an, denn kurz darauf stellte ich fest, dass mir die Strickjacke auch nicht mehr ausreichte.

Ich könnte das Atmen einstellen, um mehr Wärme in meinem Körper zu behalten, überlegte ich. Kam aber zu dem Schluss, dass dieser Gedanke nur der Beweis dafür war, dass ich bereits unter einer leichten Hypothermie litt und mein Bewusstsein sich langsam aber sicher eintrübte. Auch die Möglichkeit, meine Poren zu schließen und keine Körperwärme mehr abzugeben, scheiterte an meiner Unfähigkeit, meinen Hypothalamus zu hypnotisieren.

Das Einzige, was mir jetzt noch helfen könnte, wäre etwas zu essen und die Wärme eines anderen menschlichen Körpers. Das brachte mich wieder zu Raphael, den ich sehnsüchtig erwartete.

Als er dann nach einer Ewigkeit endlich die Tür öffnete, fiel ich ihm (und das ist mir fast ein bisschen peinlich) wie eine reife Birne in die Arme.

KAPITEL 18

»D-das hat a-aber ganz schön l-lang gedauert«, stammelte ich in Raphaels Halsbeuge.

»Ich wurde aufgehalten«, erklärte er. Seine Arme umfingen meine Schultern. »Scheiße, bist du kalt.«

Was hatte er denn erwartet? Meine Hände zitterten unkontrolliert. Jetzt hatte ich in etwa eine Ahnung davon, wie man sich mit Parkinson fühlte.

Raphaels Hals duftete köstlich nach seiner Küche. Ich war geradezu ausgehungert. Das musste auch als Entschuldigung dafür herhalten, dass ich kurz mal an ihm leckte.

»Was tust du da?«

»Probieren«, gestand ich. »Ich sterbe vor Hunger.«

»Kann ich mir nicht vorstellen«, sagte Raphael mit rauchiger Stimme. »Wo du doch gerade erst ein 4-Gänge-Menü verdrückt hast.«

Der Vorwurf war unüberhörbar.

»Ich hatte Angst, du würdest mich vergiften.« Ein weiteres Geständnis von mir.

»Warum zur Hölle sollte ich sowas machen?«

»Weil du wütend auf mich bist, schon vergessen?«

»Sicher nicht. Aber ich wäre wohl kaum so blöd, das in meinem eigenen Restaurant zu erledigen. Es wäre viel einfacher, dich in den Rhein zu werfen und deinem Schicksal zu überlassen.« Er hielt inne, als dächte er ernsthaft über diese Möglichkeit nach. »Vater Rhein hat bereits viele Leichen nach Düsseldorf getragen«, sagte er sehnsuchtsvoll.

Meine Schwägerin hatte also mit ihrer Einschätzung vollkommen richtig gelegen. Trotzdem wollte ich das nicht so stehen lassen:

»Vorher steht mir aber noch eine Henkersmahlzeit zu«, erklärte ich. »Außerdem hast du mich eine Ewigkeit in dieses Kühlhaus gesperrt. Jetzt, wo ich Frostbeulen davongetragen habe, sind wir bestimmt quitt!«

»Träum weiter! Ich kann auch keine … Frostbeulen erkennen.«

»Kein Wunder, du guckst ja gar nicht auf meine Füße!«, sagte ich zu ihm. Sein Blick hob sich von meinen Brüsten.

»D-die Küche ist auch schon kalt«, stotterte er.

»Das ist doch bestimmt nur eine Ausrede.«

Seufzend wandte er den Blick ab und schob mich die Treppe hinauf. »Vielleicht ist noch etwas Fisch übrig«, räumte er ein.

Die Stufen nach oben zu stöckeln ist eine wackelige Angelegenheit, wenn der eigene Blutzucker bei gefühlten 45 Milligramm pro Deziliter liegt, aber ich schaffte es einigermaßen würdevoll. Jedenfalls stolperte ich nicht, und ich musste mich auch nicht noch einmal an Raphaels Hals hängen.

Er hatte die Wahrheit gesagt: Die Küche war tatsächlich schon komplett gereinigt. Raphael drängte mich in den hinteren Arbeitsbereich, umfasste meine Taille und hob mich auf die Arbeitsplatte.

»Huch«, machte ich, denn das Aluminium unter mir war nicht gerade handwarm, dafür aber bestimmt hygienisch.

»Hier!« Er drückte mir eine Schüssel mit Fisch in die Arme. Ich konnte wohl froh sein, dass dieser nicht roh war, denn Raphael sah alles andere als geduldig aus.

»Gibt es kein Besteck?«

Knurrend riss Raphael eine der vielen Schubladen auf und holte einen Servierlöffel heraus. Ich wollte schon protestieren, da schob er mir den ersten Brocken Meerbarbe in den Mund.

»Oh«, stöhnte ich auf und kaute genüsslich. »Oh«, sagte ich, und noch einmal: »Oh!« Selbst kalt war es ein Hochgenuss.

»Mehr!«, befahl ich, und sofort verschwanden Happen zwei und drei in meinem Mund. Ich verdrehte die Augen, was Raphael zu animieren schien: Er schob eine Pfanne auf den Herd und durchwühlte den Kühlschrank nach weiteren Zutaten. Routiniert schnitt er Aprikosen auseinander und höhlte sie mit einem scharfen Löffel aus. Das Fruchtfleisch verarbeitete er zu einem Mus. Dann tröpfelte er süßen Balsamico in die Pfanne, der sofort karamellisierte, und schwenkte die Aprikosenhälften darin. Das Ganze richtete er liebevoll auf einem

Teller an, füllte krümeligen Ricotta in die Fruchthöhle und kleckste eine Haube Fruchtmus obenauf.

»Das lohnt doch nicht«, wollte ich sagen, war aber allzu fasziniert von seinen Fingern, die die Frucht so sorgsam arrangierten. Er tauchte eine Gabel in das weiche Fleisch und ließ es in meinem Mund verschwinden. Ich hätte schwören können, dass meine Geschmacksknospen explodierten, als diese pralle Süße der Frucht gemeinsam mit dem milden Käse meine Nervenenden erreichte. Ich schloss die Augen.

»Das hast du gebraucht, oder?«, fragte Raphael.

»Ja«, seufzte ich. Ich blickte in seine Augen und hatte das Gefühl, das Blau würde herauslaufen und geradewegs auf meine Zunge tröpfeln.

»Geht es dir jetzt besser?« Seine Stimme vibrierte warm. Ich nickte. Endorphin und Oxytocin überschwemmten mein Blut. Ganz sicher war aber auch eine Spur Testosteron dabei, denn ich sagte plötzlich: »Ich will aber Fleisch!«

Raphaels Hand hielt auf halbem Weg zu meinem Mund inne. »Wirklich?«, fragte er überrascht und drückte mir dann mit einem glücklichen Lächeln auf den Lippen den Teller in die Hand. Ich verputzte genüsslich den Rest der Aprikose, während Raphael Öl in ein Filetstück einrieb. Er öffnete eine der vielen Büchsen ohne Etikett, die im Regal standen. Diese Gewürze hatte ich in meinem Leben noch nie gerochen. Aber als das Fleisch zischend seine Poren schloss und wenige Sekunden später ein exotischer Geruch durch die ganze Küche zog, da sog ich alles gierig in mich auf, wie einen lang vermissten Duft. Fasziniert beobachtete ich seine Finger, die Tomaten aufschnitten, um sie dann in einem Topf zu reduzieren. Nebenbei brühte er einige Fäden Safran mit einem Schuss heißen Wassers auf.

»Woher sind diese Kräuter?«, wagte ich zu fragen, nachdem er das Fleisch auf einen Teller gelegt hatte.

Raphael schnitt das Lamm auf und pustete für mich. »Aus Jerusalem.«

Jerusalem.

Allein der Name krabbelte mir aphrodisierend über die Arme und stellte dabei alle Härchen auf. »Hast du sie im Internet bestellt?«

Er schüttelte den Kopf und schob mir endlich den ersten Bissen in den Mund. Ich kaute. Ich vergaß zu atmen, zu denken und auch sonst alles, was Raum und Zeit ausmachte. Das Fleisch zerteilte sich fast von selbst, musste nur ein klein wenig von meinen Zähnen überredet werden. Ein Tropfen Bratensaft lief mir über das Kinn.

»Ich habe letzten Sommer dort auf dem Machane Yehuda Markt gekocht«, erklärte Raphael. Sein Atem traf die Nervenfasern meiner Haut und hauchte eine unverkennbar erotische Botschaft in meinen Unterleib. »Diese Gewürzmischung nennt sich *Zatar*. Sie besteht aus Sesamsamen, syrischem Ysop und Salz.« Sein Daumen fing den Tropfen auf meinem Kinn auf. Er fuhr damit über meine Unterlippe. Und ohne die Kontrolle über

Geist und Körper zurückgewonnen zu haben, schnappte ich zu und saugte daran.

Raphael atmete schwer. Er zog seine Hand weg, tauchte den Zeigefinger in die dunkelrote Soße. »Koste«, sagte er. Es war nicht allein der Geschmack der Tomatensoße, der mich umhaute, viel mehr war es die Kombination von allem: Raphaels Wärme, seine Stimme; sein Arm, der meine Brust streifte; der Oberschenkel, der sich gegen mein Knie presste. Seine Fingerkuppe stieß an meinen Gaumen und die Safranfäden durchwebten meine Mundhöhle mit einem sinnlichen Netz aus Aromen.

»Und jetzt sag bloß nicht, es wäre lecker!«, drohte er.

Lecker war ganz und gar nicht der Ausdruck, der mir auf der Zunge schwamm. Es war grandios, köstlich, deliziös. Es gab einfach kein Wort, das es angemessen beschreiben konnte. Außer vielleicht …

»Schmackofatz!«, brach es aus mir heraus.

Raphael stockte. Dann lachte er auf. »Okay«, sagte er, »damit kann ich leben.« Er löffelte die Soße in meinen Mund und fütterte mich nebenbei mit Lammhäppchen.

»Hast du überhaupt schon gegessen?«, fragte ich zwischen zwei Bissen.

Er schüttelte den Kopf. »Essen kann man das nicht nennen«, gab er zu. »Man probiert ständig zwischendurch und hat so eine Art Grundsättigung, aber um mich hinzusetzen und eine komplette Mahlzeit zu mir zu nehmen, fehlt mir die Zeit.«

»Ist das oft so?« Ich war entsetzt über diese Vorstellung.

Er zuckte mit den Schultern. »Meistens.«

»Das kommt bei uns im Krankenhaus auch schon mal vor. Ich habe deshalb immer Traubenzucker in der Tasche, damit ich im OP nicht umkippe.« Ich nahm Messer und Gabel aus seiner Hand und schnitt ihm auch ein Stück Fleisch ab. Wir kauten beide und genossen die gefräßige Stille. Das wohlige Gefühl in meinem Magen breitete sich aus und lullte mich ein.

»Was waren das eigentlich genau für Tropfen, die du mir gegeben hast?«, fragte Raphael, und ich antwortete unbedacht:

»Och, bloß Laxoberal. Eben ganz normale Abführtropfen.«

»Wirken die immer so zeitverzögert?«, erkundigte er sich.

»Meistens schon.«

»Aha.« Er nahm eine Haarsträhne von mir und zwirbelte sie zwischen den Fingern. Das allein hätte mich misstrauisch machen müssen. Mal ehrlich, wann tut ein Mann so etwas, wenn er nicht gerade irgendeine Gemeinheit plant? Vermutlich ist das so ein Männer-Hypnose-Trick. Sie zwirbeln dir das Haar und sehen dabei ganz nachdenklich und weich aus und so friedlich wie ein Zweifingerfaultier.

»Wieso seid ihr überhaupt in dieser Nacht in mein Zimmer gekommen, du und deine Freundin?«

»Meine Schwägerin«, verbesserte ich. »Das tut mir echt leid, aber ich konnte sie einfach nicht davon abhalten. Sie ist nämlich das Groupie, nicht ich!«

»Du hast meine Sendung vorher gar nicht gekannt?«, hakte er nach.

Wieso nur hatte ich das Gefühl, als müsste ich mich gerade entscheiden, welchen Draht ich durchschneide? Rot oder blau?

»Silke hat mir ein Video von dir gezeigt, bevor wir zum Krankenhaus gefahren sind. Irgendwas mit Zucchini.«

Er ließ meine Haarsträhne fallen und lächelte. In seinen Augen blitzte etwas auf. Wenn ich schlauer gewesen wäre, dann hätte ich das Warnschild gesehen: Haialarm! Aber ich war viel zu fasziniert von seinen dichten Wimpern. Sie waren vermutlich der letzte Strohhalm, an dem ich mich festhalten konnte, um nicht in die Untiefen seiner Iris gezogen zu werden.

Er schob das Essen beiseite und beugte sich zu mir herunter. »Weißt du«, wisperte er, und seine Lippen berührten dabei mein Ohr, »für deine medizinische Behandlung hast du noch etwas bei mir gut.«

Ein wohliger Schauer durchrieselte mich. »Wirklich?«, fragte ich, ohne den Sinn seiner Worte zu verstehen. Ich hörte nur »Behandlung« und »gut« und sah mich bereits ausgestreckt auf einer Liege, seine Hände massierend über meinen nackten Rücken fahren.

»Wenn es etwas gibt, womit ich mich auskenne«,

fuhr er fort und begann tatsächlich, an meinem Ohrläppchen zu knabbern, »dann ist es, wie man ein Feuer entfacht.«

Mehr Sauerstoff!

»Und ich will, dass du dieses Feuer fühlst.«

Ich fühle ja, ich fühle! Ein sehnsuchtsvolles Seufzen entfuhr mir, aber Raphael sprach gleich weiter:

»Ich will, dass du es ebenso zu spüren bekommst wie ich.«

Moment!, dachte ich, das klang nun nicht mehr ganz so nett.

»Du wirst brennen«, versprach er. »Jetzt.«

»W-was?« Ich riss die Augen auf und schnappte nach Luft. Raphael entfernte sich kurz, was mir ganz und gar nicht gefiel. Dann stellte er mir einen Korb auf den Schoß.

»Du darfst dir auch einen aussuchen!«, sagte er gnädig und deutete auf den Inhalt.

»Chilis?«, quiekte ich erschrocken auf.

»Gut erkannt.«

»Äh, hübsch sehen die aus.« Ich machte Anstalten, von der Theke herunter zu hüpfen. Doch Raphael packte mich an den Schultern und zwang mich, ihn anzusehen.

»Du wirst einen von diesen Chilis jetzt essen«, befahl er.

»Nie im Leben!«

»Und du wirst es sogar freiwillig tun.« Er lächelte boshaft.

»Davon träumst du nachts!«

»Ich träume noch von ganz anderen Dingen«, gab er zu. »Selbst in Narkose habe ich Sachen geträumt, die kannst du dir gar nicht vor– «

»Kann ich doch!«, unterbrach ich ihn. »Das liegt nur an den Narkosemitteln. Glaub mir, das geht ganz vielen Männern so. Das Propofol macht, äh, schöne Träume, und ich kann – «

»Du kannst jetzt eine Schuld begleichen«, beendete er meinen Satz.

Oje.

Woher wusste er bloß, dass mich mein Gewissen so drückte?

»Findest du das nicht ein wenig übertrieben?«

»Übertrieben? Darf ich dich daran erinnern, dass du mir nicht nur das Auto zu Schrott gefahren, sondern mir auch noch einen Schneidezahn ausgeschlagen hast?«

»Wofür ich mich entschuldigt habe!«

Er lächelte. »Das ist ja niedlich.«

»Bei den Tropfen hast du mich aber provoziert!«

»Mein Zahn hatte dich wohl auch angegriffen, wie?« Er fuchtelte mit dem Zeigefinger vor meiner Nase herum. »Spar dir die Ausflüchte, du hast definitiv mehr Kerben im Holz als ich!«

»Aber deine sind tiefer«, rief ich voller Verzweiflung.

Wir prusteten beide gleichzeitig los. Als wir uns beruhigt hatten, sagte ich:

»Du wirst mich nicht davonkommen lassen, oder?«

»Nein.«

»Ich könnte sterben«, gab ich zu bedenken.

»Das ist eher unwahrscheinlich.«

»Und wenn ich eine Allergie habe? Eine Chili-Allergie?«

»Das Risiko werden wir eingehen müssen.«

Es hatte wenig Sinn, weiter auf Raphael einzureden. Er sah in etwa so gnädig aus wie ein nordkoreanischer Nachwuchs-Diktator.

»Einen einzigen Chili?«, bohrte ich nach.

»Der wird vollkommen ausreichen.«

Ich holte tief Luft. »Und danach sind wir quitt?«

»Jep.«

Ich dachte kurz nach. »Okay«, sagte ich dann.

Wir besiegelten die Abmachung per Handschlag.

Hoffnungsvoll besah ich mir den Inhalt des Korbes. Ich würde endlich frei sein. Frei von allen Schuldgefühlen. Ein Chili sollte eigentlich einen geringen Preis für diese Freiheit darstellen. Trotzdem hatte ich das Gefühl, einen Pakt mit dem Teufel geschlossen zu haben.

KAPITEL 19

»Die sehen eigentlich ganz harmlos aus«, stellte ich fest. Die Chilis leuchteten in allen Farben: Orange, braun, grün, rot, manche so dunkel, dass man es schon als violett bezeichnen konnte.

»Die grünen sind sicher noch unreif«, überlegte ich.

»Das ist richtig.«

»Ich denke mal, die werden später rot. Demnach müssten die Violetten eigentlich überreif sein. Die Frage ist nur, sind reife Früchte schärfer als unreife?«

»Tja«, sagte Raphael, »in diesem Fall wäre es von Vorteil, wenn du dich nicht nur mit Narkosemitteln auskennen würdest.«

»Und für dich wäre es von Vorteil, wenn du dir schon mal einen guten Anwalt suchen würdest!«, blaffte ich.

»Der was tun soll?«

»Dich verteidigen, natürlich.«

Raphael zuckte mit den Schultern. »Das Thema Schuld und Sühne hatten wir bereits, Josephine.«

Ich hätte ihn ja gerne angeknurrt, aber der Klang seiner Stimme, als er meinen Namen sagte, fuhr mir bis in die Knie und erstickte jeden Widerstand im Keim.

Meine Hand schwebte unschlüssig über dem Korb,

aber gerade, als ich nach einer Frucht greifen wollte, machte Raphael laut »fuh«.

»Was heißt denn hier ›fuh‹?«, fragte ich.

Raphael wiegte den Kopf hin und her. »Ich dachte nur, du solltest für dein erstes Mal vielleicht einen Chili wählen, dessen Grad auf der Scoville-Skala geringer ausfällt.«

»Was bedeutet das?«

»Die Scoville-Skala ist so eine Art Brenn-o-meter.« Jetzt grinste er.

»Wie? Gibt es da etwa so große Unterschiede?«

»Selbstverständlich«, sagte Raphael.

»Und dieser da hat einen hohen Grad auf dieser Skala?«

»Etwa 5000 Einheiten, das ist so viel wie eine scharfe Tabascosauce.«

Angewidert zog ich die Hand zurück. Das Ganze war schwieriger, als ich gedacht hatte.

»Und der grüne?«

»Ein Jalapeño«, sagte Raphael fast gelangweilt.

Das klang nicht sehr vertrauenswürdig, deshalb wandte ich mich auch davon ab und liebäugelte mit einer roten Schote, die spitz zulief. Doch erschien mir die Form dann doch zu aggressiv und ich langte nach einem unförmigen, orangefarbenen Knubbel.

Raphael sog scharf die Luft ein.

»Was?«, rief ich ungehalten.

»Naja«, sagte er, »der Habanero gehört zu den

schärfsten Chilis überhaupt. Den würde ich dir nicht empfehlen.«

Auch jede weitere Wahl von mir kommentierte Raphael mit »Ah« oder »Oh«. Einmal stieß er einen lauten Pfiff aus und sagte: »So viel Mut hätte ich dir gar nicht zugetraut.«

»Wieso?«

»Die Red Savina galt bis 2006 noch als schärfster Chili der Welt.«

Leckoballo.

»Nur zu deiner Information: Die Violetten sind ebenfalls unreif.«

»Das hilft mir jetzt auch nicht weiter.«

»Vielleicht hilft es dir, wenn du statt Chili einfach Paprika sagst? Nur so für deinen inneren Schweinehund.«

Ich schnaubte. Langsam wurde mir das zu bunt, ich musste es endlich hinter mich bringen! Grob durchpflügte ich die Kiste, riss die nächstbeste Frucht heraus, die mir in die Finger kam, und wollte schon zubeißen, da schlug mir Raphael den Chili aus der Hand.

»Nein!«, rief er. »Einen Bhut Jolokia überlebst du nicht!«

»Was hat sowas denn in einer Küche zu suchen, wenn es so gefährlich ist?«

»Ich experimentiere eben gerne.«

Nun bekam ich es mit der Angst. »Such du bitte einen für mich aus«, bat ich.

Damit war Raphael einverstanden. Er schob ein paar Schoten beiseite und wählte einen roten Chili aus. Doch bevor ich ihn in die Hand nahm, warnte er mich:

»In meinem Restaurant bestehe ich darauf, dass man sich zum Schneiden Handschuhe anzieht. Beiß lieber nur die Spitze ab.«

Ich schluckte den Speichel runter, der sich in meinem Mund gesammelt hatte, und hielt kurz die Luft an. Dann biss ich zu.

Im ersten Moment schmeckte es süß und fruchtig wie ganz normale Paprika.

Leider nur im ersten Moment.

Bereits wenige Sekunden später breitete sich das Feuer in meiner Mundhöhle aus. Ich hätte besser nicht so gründlich gekaut, dachte ich missmutig.

»Ein Stück schaffst du noch«, sagte Raphael. Und weil ich mir keine Blöße geben wollte, knabberte ich noch etwas ab. Beinahe sofort traten mir die Tränen in die Augen, auch meine Unterlippe brannte. Ich kämpfte damit, das Kribbeln in meiner Nase zu unterdrücken, als ich bemerkte, dass Raphael sich zwischen meine Beine schob. Seine Finger machten sich daran, meinen Pullover aufzuknöpfen.

P!nk sang in meinem Kopf lauthals davon, dass man schon nicht sterben würde, nur weil es mal brannte.

Von wegen!

Ich fand es äußerst ungerecht, dass Raphael mich so überrumpelte, wo ich gerade nichts als Schärfe spürte.

Er ließ den Pullover über meine Schultern nach unten gleiten und nahm mir den Chili ab.

»Brennt es schon?«, erkundigte er sich und fuhr mit der offenen Frucht über mein Schlüsselbein. Ganz langsam zog er die Linie meines BHs nach.

»Ja.«

Er nickte wissend. »Die größte Schärfe ist übrigens in den Kernen und den Scheidewänden.«

»Wasser«, röchelte ich.

»Das nützt gar nichts.«

»Warum hast du das nicht früher gesagt?«

Statt einer Antwort bewegte sich der Chili zwischen meinen Brüsten hinab. »Es wird gleich überall brennen«, sagte er.

»Wird es bestimmt nicht!«, rief ich aus. »Ich beiße da nämlich nicht noch einmal ab!«

»Wir werden es brüderlich teilen.«

Brüderlich klang gut, aber da wusste ich auch noch nicht, was er wirklich unter Teilen verstand.

Ohne zu zögern, biss er den Rest bis zum Stiel ab und kaute genüsslich. Ich konnte nicht umhin, ihn für seinen Mut zu bewundern. Die Iris seiner Augen erschien mir so blau wie nie. Schaumkronen bildeten sich auf dem Wellenkamm. Ich erwartete fast, dass die Farbe überschwappte, als er sich zu mir herunterbeugte.

Er küsste mich. Wie eine brennende Schlange züngelte er über meine Lippen und drängte sich zwischen meine Zähne. Seine Zunge schmeckte noch viel schärfer als der Chili, den ich gekostet hatte. Mein Mund stand bereits lichterloh in Flammen. Und nicht nur mein Mund, wie ich mir eingestehen musste.

Jetzt kam ich auch endlich dazu, die Knöpfe an seiner Kochjacke zu zählen: Es waren zwölf. Die Jacke flog zu Boden. Seine Hände wanderten unter meinen Rock und zerrten mein Höschen herunter. Ich zupfte unterdessen an seinem T-Shirt – es landete auf einem Besteckkorb. Raphael drückte meine Schenkel auseinander. Seine Finger glitten tiefer, und ich schreckte kurz auf.

»Solltest du dir nicht besser die Hände waschen, nachdem du den Chili angefasst hast?« War das Panik in meiner Stimme?

Raphaels Lippen streiften meine Schläfe. »Ganz im Gegenteil«, flüsterte er.

Und jetzt wusste ich auch, was er wirklich mit Brennen gemeint hatte.

KAPITEL 20

»Dafür werde ich mich rächen!«, keuchte ich.

»Das hoffe ich.« Er gluckste an meinem Hals.

Dass ich meine Beine um seine Hüften schlang, war wohl ein Reflex. Ganz bestimmt entsprach das nicht meiner Ungeduld. Auch nicht, dass meine Finger sich in seine Schulter krallten. An seinem Corpus claviculae konnte man sich nämlich ganz wunderbar festhalten.

Raphael hatte nicht übertrieben: Es brannte wirklich von hier nach da. Aber dann beugte er sich zu mir herunter und küsste mich so hingebungsvoll, dass mir Tränen in die Augen schossen.

»Davon habe ich geträumt«, sagte er und biss zärtlich in meine Oberlippe.

»Unter Vollnarkose?«

»Nicht nur.« Er lachte leise. »Auch hinterher.«

Ich seufzte tief, weil sich neben der Hitze auch eine wohlige Wärme in mir ausbreitete. Ich badete darin. Genüsslich. So lange, bis ich die Schritte hörte. Sie klackerten über den Flur.

»Ist noch jemand hier?«, frage ich panisch.

»Nein.« Er presste seine Hüfte an mich. »Die sind alle nach Hause.«

»Hast du denn die Tür abgeschlossen?«

»Frag mich doch jetzt sowas nicht!«, stöhnte er. »Ich kann gerade nicht denken.«

Seine Motorik schien davon aber in keiner Weise beeinträchtigt zu sein.

Ich nutzte den Moment und berührte all die Körperstellen, die ich schon immer einmal hatte anfassen wollen. Meine Finger fuhren in seine Jeans, zogen sie ein Stück herunter und massierten seine Pobacken. Dann strichen sie über seinen Rücken und durchwühlten hingebungsvoll sein Haar. Als ich seine Hose noch weiter nach unten zog, wippte mir sein Glied entgegen, und ich keuchte erwartungsvoll auf.

»Raphaeeeel!« schallte es durch den Flur.

»Da ruft dich jemand!«

Raphaels Lippen zogen eine Spur über mein Dekolleté. »Das ist mir egal.«

Seine Zunge umspielte meine Brustwarze. Das Feuer des Chilis brannte in seinem Mund immer noch nach und ich erschauerte. Seine Finger glitten in mich hinein und erkundeten mein Innerstes. Und gerade, als ich dachte, der Himmel möge ruhig einstürzen, ein Tsunami die Küsten überfluten, die Erde aufreißen und jegliches Leben verschlingen, da rief eine unverkennbar weibliche Stimme:

»Raffi, Liebling?«

Alles hätte ich ignorieren können – aber Liebling?

»Ich will nicht, dass mich jemand so sieht!«, keuchte ich. Ich war schließlich so gut wie nackt und hatte einen Fernsehkoch zwischen meinen Beinen.

»Dann steche ich demjenigen eben die Augen aus.« Raphael hatte seine halb geschlossen, er war vielleicht nicht ganz bei Sinnen.

»Dann hat derjenige mich aber doch schon gesehen!«, rief ich verzweifelt und stemmte ihn von mir.

»Wer auch immer es ist, ich werde ihn umbringen!«, stieß er wütend hervor und zerrte seine Hose hoch. Ich sprang von der Theke herunter, ließ meinen Rock herabgleiten und besaß die Geistesgegenwart, mir wenigstens noch den Pullover überzuwerfen. Leider hatte ich nicht die Zeit, die einzelnen Knöpfe zu schließen und raffte deshalb nur den Stoff vor der Brust zusammen.

Eine aparte Dame in einem beigefarbenen Kostüm betrat die Küche. Ihre blauen Augen weiteten sich, was ziemlich sicher daran lag, dass Raphael und ich äußerst derangiert aussahen.

»Raffi?«, fiepte sie.

Ich war ebenso überrascht. Wenn das Raphaels Geliebte war, dann stand er eindeutig auf ältere Frauen. Und wieso hatte er überhaupt eine Geliebte? Sie war doch wohl hoffentlich nicht seine Ehefrau?

»Was haben Sie hier zu suchen?«, blaffte ich, zu allem bereit. Da erwachte Raphael aus seiner Erstarrung.

»Mamma?«

Meine Empörung fiel in sich zusammen.

Raphaels Mutter sagte etwas, das sich anhörte wie

»Kostest du eine Studentin?«, aber in Wirklichkeit sagte sie:

»Cosa succede?«

Raphael hob verärgert die Hände. »Tu disturbi«, brummte er. Raphaels Mutter lächelte entschuldigend.

»Ich warte draußen auf dich.«

Die Schwingtür wippte ihr hinterher.

»Das war deine Mutter«, stellte ich überflüssigerweise fest.

»Es tut mir leid«, sagte er und zog mich an sich. »Wir waren verabredet, ich hab vergessen, dass sie mich abholen wollte.« Er küsste mich.

»Du hast es vergessen«, wiederholte ich apathisch. Dann erwachte ich plötzlich. »Wieso sprecht ihr Italienisch? Ich dachte, du bist Kölner?«

»Ein Kölner mit Südtiroler Wurzeln«, erklärte er.

Unwillkürlich starrte ich auf seine Füße, als erwartete ich, dass seine Wurzeln sich aus den Sohlen bohren würden. Mein Kopf flog wieder nach oben.

»Aber du bist blond!«

»Dass dir das aufgefallen ist!« Seine Augen lachten blau heraus.

»Müsstest du dann nicht eigentlich Raffaele heißen, oder so?«

»In unserer Familie ist immer nur der zweite Vorname italienisch.«

»Tatsächlich? Und wie lautet deiner? Luigi? Giovanni?«

»Domenico«, antwortete er. »Meine Mutter verehrt Domenico Scarlatti, deshalb.«

»Mit Malern kenne ich mich nicht so aus«, sagte ich.

Raphael lachte leise. »Das denke ich mir.«

»Ich rufe mir jetzt ein Taxi.«

»Lass mich dich fahren.«

»Das ist keine gute Idee – deine Mutter«, erinnerte ich ihn.

Raphael seufzte. »Dann lass mich dich noch einmal spüren.« Er drängte sich an mich. Seine Hände gruben sich in mein Haar.

Am liebsten hätte ich ewig so stehen bleiben wollen. Okay, nicht unbedingt die ganze Zeit stehen – liegen wäre auch nicht schlecht gewesen.

»Der Abend ist so ganz anders verlaufen, als ich es erwartet habe«, flüsterte ich.

»Er ist noch nicht zu Ende.«

Wie recht er damit hatte, merkte ich circa zehn Sekunden später, als nämlich Raphaels Mutter ungeduldig an die Tür klopfte.

»Da ist ein Mann gekommen, um deine Freundin abzuholen!«, rief sie.

Wir fuhren auseinander, und mir schwante nichts Gutes. Gott sei Dank dachte ich noch daran, meine Unterhose vom Boden aufzuklauben. Leider vergaß ich meinen BH, der vermutlich an irgendeinem Schöpflöffel baumelte. Aber aufgrund der Umstände war das wohl nur zu verständlich.

»Das ist sicher Johannes Brahms.«

Raphael sah mich an, als argwöhne er einen akuten Anfall von Geistesschwäche.

»Mein Kollege«, erklärte ich. »Er fühlt sich bestimmt verpflichtet, mich abzuholen, weil er mich auch hergefahren hat.«

Wir betraten das Restaurant. Brahms stand neben Frau Franz und ließ wie immer seinen Adamsapfel hüpfen.

»Das ist ja interessant, Herr, äh, Brahms.« Raphaels Mutter kicherte. »Und Sie arbeiten auch für das Gesundheitsamt?«

Brahms strich sein Jackett zurecht. »Ich bin Oberarzt der anästhesiologischen Abteilung.« Sein Blick fiel auf uns, und sofort fühlte er sich bemüßigt, zu einer Erklärung anzusetzen:

»Gerade habe ich Ihrer Mutter offenbart, dass bei der heutigen Kontrolle in Ihrem Restaurant alles akzeptabel war, Herr Franz. Das Gesundheitsamt hatte nichts zu bemängeln.«

»Kontrolle?«

»Die Hygienekontrolle durch Frau Dr. Henning, meine ich. Ist es nicht bewundernswert, wie sie ihrer Arbeit nachgeht, wenn alle anderen schon Feierabend haben?«

»Mit ganzem Körpereinsatz«, bestätigte Frau Franz. »Wirklich bewundernswert!«

Raphael wurde blass. »Ach«, sagte er.

KAPITEL 21

»Du hast nicht gesehen, wie sein Kaumuskel mahlte!«, rief ich in den Telefonhörer.

»Er hat damit gemalt?«

Ich schnaufte. »Nicht gemalt! Er hat gemahlt, so wie eine Getreidemühle mahlt.«

»Ach so«, Gaby atmete tief ein und aus. »Du meinst, wie das in diesen Fantasy-Pornos beschrieben steht, wenn sich beim Helden die Haut über dem stahlharten«, sie blies Luft in den Hörer, »Kiefer spannt.«

»So ähnlich.« Ich kratzte mich am Kopf. »Ich dachte, du liest keine Fantasy?«

Das andere Ende der Leitung blieb still.

»Ist ja auch egal. Auf jeden Fall war er völlig entsetzt.«

»Warum hast du nicht direkt gesagt, dass du Brahms nur Mist erzählt hast?«

»Das konnte ich nicht. Ab August ist er mein Boss. Da kann ich doch schlecht zugeben, dass ich ihn angelogen habe, um ihn loszuwerden.«

»Ich finde ihn übrigens charmant«, sagte Gaby.

»Wen?«

»Brahms natürlich.«

Ich schluckte eine Erwiderung herunter, denn gerade hegte ich noch weniger Sympathie für Brahms als ohnehin schon. Es war reine Profilierungssucht, dass er sich als mein Oberarzt vorgestellt hatte, obwohl er diese Position offiziell noch gar nicht bekleidete. Und überhaupt: Hätte er mich an diesem Abend nicht abgeholt, dann würde ich mich heute vielleicht in Raphaels Federn wälzen, anstatt auf der schmalen Pritsche im Arztzimmer. Und hätte nicht freiwillig meinen Dienst mit einer Kollegin getauscht, dachte ich missmutig.

»Und er ist so unglaublich komisch«, fuhr Gaby fort. »Mir ist noch nie ein Mann begegnet, der so konsequent einen Gag durchzieht. Stell dir vor, er nennt mich Frau Dr. Rachmaninov! Ist das nicht der Brüller? Ich wette, man kann mit ihm ganz toll erotische Rollenspiele ausprobieren.«

Igitt, das wollte ich mir lieber nicht vorstellen. »Du findest vielleicht noch jemand Besseren als ihn«, sagte ich vorsichtig.

»Ich bin verzweifelt«, gab Gaby zu.

»Aber deshalb musst du dich nicht wegwerfen.«

»Du weißt nicht, wie das ist, wenn man als Akademikerin alleine ist.«

»Entschuldige bitte, aber ich bin ebenfalls Ärztin.«

»Aber du bist jung. Und schön. Bei mir ist der Zug längst abgefahren. Ich kann froh sein, wenn noch ein Güterwaggon vorbeizuckelt, auf den ich mich werfen kann.«

»Nichts gegen Güterwaggons«, rief ich dazwischen,

»aber du musst dich wirklich nicht mit jeder Ladung zufriedengeben. Warte auf den Delikatessen-Wagen.« Und damit legte ich auf, weil mein Funktelefon klingelte.

Die Ambulanz kündigte mir eine abgetrennte Fingerkuppe an. Vorher musste ich aber noch auf die Intensivstation. Eine junge Frau hatte die glorreiche Idee gehabt, ihren Sekt mit einer vollen Schachtel Diazepam zu würzen. Es war zu spät gewesen, um ihr den Magen auszupumpen. Jetzt spritzte ich ihr Anexate nach, ein Gegenmittel, dessen Wirkung leider schneller nachließ als die des Tranquilizers. Die Patientin war paradoxerweise sehr aggressiv und ruhelos. Ich hatte Glück, dass Heinz, der Intensivpfleger, beherzt zupacken konnte, sonst hätten sich ihre Zähne in meinen Unterarm gegraben.

In der Ambulanz schließlich war alles ruhig. Zumindest auf dem Flur. Als ich den Behandlungsraum betrat, saß dort ein junger Mann mit gequältem Gesichtsausdruck auf dem Rand der Liege.

»Das müssen wir im OP versorgen«, sagte der Chirurg gerade. Ich kannte ihn nur vom Sehen, er trug den Namen irgendeines Nagetieres. Viel mehr interessierte mich allerdings der Patient. Diese Locken hatte ich doch schon einmal gesehen, überlegte ich.

»Wir kennen uns doch«, hakte ich nach.

Er nickte und blies die Backen auf, als der Chirurg ihm ein Schmerzmittel injizierte. »Jonas Limbach. Ich hatte Ihnen das Essen serviert. Im Raphaello. Das, was Ihnen nicht geschmeckt hat.«

Der Chirurg zog die Augenbrauen hoch.

»Ach das«, winkte ich hektisch ab. Aber als mein Kollege sich der Akte des Patienten widmete und ein paar Zeilen schrieb, beugte ich mich zu Jonas hinunter.

»Es hat mir schon geschmeckt, ich war bloß nicht hungrig«, flüsterte ich und fragte dann etwas lauter: »Wie ist das mit Ihrem Finger denn passiert?«

Er vermied es, seine Hand auch nur anzusehen und stöhnte leise. »Ich wollte in der Küche aushelfen, aber das ist nicht mein Ding. Ich bin Student und normalerweise nur als Aushilfe im Service. Tja«, er schnalzte mit der Zunge, »das ist auch das letzte Mal, dass ich einen Pürierstab anpacke.«

Die Fingerkuppe war jedenfalls noch dran, da hatte mich die Schwester falsch informiert. Dafür hatte er einen tiefen Schnitt im Grundglied seines Mittelfingers. Ich unterdrückte ein »Iiiiih!«, weil ich entdecken musste, dass der Knochen aus der Wunde herausguckte. Ein Phalanx proximalis war mir noch nie so persönlich begegnet. Laut sagte ich: »So, äh, schlimm sieht es gar nicht aus.«

»Sie sollten das Lügen sein lassen. Man kann Ihnen das ansehen«, gab er zurück.

Unwillkürlich fasste ich mir an die Nase.

»Die Ohren«, sagte Jonas. »Sie bekommen rote Ohren und so kleine Flecken am Hals. Die hatten Sie übrigens auch im Restaurant, als Sie das Essen zurückgehen ließen.«

»Das muss am Rotwein gelegen haben.«

»Sie hatten aber nur Wasser«, gab Jonas zurück.

»Führen Sie immer Buch darüber, was andere trinken?«

»Natürlich, das ist doch mein Job.«

Dem konnte ich leider nicht widersprechen. Deshalb stellte ich ihm zur Abwechslung ein paar Fragen, die tatsächlich mit seiner Anamnese zu tun hatten. Dr. Biber (jetzt fiel mir auch der Name wieder ein) legte einen provisorischen Verband an und verabschiedete sich auf später.

»Ist das eigentlich normal, dass ich meinen Finger nicht mehr gerade machen kann?«, fragte Jonas dann.

»Naja«, gab ich zu. »Es sah so aus, als wären die Strecksehnen durchtrennt. Aber das wird der Chirurg schon wieder hinkriegen, keine Angst.«

»Ich habe keine Angst!«

»Das weiß ich doch.« Ich unterdrückte ein Lachen, weil Jonas mich ansah wie ein Reh im Scheinwerferlicht eines heranrasenden Autos.

»Ich bin ja bei Ihnen und halte Händchen, versprochen!«

»Sehr beruhigend.« Er grinste schief. »Und was schreiben Sie da gerade?«

»Ich rechne den Bedarf an Narkosemitteln aus.«

»Echt jetzt?«

»Echt.«

»Etwa mit Dreisatz? Gibt es für so etwas denn keine App?«

»Keine App?«, wiederholte ich und es klingelte in meinem Kopf. »Keine Ahnung«, gab ich zu, denn danach hatte ich noch nie gesucht. Aber das war eine interessante Idee.

Ich überließ Jonas der Schwester, die ihn aus den Klamotten schälen würde, und verließ den Ambulanzraum. Der Gedanke an diese App ließ mich aber nicht mehr los. Auf dem Weg zum OP schrieb ich meinem Bruder Claude eine SMS, mit der Empfehlung, er solle mal etwas Sinnvolles entwickeln wie eine App für Anästhesisten, anstelle des Spielzeugkrams.

Wenig später lag Jonas vor mir auf der Liege im OP, den Oberkörper entblößt und den linken Arm von sich gestreckt.

»Das wird jetzt mal kalt«, warnte ich ihn, bevor ich den Schallkopf in seine Achselhöhle drückte.

»Was machen Sie denn da?« Jonas' Stimme zitterte.

»Ich suche die Arterie«, erklärte ich, dabei bewunderte ich hauptsächlich seinen Biceps brachii. Ob man vom Tellertragen solche Muskeln bekam?

»Es wird jetzt kurz piksen.« Ich spritzte ihm das Lokalanästhetikum in den Nerv, der sich direkt neben der Arterie befand. Das Narkosemittel verteilte sich langsam. Im Ultraschall sah ich, wie sich das Gewebe dunkel aufplusterte, dann schob ich das blaue Tuch über den Narkosebügel, damit Jonas nichts von der Operation sehen würde.

»Ich glaube, ich habe doch Angst.«

»Dafür bin ich ja da«, tröstete ich ihn. »Gleich ist Ihnen das völlig egal, ich spritze Ihnen noch was zur Beruhigung. Wenn irgendwas wehtut, dann sagen Sie sofort Bescheid.«

»Okay.« Er nickte. Sein Atem ging schnell.

»Was studieren Sie eigentlich?«, fragte ich, um ihn davon abzulenken, dass Dr. Biber gerade den Verband löste.

»Können wir nicht Du sagen?«

Ich hatte nichts dagegen. Jonas war etwa im selben Alter wie mein Bruder Claude, und damit fühlte ich mich ihm gleich verbunden. »Gerne. Also, was studierst du?«

»Sport.«

Das erklärte auch seinen trainierten Bizeps. »Bachelor?«

Er schüttelte den Kopf. »Master of Arts. Sport, Medien- und Kommunikationsforschung.«

»Das klingt, äh, spannend.«

»Ist es auch.« Er zuckte zusammen – vermutlich war der Biber ein wenig grob. Ich wagte es aber nicht, hinter das Tuch zu gucken. Außerdem krallte Jonas sich gerade an mir fest und zerquetschte mir mit seiner Rechten fast die Hand.

»Und was macht man dann später damit?« Ich musste versuchen, ihn am Reden zu halten, dann würde er sich sicher entspannen.

»Ich will zum Fernsehen.«

Wie praktisch, dass er bei Raphael aushalf, da konnte er schon mal Kontakte knüpfen.

Das Dormicum entfaltete langsam seine Wirkung, Jonas' Atemzüge beruhigten sich, und er schloss sogar die Augen. Eine Situation, die man durchaus ausnutzen konnte, überlegte ich, als seine Hand die meine lockerer fasste.

»Wie arbeitet es sich denn so mit einem Fernsehkoch?«, fragte ich vorsichtig.

Jonas hatte die Lider weiterhin geschlossen. »Raphael ist total in Ordnung«, nuschelte er.

»Mmh«, brummte ich leise in sein Ohr. »Keine Starallüren?«

»Wie sollte jemand Allüren entwickeln, wenn er in seiner Freizeit Erde umgräbt?«

Das war eine gute Frage. Etwas Bodenständigeres gab es wohl kaum.

»Er gärtnert?«

»Und fährt Motorrad, spielt Fußball und singt im Kirchenchor.«

»Du veräppelst mich, oder?«

Seine Lider sprangen auf. »Ja«, gab er zu. »Eigentlich hat Raphael überhaupt keine Zeit für Hobbys. Er ist ständig im Restaurant, und wenn er einmal nicht dort ist, dann muss er zum Sender. Ich finde das ja echt spannend, aber ehrlich, ich möchte nicht mit ihm tauschen. Ab und zu lädt er ein paar Freunde zu sich ein. Aber sein Privatleben ist ganz schön dürftig.«

Seiner Erzählung hatte ich gebannt gelauscht, und das nicht nur aufgrund meiner Neugierde. Ich war auch froh, dass Jonas jetzt keine Angst mehr hatte.

»Und wie kommt es, dass ein Mann wie er noch nicht verheiratet ist?« Ich hielt den Atem an.

»Wer sagt denn, dass er nicht verheiratet ist?«, gab Jonas zurück und versetzte mir dadurch einen Schlag in die Magengrube.

»Wie?«, quietschte ich auf. »Willst du damit sagen, dass er eine Frau hat?«

»Das habe ich nicht gesagt.« Um seine Augen hatten sich Fältchen gebildet.

»Ja, was denn nun?«

»Ich könnte jetzt doch ein Schmerzmittel gebrauchen.«

Ich schnaubte frustriert, zog aber schnell etwas Fentanyl auf, weil ich sonst wohl kaum eine Antwort bekäme. Mit der Spritze fuchtelte ich vor seiner Nase herum. »Nun?«

»Bitte recht viel«, sagte er nur und zeigte ein zufriedenes Grinsen, als ich das Mittel in seine Vene injizierte.

Sein Blick suchte mein Gesicht nach jeder Regung ab, bevor er schließlich weitersprach. »Raphael ist geschieden. Schon seit zwei Jahren.«

Erfolg nach Rezept

Es war ein glücklicher Zufall, als ein Redakteur des Senders im Frühjahr 2010 Hunger bekam. Raphael stand noch ganz am Anfang seiner Karriere. Die Neueröffnung seines Restaurants lag erst wenige Wochen zurück, erste Rückschläge machten ihm zu schaffen. Da war der Ärger mit Lieferanten, die nicht dasselbe Verständnis von Frische hatten wie er selbst. Personal, das plötzlich absprang oder seine Arbeit vernachlässigte. So auch an diesem Frühlingstag: Ein Gast beschwerte sich über das Benehmen des Kellners, der daraufhin unter unflätigen Beleidigungen seine Kollegen im Stich ließ. Raphael versuchte, den Missmut des Gastes mit einer Kocheinlage auszubügeln, und brachte ihm einen köstlichen Gruß aus der Küche an den Tisch.

Das besänftigte den Gast nicht nur, sondern brachte ihn auch ganz ungezwungen mit Raphael ins Gespräch. Der berichtete geradezu euphorisch von seiner Leidenschaft. Dem Redakteur, der die Szene beobachtet hatte, fiel der äußerst charismatische Koch sofort auf, plante man doch ohnehin gerade ein neues Kochformat. Und nachdem Raphael sich von seinem Gast verabschiedet hatte und zurück in seiner Küche verschwinden wollte, wurde er von ihm bis in die heiligen Räume verfolgt. Der Redakteur schilderte ausführlich die Pläne des Senders, und obwohl Raphael davon gar nicht besonders begeistert war, ließ er sich zu einem Probedreh überreden.

Alles Weitere ist Geschichte:

Mit seinem guten Aussehen, seiner charmanten Art und dem lockeren Umgangston gewann er sofort alle Sympathien. Das Testpublikum fraß Raphael aus der Hand. Man wollte mehr. Viel mehr.

Verträge wurden aufgesetzt und bereits wenige Wochen nach diesem denkwürdigen Tag im Restaurant drehte man die Pilotfolge auf einem alten Anwesen in Rodenkirchen. Denn man war der Meinung, dass ein rustikales, natürliches Ambiente perfekt zu einem Mann passte, der in seiner Freizeit nur Jeans trug und gerne auch mal auf offenem Feuer briet.

Was seine Mutter bereits wusste, seit er ein kleiner Junge war, seine Frau aber in zweijähriger Ehe nicht zu akzeptieren verstand – der Sender hatte es sofort erkannt:

Raphaels kochende Leidenschaft hatte so viel Potential, dass ganz Deutschland das einfach erleben musste.

Aus »Das Rezept seines Erfolgs:
Raphael Franz – eine Biografie«
von Barbara Olivier

KAPITEL 22

»Oh.« Irgendwie schockierte mich Jonas' Antwort. Dabei hätte ich mir eigentlich denken können, dass ein Raphael Franz in diesem Alter unmöglich noch frei herumlaufen konnte. Die Frauen mussten sich um ihn reißen. Vielleicht waren die Groupies seiner Ehe in die Quere gekommen? Gewundert hätte mich das nicht.

»Es ist übrigens vorbei.«

»Keine weiteren Fragen mehr?«, erkundigte sich Jonas.

»Ich meine die Operation. War gar nicht so schlimm, oder?«

»Danke.«

»Ein bisschen kannst du aber noch liegen bleiben. Du bekommst noch einen schönen, weißen Verband um deine Hand gewickelt. Hat Dr. Biber gesagt, wie lange du nicht arbeiten darfst?«

»Vier Wochen. Das ist ganz großer Mist. Wenn ich nicht arbeite, verdiene ich auch nichts.«

»Aber das war doch ein Arbeitsunfall«, gab ich zu bedenken. »Und wenn dein Chef doch so nett ist, dann kann er dich vielleicht woanders einsetzen. Es gibt doch bestimmt noch genug zu tun.«

»Wofür ich aber nicht qualifiziert bin.«

»So schwer kann es doch nicht sein, irgendwelche Bestellungen aufzugeben oder Reservierungen anzunehmen.«

»Man merkt, dass du echt keine Ahnung hast, was für ein Aufwand hinter einem schicken Essen steht.« Sein Blick war vorwurfsvoll. Und damit hatte er vollkommen recht. »Habe ich wirklich nicht, tut mir leid.«

»Jetzt weiß ich auch, warum Raphael euch Ärzte alle für arrogant hält.«

Das fand ich nun doch ungerecht. Ich hatte mich noch nie für etwas Besseres gehalten, nur weil ich Anästhesistin war. Ganz im Gegenteil, manchmal war es mir sogar richtig peinlich. Es gab schließlich Leute, die zogen sich mitten auf der Straße vor einem aus, wenn man erwähnte, Ärztin zu sein. Eine Frisörin hatte mir einmal ungefragt ihre Abszesse gezeigt, obwohl ich nur zum Spitzenschneiden kam. Und neulich, als ich bei Claude zu Besuch war, hatte Lisa, seine Freundin, mich um einen Rat gebeten, der ihr Sexualleben betraf! Ganz abgesehen davon, dass ich momentan wirklich keine Spezialistin auf diesem Gebiet war, wollte ich auch auf keinen Fall etwas über die körperlichen Ertüchtigungen meines kleinen Bruders erfahren. Genau genommen wollte ich gar nicht wissen, dass er sowas überhaupt tat!

Innerlich schüttelte ich mich.

Aber wo ich gedanklich schon einmal bei diesem intimen Thema angekommen war, brach die nächste Frage einfach so aus mir heraus:

»Kannst du mir Raphaels Handynummer geben?«

War das etwa meine Stimme? Ich schluckte, während ich ungelenk am Infusionsschlauch nestelte und auf Antwort wartete.

»Klar.« Jonas grinste breit. »Hast du was zum Schreiben?«

Mit dem Edding, den ich sonst benutzte, um Medikamentennamen auf die Infusionsbeutel zu kritzeln, schrieb er die Nummer auf eine Kompresse.

»Warum bist du eigentlich Ärztin geworden?«, fragte Jonas plötzlich. »Doch bestimmt wegen Ruhm und Ehre und der ganzen Kohle, oder?«

»Und wegen der grauenvollen Arbeitszeiten, den Nachtdiensten, den ekeligen Krankheiten, meinst du wohl?« Ich lächelte. Aber seine Frage war gar nicht so leicht zu beantworten. Geld und Prestige hatten mich nämlich noch nie sonderlich gereizt. »Nein«, sagte ich schließlich. »Eigentlich wollte ich einfach nur etwas Sinnvolles machen. Mit Menschen. Ich, äh, mag Menschen«, stammelte ich verwirrt.

In seinen Augen blitzte es kurz auf, dann überreichte er mir beinahe feierlich Raphaels Nummer.

* * *

Oh, wie gerne hätte ich jetzt einfach eine SMS geschrieben! Ich lehnte an der Wand zum Aufenthaltsraum und starrte auf Raphaels Handynummer, die ich sofort abgespeichert hatte. Sie leuchtete verheißungsvoll auf meinem Display. Ich könnte auf diese Weise die gefühlt hundertste Entschuldigung loswerden. Zugeben, dass ich meinen Oberarzt in spe angelogen hatte. Oder ich könnte ihm sagen, wie saublöd Johannes Brahms eigentlich war. Und dass seine (Raphaels) Mutter so schön war, dass ich schon eifersüchtig geworden war. Aber dann musste ich mir selbst an die Stirn klopfen, weil ich sowas unmöglich gestehen konnte. Und überhaupt – wieso bitte sollte ich eifersüchtig sein?

Ich spülte den vermutlich zwanzigsten Kaffee hinunter und tippte ein paar Worte in mein iPhone. Etwas ungläubig starrte ich dann auf den Satz, der sich gebildet hatte:

Du bist der schönste Koch, den ich je kennengelernt habe.

Was eine absolut dämlich Aussage war, denn genau genommen kannte ich überhaupt keinen anderen Koch. Ich löschte die Buchstaben und schrieb:

Ich muss immerzu an deine blauen Augen denken.

Aber das war so wahnsinnig kitschig! Mir stieg die Hitze in den Kopf, obwohl mich ja niemand sah. Ich schenkte mir einen weiteren Kaffee ein, Nummer dreiundfünfzig oder so. Es ging auf zwei Uhr morgens zu, und im Aufenthaltsraum befand sich außer mir keine Menschenseele.

Ich dachte daran, wie gut Raphael gerochen hatte und wie lecker doch sein Essen gewesen war, und tippte:

Du bist wahnsinnig sinnlich und sexy.

Ich lachte auf, weil ich noch nie solche Peinlichkeiten von mir gegeben hatte. Nicht einmal gedacht hatte ich sie! Und erst recht hatte ich sie zu keinem Mann gesagt. Ich hatte damals »Ich lieb dich auch« zu Christian gesagt, weil man das so machte, aber noch nie hatte ich laut gesagt, was ich jetzt auf meinem Display las:

Du bist der erste Mann, der mit mir Chili gegessen hat.

Oh Gott, wie blamabel! Schnell löschte ich den Satz, damit er sich nicht in mein Hirn brannte. Wie könnte ich Raphael jemals wieder unter die Augen treten, wenn ich daran denken musste? Und dann, weil es eh schon nicht mehr peinlicher werden konnte, schrieb ich zu guter Letzt:

Ich hätte so gerne mit dir geschlafen.

Und weil selbst das noch nicht ausreichte, pappte ich noch eines dieser blöden Herzchen dahinter:

♥

Mein Gott, ich habe wohl zu viele Narkosegase abbekommen!, dachte ich noch, da wurde auf einmal die Tür aufgestoßen.

»Ich wusste gar nicht, dass du auch Dienst hast!«

Gaby!

Vor lauter Schreck ließ ich die Kaffeetasse, die ich in der Rechten gehalten hatte, auf den Tisch knallen. Ein dunkelbrauner See bildete sich auf der Kunststoffoberfläche. Hektisch, weil ich Angst hatte, Gaby könnte mir über die Schulter blicken und etwas von meinem Geschreibsel lesen, wischte ich mit dem linken Daumen über die Löschtaste.

Das Herzchen verschwand.

»He«, rief sie aus. »Lass mir noch was vom Kaffee übrig!« Sie schlug mir freundschaftlich auf den Oberarm. Mein Finger rutschte ab und tippte auf »Senden«.

»Jöh!«, blökte ich und ließ mein iPhone fallen.

»Was bist du denn so schreckhaft heute?«, fragte Gaby.

Ich keuchte. »Bitte, bitte, lieber Gott!«, flehte ich und hangelte am Boden nach dem Telefon.

»Was ist denn los?«

»Bitte, lass mich diese SMS nicht abgeschickt haben! Ogottogott!« Ich wischte über die Oberfläche, um das iPhone zu entsperren.

»Wieso schreibst du eine SMS, wenn du sie nicht abschicken willst?«

»Weil – «, ich hielt inne und scrollte ungläubig die Nachricht hoch und runter. Auf grünem Grund entzifferte ich meinen peinlichen Satz. Lediglich das Herzchen und der Punkt waren gelöscht worden. Darunter stand ein kleines Wörtchen, das mir die Luft zum Atmen nahm: »Zugestellt.«

»Weil ich ein Vollidiot bin!«, stieß ich keuchend hervor. Und bevor ich noch einen weiteren Satz der Erklärung abgeben konnte, vibrierte mein Handy plötzlich und die Musik von Rocky dudelte laut: »Tata tatata tatata tatata.«

BITTE NEIN!

»Da ruft dich jemand an, willst du nicht rangehen?«

»Auf keinen Fall!«, kreischte ich auf. »Das ist Raphael!«

»Verstehe ich nicht.«

Das Dudeln ging munter weiter. »Wenn ich rangehe, dann weiß er doch, dass die SMS von mir ist!«

»Tja«, gab Gaby zu bedenken, »und wenn du nicht rangehst, dann geht deine Mailbox für dich ran.«

»Das ist egal!«, sagte ich. »Das ist doch bloß diese anonyme Frauenstimme, die meine Nummer wiederholt. Ich werde mir morgen früh sofort eine neue Telefonnummer besorgen.«

»Es tut mir ja sehr leid, wenn ich dich daran erinnern muss, aber weißt du noch, als wir vor drei Wochen im ›Früh‹ waren und der Köbes uns ein Kölsch nach dem anderen gebracht hat?«

Ich nickte.

»Als wir nach Hause gewankt sind, hast du einen neuen Text aufgesprochen. Oder hast du den inzwischen geändert?«

Mistikack!

Das hatte ich tatsächlich verdrängt. In diesem Moment hörte das Dudeln auf und Raphael musste, falls er nicht bereits aufgelegt hatte, folgenden Satz – nur unterbrochen von albernem Gekicher – hören:

»*Hi, hier ist Jo Henning* (hihi). *Ich stecke gerade bis zu den Ellbogen* (haha) *in Blut und Gedärmen und kann nicht rangehen. Sprich nach dem Piiiiiep, dann rufe ich zurück, sobald ich* (höhö) *wieder sauber bin.*«

Das war natürlich vollkommener Blödsinn, aber es klang einfach besser als »Ich stochere gerade im Rückenmark einer Schwangeren herum, um ihren Unterleib zu betäuben.«

Und außerdem war ich, als ich das aufgenommen hatte, wie gesagt, etwas angeschlagen gewesen.

»Ich sterbe«, sagte ich und sackte auf dem Stuhl in mich zusammen. »Man kann doch vor Scham sterben, oder?«

»Was hast du denn geschrieben?«

»Das kann ich nicht sagen. Nicht einmal dir kann ich das sagen. Ich sterbe«, wiederholte ich.

Aber bevor ich verenden konnte, hupte mein iPhone. Ein Zeichen, dass ich eine SMS bekommen hatte.

»Na, jetzt bin ich mal gespannt.«

»Ich kann das nicht!«, sagte ich und kniff die Augen zusammen. Mir war, als würde ich einem Verkehrsunfall in Zeitlupe zusehen. Und doch war ich zu neugierig, um die Nachricht einfach zu löschen.

Ich holte tief Luft und wappnete mich, bevor ich den Ordner öffnete:

Kannst du das noch mal wiederholen?

Uff.

Vielleicht sollte ich mich, wenn ich doch nicht stürbe, stattdessen tot stellen?, überlegte ich. Aber das wäre so feige. Anstatt tot, stellte ich mich deshalb einfach doof. Ich tippte eine unverfängliche Antwort, auf die er wohl kaum reagieren würde:

Was genau habe ich denn geschrieben? (Bin zu müde, um klar zu denken, sorry.)

Hah!, triumphierte ich bereits – jetzt würde wohl Funkstille herrschen!

Aber anscheinend kannte ich Raphael Franz schlecht, denn er antwortete prompt.

Du hast geschrieben: Ich hätte so gerne mit dir geschlafen.

Als ob ich das nicht selber wüsste! Hatte der Mensch denn gar kein Schamgefühl? Ich stöhnte verwundet auf. Hektisch flogen meine Finger über die Tastatur:

Da muss ich mich wohl vertippt haben. Kennst du ja sicher, diese blöde Texterkennung.

Und was wolltest du stattdessen sagen?

Eigentlich wollte ich sagen: Ich hätte so gerne mit dir Schaf gegessen.

Soso.

Ich meine, wir haben das Lamm ja gar nicht aufgegessen. Ist doch schade drum.

Das ist wirklich äußerst schade um das Lamm.

Wieso bist du überhaupt noch wach?

Habe gerade erst Feierabend.

Dann will ich dich auch gar nicht aufhalten. Sicher bist du hundemüde.

Vor drei kann ich nicht schlafen. Gewohnheit.

Dann trink doch einen Tee.

Nein danke.

Was magst du denn stattdessen?

Möchtest du das wirklich wissen?

Nein, vergiss, dass ich gefragt habe! Ich muss jetzt Schluss machen. Mein Funk geht schon wieder.

Ich muss dir noch etwas sagen.

Was denn?
Mit klopfendem Herzen wartete ich auf Raphaels Antwort. Als mein Handy erneut hupte, hatte sich mein Puls auf geschätzte 210 beschleunigt. Ich öffnete die Nachricht und las:

Ich hätte auch gerne mit dir Schaf gegessen.

Ich schnappte nach Luft. Ich war mir nicht sicher, aber vermutlich stand ich kurz vorm Hyperventilieren. Meine Hände zitterten, in meinem Magen flatterte es wie wild. Noch bevor ich mich wieder gefangen hatte, hupte mein Handy erneut.

Gute Nacht, Jacqueline!

RAPHAEL

»Ich hätte auch gerne mit dir Schaf gegessen«, tippte Raphael in sein Handy, was ihn Mühe kostete, denn die Tasten waren für seine Finger viel zu klein. Er benutzte es auch selten, weil er ein normales Telefongespräch dieser Simserei auf jeden Fall vorzog. Doch gerade genoss er es. Jonas hatte ihn bereits angerufen, nachdem seine Operation gut verlaufen war, und ihm gleichzeitig mitgeteilt, dass er seine Handynummer an Josephine Henning weitergegeben hatte. Nur, damit er sich nicht wunderte, sollte ein seltsamer Anruf ihn erreichen.

Und dann schickte sie ihm diese SMS, die ihn beinahe umgehauen hatte.

Ich hätte so gerne mit dir geschlafen.

Beim Lesen wurde er so scharf, dass nicht einmal eine Bhut Jolokia damit hätte konkurrieren können. Er wunderte sich nur, dass sie danach sofort zurückruderte und so tat, als hätte sie sich vertippt. Sie war doch kein Feigling. Mein Gott, sie versetzte Leute in Narkose und rettete Leben! Da war es doch wohl nicht möglich, dass sie Angst hatte. Vor ihrer eigenen Courage. Oder gar vor ihm!

Oder machte sie einen Rückzieher, weil er nur ein

einfacher Koch war? Der Gedanke beschäftigte ihn mehr, als ihm lieb war. Er hatte nie vorgegeben, mehr zu sein, als er war. Er hatte nicht studiert. Nicht einmal sein Abitur hatte er bis zum Ende durchgezogen. Das Einzige, was er immer hatte tun wollen, war kochen. Konnte es sein, dass sie ihn deshalb auf Distanz hielt?

Jetzt ärgerte er sich, dass er falsch reagiert hatte. Er hätte etwas Erotisches zurückschreiben sollen, anstatt den Versuch zu unternehmen, sie zu irgendwelchen Geständnissen zu provozieren.

Dabei gab es einiges, was sie ihm würde gestehen müssen: Warum zum Teufel hatte sie nur gelogen und behauptet, sie würde Hygienekontrollen durchführen? Er hatte sich beim Ordnungsamt erkundigt, und eine Josephine Henning war dort nicht bekannt, eine Kontrolle seines Restaurants zurzeit ebenfalls nicht vorgesehen. Warum also erzählte dieser lächerliche Dr. Brahms so etwas? Und weshalb hatte sie das nicht berichtigt? Diese Frau gab ihm Rätsel auf. Rätsel, die zu lösen ihn sehr reizte.

Er wollte Josephine den Boden unter den Füßen wegreißen, damit sie in seine Arme fiel. Das schrie geradezu nach einer Provokation. Und deshalb schrieb er schnell noch eine weitere SMS:

Gute Nacht, Jacqueline!

Er war sich sicher, dass sie das zum Beben bringen würde. Der Gedanke daran machte ihn sehr hungrig. Und weil dieser brennende Hunger nach Josephine Henning sich gerade nicht stillen ließ, musste er einen Ersatz dafür finden.

Ihn überkam eine große Lust, zu kochen.

KAPITEL 23

»Jacqueline!«, keuchte ich. »JACQUELINE!«

»Wer ist denn diese Jacqueline?«

»Ich habe keine Ahnung, aber allein dieser Name ist im Rheinland eine Beleidigung. Dat Dschackeliiine«, leierte ich den Namen im schönsten Kölsch hervor. »Oh, dieser Schweinebengel!«

Gaby kicherte. »Jetzt kannst du wenigstens sicher sein, dass er deine Mailbox-Ansage nicht gehört hat. Das hat auch was für sich.«

Das stimmte zwar, versöhnte mich aber kein bisschen. »Wieso hat er irgendwas mit Jacqueline, wo wir uns doch geküsst haben«, schimpfte ich. »Oder küsst er ständig so viele Frauen, dass er nicht einmal behalten kann, wer als Letztes dran war? Er muss doch gemerkt haben, dass ich das bin!«

Meine Nerven waren äußerst derangiert. Eben noch hatte mich seine Nachricht in einen Glücksrausch versetzt, und nun das! Raphael wollte gar nicht mit mir, sondern mit Jacqueline Schaf essen – das muss man sich mal vorstellen!

»Und dann«, empörte ich mich, »will er womöglich noch mit ihr Chili essen!«

»Wieso denn ausgerechnet Chili?«, fragte Gaby.

»Ach, nichts«, sagte ich mit glühend heißen Wangen.

»Was willst du jetzt machen? Ich meine, außer dich tierisch aufregen?«

»Ich rege mich nicht auf!«, regte ich mich auf.

Sie grinste.

»Gaby!«

»Soll ich dir zur Aufmunterung einen Witz erzählen? Ich kenne da einen neuen, in dem eine wahnsinnig lange Salami vorkommt: Eine nackte Blondine kommt in eine Bar – «

»Untersteh dich!«

»Unter dem einen Arm trägt sie einen Pudel, unter dem anderen eine wahnsinnig lange Salami. Der Barkeeper sagt: Ich nehme an, Sie wollen wohl nichts trinken? Darauf sagt die Blondine – «

»Hör sofort auf!« Ich hielt mir die Hände über die Ohren und sang laut: »Lalalalalala.«

Dann brachen wir beide in Gelächter aus.

* * *

Die folgende Nacht war die wohl längste meines Lebens. Dabei hätte ich so schön schlafen können. Nach Jonas wurde ich nur noch ein einziges Mal angefunkt, um nach der Frau mit der Überdosis zu sehen. Aber Schlaf war mir nicht vergönnt. Ich wälzte mich stundenlang auf der Pritsche, um mein weiteres Vorgehen zu überdenken. Keinesfalls würde ich einfach so aufgeben. Einen Raphael Franz konnte man nicht an sich vorbeiziehen lassen!

Gegen vier Uhr war ich so weit, dass ich ernsthaft in Erwägung zog, in seinem Restaurant eine Fischvergiftung vorzutäuschen. Um fünf wollte ich ihn selbst verletzen, um ihn anschließend heilen zu können. Erst gegen halb sieben (ich musste mich da bereits seelisch auf die Visite mit Johannes Brahms vorbereiten) kam mir der rettende Einfall mit meiner Mutter.

Nie hätte ich gedacht, dass sie mir einmal so hilfreich sein würde. Aber ihr fünfzigster Geburtstag stand bevor. Gemeinhin war es nicht unüblich, Geburtstage in einem Restaurant zu feiern, überlegte ich. Um halb neun, ich war gerade erst durch meine Haustür getreten, hatte ich den ultimativen Plan geschmiedet.

Ich rief meine Schwägerin an. Leider ging sie nicht selbst ans Telefon, sondern überließ es meinem Neffen, Selbiges zu bedienen.

»Hallo Severin«, säuselte ich in den Hörer.

»Ich darf nicht mit Fremden reden.«

»Ich bin nicht fremd, ich bin deine Tante Jo.«

»Das kann ja jeder sagen.«

»Gib mir doch mal die Mami.«

»Die Mama hat einen Popel am Bein.«

»Äh, wirklich?«

Vermutlich nickte er, denn am anderen Ende blieb es still.

»Gib sie mir trotzdem.«

»Den hab ich ihr an die Hose geschmiert.«

Ich unterdrückte ein Ekelgeräusch. »Es ist wirklich wichtig.«

»Die Mama kann jetzt nicht, die ist auf dem Klo, Aa machen.«

»Oh.«

»Papa sagt immer: Der Morgenschiss kommt ganz gewiss, und wenn es erst am Mittag is'.«

»Wir haben aber erst halb neun«, entfuhr es mir. »Sag mal, müsstest du nicht eigentlich längst im Kindergarten sein?«

Der Hörer wurde auf die Ablage geknallt. Die Frage hatte ihm wohl nicht behagt. Im Hintergrund hörte ich, wie er nach Silke brüllte: »Mama, da ist eine böse Frau am Telefon!«

Wenige Augenblicke später wurde der Hörer wieder aufgenommen.

»Henning?«

»Silke, du musst mir helfen!«

»Papperlapapp!«

»Ganz im Ernst, ich habe ein Problem.«

»Das habe ich auch.«

»Ich weiß, du hast einen Popel am Bein, Severin hat es schon erzählt.«

»Was? Moment!« Sie hielt die Hand vor die Muschel. In gedämpften Ton hörte ich sie schimpfen: »Severin, du kannst doch am Telefon nicht solche Sachen erzählen. Damit blamierst du die Mami. Und selbst wenn ich einen Popel am Bein hätte, muss das noch lange niemand wissen!« Pause. »Nein, das sieht man überhaupt nicht. Geh dir jetzt endlich die Zähne putzen!« Dann blaffte sie in den Hörer: »Was willst du?«

Nun, das klang nicht gerade einladend. Trotzdem erzählte ich ihr in knappen Worten meinen ultimativen, aber absolut unausgereiften Schlachtplan. »Hilfst du mir, Mama zu überreden?«

»Sie hat drei Wochen gebraucht, bis sie das Catering aufgestellt hatte. Ich glaube nicht, dass sie jetzt noch einmal alles umschmeißt, nur weil du eine wahnwitzige Idee hast.«

»Wenn es einer schafft, dann du«, war ich mir sicher.

»Weißt du, was das kostet? Ein Festessen im Raphaello für sechzig Personen – bei dir muss wohl eine Schraube locker sein!«

»Geld spielt keine Rolle, ich bezahle das.«

War das etwa aus meinem Mund gekommen? Heidabolla!

»Wovon willst du das denn bezahlen?«

»Ich habe gespart«, gab ich pikiert von mir. Wofür hätte ich mein Geld auch ausgeben sollen?

»Und jetzt willst du deine ganzen Ersparnisse zum Fenster rauswerfen, nur um Raphael zu belagern?«

Nunmehr, wo sie es so deutlich aussprach, klang das wirklich absurd. »Öhm, ja.«

»Einen Augenblick bitte.«

Der Hörer wurde zur Seite gelegt. Ich erwartete, dass

sie erneut mit Severin schimpfte. Stattdessen hörte ich Würgegeräusche.

»Da bin ich wieder.«

»Hast du dich etwa gerade übergeben?«

»Magen-Darm«, erklärte sie. »Ich weiß schon nicht mehr, wo oben und unten ist.«

Sofort schämte ich mich. Ich plapperte sie mit meinen idiotischen Ideen voll, wo es ihr so schlecht ging. »Warum hast du das denn nicht gleich gesagt? Warte, ich komme vorbei und hole dir was aus der Apotheke. Wenn du möchtest, kann ich auch die Zwillinge in den Kindergarten bringen.«

»Dann küsse ich dich.«

»Besser nicht«, sagte ich und legte auf. Meine Müdigkeit unterdrückend schleppte ich mich nach draußen zu meinem Fiat und warf mich auf den Fahrersitz. Auf dem Weg zu Silke kaufte ich die halbe Apotheke leer und bekam zum Dank Traubenzucker geschenkt. Den konnte ich auch gut gebrauchen, denn meine letzte Mahlzeit lag etliche Stunden zurück.

»Hier sind Vomex-Zäpfchen, Immodium, Paspertintropfen und Kamillentee. Ach ja, und noch eine Tube Bepanthensalbe.«

»Wofür braucht Mama Panthersalbe?«, fragte Annika.

»*Bepanthen*salbe«, verbesserte ich. »Die ist für, äh, für den Popo.«

»Hah!«, kreischte Severin. »Mama braucht Poposalbe wie ein Baby!«

Meine Schwägerin bedachte mich mit zusammengekniffenen Augen.

»Du musst selbst entscheiden, was du nimmst«, sagte ich mit Blick auf die Medikamente. »Nimm das, wo die Chance am größten ist, dass es drin bleibt.«

Silke setzte zu einer Erwiderung an, hielt sich dann aber schnell die Hand vor den Mund und rannte aus dem Zimmer.

»Also doch besser die Zäpfchen!«, rief ich ihr hinterher.

Die Kinder in ihre Schuhe zu bekommen, war wesentlich schwieriger als gedacht, denn sie hielten nicht eine Sekunde still. »Könnt ihr euch nicht selbst die Dinger zubinden?«, fragte ich entnervt.

»Ich kann keine Schleife«, sagte Annika.

»Ich hab noch keinen Schleifenpass«, sagte Severin.

Was auch immer ein Schleifenpass war, wollte ich jetzt gar nicht wissen. »Wieso kauft eure Mama euch keine Schuhe mit Klett, verdammt noch mal?«

»Fernsehverbot!«, schrie Severin und freute sich diebisch.

»Wer? Ich?«

»Weil, du hast ein Schimpfwort gesagt.«

»Verdammt ist kein Schimpfwort.«

»Ist es doch!«

»Okay, dann habe ich eben Fernsehverbot.« Ich schubste die Kinder durch die Tür. Welch ein Glück, dass es so warm war und sie keine Jacken brauchten.

Die beiden zockelten neben mir her, jeder mit einem bunten Rucksack auf dem Rücken. Und sie hielten brav meine Hand. Zumindest die ersten zehn Sekunden. Die restlichen fünfzehn Minuten bis zum Kindergarten rannte ich panisch hinter Severin her, der testen wollte, ob die *böse alte Frau* noch mit ihm mithalten konnte. Dafür musste ich Annika hinter mir herschleifen, weil sie keine Lust hatte zu laufen. Als wir am Kindergarten ankamen, war ich schweißgebadet und völlig erledigt. Wenn Silke das jeden Tag so mitmachte, dann brachte ich ihr ab sofort meinen größten Respekt entgegen.

»Du musst aber noch winken!«, verlangte Annika, nachdem sie ihre Schuhe gegen ein Paar Pantoffel getauscht hatte.

»Mach ich. Stell dich ans Fenster, und ich winke von draußen.«

»Vorher muss ich aber noch aufs Klo. Mama geht immer mit mir aufs Klo, bevor sie wieder geht.«

Ich suchte mit Annika die winzigen Waschräume auf. So in etwa musste es bei den sieben Zwergen hinter den sieben Bergen ausgesehen haben. Ich konnte über den Türrahmen gucken, ohne mich auf die Zehenspitzen zu stellen. Aber das war ein Fehler:

»Du darfst nicht gucken!«

»Okay, dann warte ich vor der Tür.«

»Nein, du musst hier drinnen am Waschbecken warten.«

Ich wartete also am Waschbecken. Nicht dass Annika

noch mehr Regeln einfielen, wenn ich mich weiter so ungeschickt anstellte. Severin war sofort in der Igelgruppe verschwunden. Er hatte sich nämlich fest vorgenommen, alle Tiere mit vier Beinen aus der monströsen Arche zu werfen. »Und wenn Noah mich wieder nicht lässt, dann haue ich ihm den Tiger auf den Kappes!«

»Noah? Dem Noah?«

»Noah Frickenschmidt, du Doofie!«

Natürlich! Ich schlug mir an die Stirn.

Erst um halb elf war ich wieder zu Hause und konnte nach Bruce und Willis sehen. Bruce hockte in seinem Häuschen und gab keinen Pieps von sich. Willis hatte sich in einer Ecke gedrückt und schmollte. Jedenfalls interessierte er sich kein bisschen für das Salatblatt, dass ich ihm hinhielt. Auch mein Angebot, er könne über den Teppichboden laufen und dabei heimlich in die Zimmerecken pinkeln, lehnte er ab.

Um zwei würde ich die Zwillinge wieder abholen müssen, hatte ich mit Silke vereinbart. Ich stellte mir also den Wecker auf halb zwei und versank endlich in mein Kopfkissen.

* * *

»Ich weiß nicht, wie du das jeden Tag schaffst«, erklärte ich und ließ mich auf den Küchenstuhl fallen, nachdem die Kinder zum Spielen ins Wohnzimmer getrabt waren.

»Man wächst da so rein«, sagte Silke. Sie hatte sich in ihren Bademantel gewickelt und nippte an einem Tee. Ganz entgegen ihrer Art war sie relativ schweigsam.

»Wenn du mir hilfst, Mama zu überzeugen, dann passe ich auch auf die Kinder auf«, bot ich an.

»Wie oft?«

»Sagen wir … drei Mal?«

Silke schnaubte. »Das ist ja lächerlich. Dafür mache ich keine Verrenkungen.«

»Dann fünf Mal? Ich fahre auch mit ihnen in den Zoo.« Innerlich erschauerte ich, denn ich wusste, das würde für mich als untrainierte Tante ein Höllentrip werden.

»Acht Mal mindestens«, erhöhte sie die Auflage. »Und zwar abends. Und sechs Mal während meiner Pilates-Stunden. Frédéric kommt in letzter Zeit immer so spät nach Hause, sodass ich schon zwei Monate nicht hingehen konnte.«

»Einverstanden. Aber du musst dich nach meinem Dienstplan richten.«

Wir schlugen ein.

»Wann willst du denn meine Mutter anrufen? Nicht dass ich dich drängeln möchte, aber bis zum Geburtstag sind es nur noch zwei Wochen und wir müssen den anderen Gästen noch Bescheid geben, dass sich der Ort der Feier geändert hat. Und wer weiß, ob die im Restaurant überhaupt noch Kapazitäten haben. Oje«, jammerte ich, »bestimmt sind die längst ausgebucht.«

»Sind sie nicht«, sagte Silke.

»Woher willst du das wissen?«

»Ich habe bereits mit der Restaurantchefin telefoniert, einer Eva … Eva irgendwas Schilling.«

»Wann hast du das denn gemacht?«, fragte ich erstaunt. »Ich dachte, du hättest die Zeit genutzt und dich ein wenig hingelegt.«

»Es hat mir eben keine Ruhe gelassen.« Sie zuckte mit den Schultern. »Zufälligerweise ist das Restaurant an diesem Samstag ohnehin für den normalen Betrieb geschlossen, weil sie da bereits eine Privatfeier ausrichten. Und mit Schwiegermama – das kläre ich heute Abend. Ich habe nämlich noch einen Trumpf im Ärmel.«

»Was denn für einen Trumpf?«

»Das erzähle ich dir ein anderes Mal.«

»Jetzt könnte ich dich wirklich knutschen.«

»Nun, das ist dein eigenes Risiko.«

Ich fiel Silke um den Hals und gab ihr einen feuchten Schmatzer auf die Wange, wurde aber sogleich von ihr zur Seite gestoßen, weil sie wieder würgen musste.

KAPITEL 24

Es ist gar nicht so einfach, eine Wut über mehrere Tage am Kochen zu halten. Als ich klein war, hatte ich mich mit meinem Bruder Frédéric bis aufs Blut gezankt. Er hatte erst aufgehört, wenn ich angefangen hatte zu heulen, wozu er mich auch noch bösartig anstachelte: »Heul doch! Heul doch!«

Aber bis meine Eltern nach Hause kamen, und ich den Vorfall hätte petzen können, war meine Wut längst verraucht. Da half es auch nichts, das Heulgesicht vor dem Spiegel einzuüben.

Gerade war ich noch leidenschaftlich wütend auf Raphael gewesen. Und auf Jacqueline natürlich. Aber bereits am nächsten Abend brodelte diese Wut nur einmal kurz auf, irgendwo zwischen Kloputzen und Kücheschrubben, um später ganz zu verpuffen. Ich wollte nämlich zur Abwechslung etwas für mich kochen.

Bisher hatten meine Exkursionen in dieses Metier aus drei Schritten bestanden:

1. Wasser kochen
2. 5-Minuten-Terrine aufreißen
3. Wasser hineinplätschern lassen

So konnte es nicht weitergehen. Jedenfalls hatte ich nicht widerstehen können und mir die erste Staffel von »Die kochende Leidenschaft« plus dazugehörigem Kochbuch bestellt. Und jetzt musste ich feststellen, dass man nicht wütend auf einen Raphael Franz sein konnte, während man zusah, wie er Hähnchenschenkel marinierte.

Oder Brotteig knetete.

Dabei starrte ich nicht unbedingt auf den Teig. Vielmehr genoss ich den Anblick des Musculus brachioradialis seines Unterarms und des Mehlstaubs auf seinen Handrücken. Er hatte raue Hände. Die Hände eines Handwerkers, nicht die eines Intellektuellen. Aber ich wusste ja bereits, dass sie auch sehr sanft sein konnten. Und gerade, weil ich das wusste, musste ich mich trösten. Dazu bot sich etwas Selbstgekochtes geradezu an.

Ich hatte noch weniger Ahnung von Wein als von Chilis und neben diversen Zutaten einen Südtiroler Grauvernatsch eingekauft. Zum einen wegen Raphaels Südtiroler Wurzeln, zum anderen, weil Grauvernatsch wirklich sehr appetitlich nach »Vernaschen« klang, wie ich fand.

Die Rezepte muteten nicht sehr kompliziert an, trotzdem wollte ich es mir nicht unnötig schwer machen und fürs Erste nur Raphaels Tomatensoße ausprobieren.

Die Tomaten warf ich kurz in siedendheißes Wasser, um sie anschließend zu häuten. Zwischendurch gönnte ich mir einen Schluck Wein. Ich schnitt die Früchte in

Viertel und entfernte den ganzen Glibber. Da klingelte das Telefon:

»Henning?«

»Ich bin's.«

»Claude?«

»Ich brauche ein paar Bücher von dir.« Ein Satz, den ich in dieser Konstellation von meinem jüngeren Bruder noch nie vernommen hatte, und der mich deshalb auch sehr irritierte.

»Du brauchst Bücher von mir«, wiederkäute ich.

»Nicht deinen Fantasy-Quatsch, Fachliteratur!«

»Ach so.« Ich gab einen Esslöffel Zucker in einen Topf und stellte den Herd an. »Aber wofür?«

»Für die Anästhesie-App. Ich habe recherchiert. Es gibt etliche Medikamenten-Apps, aber wenn es speziell wird, Pädiatrie oder Anästhesie oder so, dann wird es dünn auf'm Eis.«

»Heißt das, du willst wirklich eine Anästhesie-App entwickeln? Für mich?«

»Doch nicht für dich!«, grunzte er in den Hörer. »Für mein Portemonnaie.«

Darüber musste ich kurz nachdenken. »Aber meine Bücher sind total veraltet. Du brauchst das Neueste vom Neusten. Und eine aktuelle Rote Liste.«

»Die habe ich mir schon besorgt. Mir geht es nur um etwas Grundsatz-Blabla.«

»Also damit kann ich dienen. Oje, jetzt ist mir der Zucker angebrannt!«

»Was machst du da eigentlich?«

»Ich koche.«

Claude prustete los. »Mit Zucker? Du hast hoffentlich noch die Nummer vom Pizza-Dienst.«

»Sehr witzig, aber die werde ich nicht brauchen. Ich fange einfach noch einmal von vorne an. Ich muss nur … einen zweiten Topf finden.«

»Du hast nur einen einzigen Topf?«

»Ich bin ganz sicher, dass ich *zwei* Töpfe habe! Ich kann den anderen nur – «, ich riss die wenigen Schranktüren auf, die es in meiner Küche gab, » – gerade nicht finden.«

»Der arme Mann, der dich mal heiratet«, stöhnte Claude. »Eine Frau, die Tag und Nacht arbeitet, nur von Kranken und Irren umgeben ist und dann nicht einmal kochen kann.«

»Ich muss auch nicht kochen können, dann gehe ich eben auswärts essen. Aber jetzt gerade *möchte* ich kochen.« Ich schrubbte mit grimmiger Miene an dem angebrannten Topf herum, was meine Worte beinahe Lügen strafte. »Außerdem kannst du auch nicht kochen!«, blaffte ich.

»Ich kann Steak braten. Perfekt medium. Das muss reichen.«

»Nun, und ich kann Steak *essen*«, gab ich zurück, stellte den Topf erneut auf den Herd und ließ Zucker hineinrieseln.

»Kann ich nun die Bücher haben oder nicht?«

»Musst sie dir aber selber abholen kommen.«

Es tutete in der Leitung. Anscheinend hatte Claude aufgelegt. Oder ich war aus Versehen an den roten Knopf gekommen. War mir auch ganz recht, denn man kann unmöglich längere Zeit mit dem Hörer zwischen Schulter und Ohr geklemmt telefonieren, ohne eine Nackenstarre zu bekommen. Jedenfalls ging danach so gut wie alles schief: Der Zucker brannte mir ein zweites Mal an. Beim dritten Versuch hypnotisierte ich die Körnchen, bis sie langsam zu schmelzen begannen, und warf schnell die Zwiebeln dazu. Rühren, rühren, rühren. Knoblauch und frische Tomaten freundeten sich mit den anderen Zutaten an. Sie feierten eine Party und blubberten munter vor sich hin.

So weit, so gut. Doch an irgendeinem Punkt musste ich den richtigen Pfad verlassen haben. Oder Raphael hatte tatsächlich vergessen zu erwähnen, dass man die Hitze runterdrehen sollte. Jedenfalls kochte die Soße, die eben noch brav gesäuselt hatte, über und spritzte empört durch die Küche. Ein ähnlich blutiges Ambiente kannte ich sonst nur aus dem Krankenhaus. Und – Leckoballo! – Tomatensoße kann verdammt heiß sein. Ich versengte mir die Finger, als ich versuchte, den Topf vom Herd zu ziehen. Man hätte eventuell sogar noch etwas davon essen können, es schmeckte auch nur ein ganz klein wenig verbrannt. Jedoch war der Topf so gut wie leer und die Soße vom Mobiliar herunterzukratzen, erschien mir dann doch zu aufwendig.

Es klingelte an der Tür.

»Hier«, sagte Claude und drängte in meine Wohnung. »Ich habe dir eine Pizza mitgebracht.«

»Du bist meine Rettung!«

»Was zu erwarten war.«

Sein mangelndes Vertrauen in meine Fähigkeiten schmerzte mich, doch wollte ich mal nicht stänkern, ich war schließlich dankbar für das Essen.

Gemeinsam verputzten wir die Salamipizza.

Eine Stunde später hatte Claude meine halbe Bibliothek ausgeräumt und mich satt und träge auf dem Sofa zurückgelassen.

Ganz bestimmt wäre ich nicht auf die Idee gekommen, in diesem Moment Raphael anzusimsen – wirklich nicht! Aber Claude hatte mir im Hinausgehen noch zugerufen, dass mein Handy gehupt hatte.

Zärtlich streichelte ich über die Oberfläche meines iPhones und öffnete die eingegangene Nachricht:

Wann können wir uns sehen?

Dass Raphael ja gar nicht mich meinte, sondern Jacqueline, musste ich mir erst noch in Erinnerung rufen. Spontan hätte ich nämlich sofort »Jetzt! Hier!« gerufen. Trotzdem freute ich mich, denn die Frage bedeutete doch, dass er diese Frau bisher nicht wiedergetroffen hatte.

Diese Woche ist es schlecht.

Hast du Dienst?

Mistikack. Woher sollte ich wissen, was Jacqueline für einen Job hatte? Das Beste wäre sowieso, ich würde in Jacquelines Namen Raphael einen Korb geben, überlegte ich. Dann wäre ich sie endlich los. Allerdings war es furchtbar aufregend, mit Raphael zu kommunizieren, auch wenn es nur per Textnachricht geschah. Ich konnte nicht widerstehen:

Ja.

Als Krankenschwester ist man auch ständig am Arbeiten, oder?

Mir fiel die Kinnlade herunter. In Gedanken ging ich die Reihen des Personals durch. Gab es nicht eine Jackie auf der Urologie? Oh, wenn ich die in die Finger bekäme! Zähneknirschend schrieb ich:

Ja, leider.

Ich habe den ganzen Tag an dich gedacht.

Uff.

Woran denn genau?

Das würde ich dir lieber persönlich sagen. Kann ich dich anrufen?

Das geht nicht! Ich bin total erkältet. Du würdest meine Stimme nicht mal wiedererkennen, so heiser bin ich.

Ich kann mich kaum noch an sie erinnern.

Wirklich nicht?

Ist ja auch schon sehr lange her, dass wir uns getroffen haben.

»Und warum zum Teufel musst du Idiot dann den ganzen Tag an sie denken?«, schimpfte ich laut, schrieb aber brav:

Das ist wahr.

Ich werde dich jetzt anrufen.

OH, NEIN!

Doch schon im selben Augenblick stieg Rocky in den Ring: »Tata tatata tatata tatata«, trompetete mein Handy. Ich sprang vom Sofa auf und stieß prompt gegen den Couchtisch. Auf einem Bein hüpfend unterdrückte ich einen Schmerzensschrei. Fieberhaft überlegte ich, wie ich meine Stimme am besten verstellen könnte: Ob ich mir einfach ein Taschentuch in den Mund stopfen sollte? Lispeln? Stottern? Zwei Murmeln in den Backentaschen verstauen? Ich räusperte mich und brummte testweise wie ein Bär.

Bevor ich das Gespräch annahm, zerrte ich mir eine Socke von den Füßen und stülpte sie über das Telefon.

»Ja?«, kiekste ich. (Der Bär hatte mich bereits bei der ersten Bewährungsprobe im Stich gelassen.)

»Hier ist Raphael.«

»Ich weiß. Hier ist, äh, Jacqueline.« Mich schauderte.

Raphael lachte leise. »Es ist schön, deine Stimme zu hören.«

»Das finde ich auch. Also deine, natürlich.«

»Wo bist du gerade?«

»Ich sitze auf dem Sofa«, sagte ich und ließ mich schnell wieder auf das Polster fallen. »Und du?«

»In der Küche. Ich kämpfe mit einer Kartoffelreibe.«

»Ich wusste nicht, dass du im Restaurant bist.«

»Bin ich auch nicht, heute ist doch Montag. Ich koche nur für mich.«

»Und was? Irgendwelche superexotischen Spezialitäten?«

»Das kann man wohl sagen.« Ich meinte förmlich zu hören, wie er grinste. »Ich hatte Heißhunger auf Reibekuchen. Wenn das nicht superexotisch ist, dann weiß ich auch nicht.«

»Ich liebe Rievkooche.«

»Mit Apfelmus oder ohne?«

»Selbstverständlich mit! Mein Bruder hat früher anstatt Apfelkompott immer Appel-auf'm-Kopp gesagt«, plapperte ich weiter. »Aber am besten schmecken sie auf der Kirmes.«

»Ich wusste gar nicht, dass du einen Bruder hast.«

»Habe ich das noch nie erwähnt?«

»Nicht bei unserem letzten Treffen.«

»Na gut, dann weißt du es eben jetzt. Es sind sogar zwei. Frédéric ist der Älteste von uns und Claude ist drei Jahre jünger als ich.«

Vermutlich redete ich mich gerade um Kopf und Kragen. Aber wie es den Anschein hatte, kannte Raphael diese Jacqueline kaum. Da fand ich es erstaunlich, dass er unbedingt mit ihr Schaf essen wollte. »Hast du auch Geschwister?«

»Nein.«

»Hab ich mir gleich gedacht. Du wurdest bestimmt von vorn bis hinten verwöhnt.«

»Das kann ich leider nicht abstreiten.«

Ich musste lachen. Aber dann blieb mir der letzte Gluckser im Halse stecken, denn Raphael sagte:

»Ich würde *dich* gerne von vorn bis hinten verwöhnen.«

Es ist mir sehr unangenehm, aber das war wieder einmal der Moment, wo mein Hirn sich verabschiedete und der Papagei übernahm:

»Du würdest mich gerne verwöhnen?«

»Das sagte ich gerade.«

»Nun, äh, ich bin aber pappsatt.«

»Ich habe dabei auch nicht ans Essen gedacht.«

»Nein? Puh. Woran denn?«

»Liegst du bequem?«

KAPITEL 25

Wie hätte ich da verneinen können?

Das darauffolgende Gespräch war nun ganz und gar nicht jugendfrei. Und auch nicht völlig frei von Themen, die mit Essen zu tun hatten.

Jedenfalls erleichterte mich eine Sache ungemein: Auch einem Raphael Franz kann beim Kochen schon mal was anbrennen.

»Ich fasse es nicht, dass du mich *da* geküsst hast!«, sagte Raphael, nachdem ich hörte wie er fluchend die Pfanne vom Herd gestoßen hatte.

Ich lächelte. »Du meinst, am Corpus spongiosum?«

»Diese lateinischen Begriffe machen mich total an.«

»Aber das habe ich doch bloß so gesagt«, behauptete ich.

»Es hat sich aber echt angefühlt.«

»Fand ich auch«, gestand ich und seufzte ein bisschen.

Sein Atem ging immer noch schwer. »Mir reicht es aber nicht, das nur am Telefon zu tun. Ich möchte dich spüren. Von innen. Ich werde wahnsinnig bei dem Gedanken, dass du vielleicht nur wenige Kilometer von mir entfernt bist.«

»Ich habe schon oft daran gedacht. Nur – «

»Dann lass mich zu dir fahren, und wir machen all das, woran du gedacht hast.« Seine Stimme klang belegt.

Es fiel mir unglaublich schwer, ihn abzuweisen. Zum Teufel mit dieser blöden Jacqueline! Wenn sie nicht wäre, dann …

Ja, was dann?

Dann hätte mich Raphael nicht einmal angerufen. Dieser Gedanke gefiel mir nun überhaupt nicht.

»Es geht nicht«, sagte ich widerstrebend. »Ich wünschte wirklich, ich könnte, aber es geht einfach nicht.«

»Das ist doch idiotisch, J-Jacqueline.«

»Ich bin nicht … Ich bin immer noch nicht gesund, und da möchte ich dich nicht anstecken.«

»Das hast du aber bereits getan. Liebling.«

Liebling?

Mir wurde ganz weich und fluffig im Bauch. Es klang so zärtlich, wie er das sagte. So zärtlich, dass ich fast glaubte, ihm die Wahrheit gestehen zu können. Aber wenn ich das fertigbrachte – jetzt, nachdem wir ein so intimes Gespräch geführt hatten, dann würde er mir das bestimmt nie verzeihen. Mein Gott, er dachte doch, er würde mit Jacqueline telefonieren! Weiß der Himmel, was das für ein vollbusiger Vamp sein mochte! Ganz sicher hatte sie keinerlei Ähnlichkeit mit mir. Diese Weibchen der Stars waren doch alle so jung und schön und langbeinig.

Und ich war bloß Jo.

Und jeder Mensch wusste, dass Anästhesisten nicht so ganz klar im Kopf sind. Sie trinken zu viel Kaffee, atmen regelmäßig Narkosegase ein und sind überhaupt ständig übermüdet und deshalb auch keine geistreichen Gesprächspartner. Und Raphael war ein wahnsinnig aufregender Mann. Ich könnte ihm allein stundenlang zuhören, wenn er über Gewürze redet, dachte ich seufzend. Und ich könnte ihm stundenlang zusehen, wie er Hähnchenschenkel mariniert. Noch viel besser wäre es allerdings, wenn er meine Schenkel marinierte, dachte ich und räusperte mich schnell.

»Ich werde heute Nacht von dir träumen«, sagte ich. Und bevor er noch etwas darauf erwidern konnte, legte ich auf und stellte das Handy ganz aus.

* * *

»Und er hat nicht mehr angerufen?«, fragte Silke mich, als ich sie das nächste Mal besuchen kam, um die letzten Einzelheiten für Mamas Geburtstagsfeier zu besprechen.

»Wie denn auch? Ich habe das Handy die ganze Zeit ausgestellt. Ich trau mich nicht, noch einmal mit ihm zu telefonieren.«

»Wieso denn nicht, um Himmels willen?«

»Es ist mir peinlich. Er denkt schließlich, ich wäre diese Jacqueline. Es ist total mies, ihn so zu belügen.«

»Dann sag ihm die Wahrheit.«

»Bist du verrückt? Dann … dann hetzt er mir die Polizei auf den Hals. Ich komme mir selbst schon vor wie eine Stalkerin.«

»Willst du nicht wenigstens mal nachsehen, ob er überhaupt angerufen hat?«

»Auf keinen Fall! Nachher hat er *nicht* angerufen, und was dann? Dann war das bloß ein One-Night-Stand für ihn. Also ein telefonischer One-Night-Stand«, verbesserte ich mich. »Und das könnte ich nicht ertragen.«

»Dann werde ich nachgucken«, sagte Silke und riss meine Handtasche vom Stuhl neben mir herunter.

»Das wirst du nicht tun!«, rief ich aus.

Es gab ein kurzes Gerangel, bei dem ich aber schnell feststellen musste, dass Catwoman immer noch die Krallen ausfahren konnte.

»Du hast mir die Haut vom Arm gekratzt«, schimpfte ich.

»Das ging leider nicht anders«, sagte sie und drückte auf meinem Display herum.

»Die PIN-Nummer verrate ich dir nicht.«

»Pah!«, machte Silke. »Ich wette eins zu fünfhundert, du hast deinen Geburtstag genommen. Ha! Ich hatte recht!«, sagte sie, als mein iPhone sie freudig begrüßte.

Ich war einfach viel zu leicht zu durchschauen, dachte ich missmutig.

»Er hat *nicht* angerufen«, sagte meine Schwägerin mit Grabesstimme.

»Siehst du? Und jetzt fühle ich mich schlecht. Warum nur hat er sich nicht mehr gemeldet? Vermisst er mich denn gar nicht? Ich muss die ganze Zeit an ihn denken, und er? Bestimmt hat er Jacqueline schon längst in natura wiedergetroffen und mit ihr – ach, ich will mir das gar nicht erst vorstellen!«

»Er hat dir eine SMS geschrieben.«

»Was?«

»Er hat dir eine SMS geschrieben!«

»Was?«, wiederholte ich noch einmal lauter.

»Ich sagte, er hat dir – «

»Das habe ich verstanden! *Was* hat er denn geschrieben?«

»Ich warte.«

»Worauf? Willst du mich nun erpressen?«

»Quatsch! Das ist es, was er geschrieben hat: *Ich warte.*«

»Und mehr nicht?«

»Moment!« Silke drückte auf dem Display herum. »Da kam noch eine zweite SMS: *Jetzt bist du am Zug.*«

Na toll!

»Der Witz ist ja«, Silke kicherte albern, »dass er gar nicht lange warten muss. Denn du wirst schon morgen zu ihm kommen.«

»Das weiß er aber doch nicht. Er denkt, irgendeine Familie Henning feiert Geburtstag, wenn er überhaupt den Namen der Reservierung beachtet hat, und dabei wartet er auf Jacqueline.«

»Bist du dir da sicher?«

»Natürlich bin ich mir sicher. Was soll die blöde Frage?«

»Nun«, gab Silke zu bedenken, »es wäre immerhin möglich, dass du ein ganz falsches Bild von ihm hast. Ich meine nicht nur, dass du ihn unterschätzt. Es ist vielmehr so, dass du voller Vorurteile bist, was sein Privatleben angeht.«

»Er ist geschieden. Und jetzt sag mir mal, wie groß die Wahrscheinlichkeit ist, dass seine Frau ihn verlassen hat!« Ich lachte auf. »Einen Raphael Franz lässt man doch wohl nicht wegen eines anderen Kerls sitzen. Nie im Leben! Wenn überhaupt, dann hat sie ihn mit einer anderen Frau erwischt.«

»Vielleicht haben sie sich einfach auseinandergelebt? Wäre doch immerhin möglich.«

»Möglich schon, aber für mich völlig unvorstellbar.«

»Du scheinst ja keine gute Meinung von ihm zu haben.«

»So meine ich das doch nicht. Es ist einfach so, dass … Er ist toll, weißt du? Ich kann mir überhaupt nicht vorstellen, dass das jemand nicht so sehen könnte.«

»Vielleicht hast du recht. Aber wenn nicht, dann kannst du dir jetzt schon überlegen, wie du Abbitte leistest.«

»Denkst du, man findet etwas im Netz über ihn und seine Frau?« Es war mir wirklich wichtig, mehr über ihn zu erfahren, und in seiner Biografie, die ich bereits verschlungen hatte, wurde die Scheidung leider mit wenigen Worten abgehandelt.

»Lass uns nachsehen.« Damit holte Silke Frédérics Laptop aus dem Büro. Wir googelten nach »Raphael Franz verheiratet« und »Raphael Franz Köln Ehefrau«, fanden aber nur irgendwelche Artikel von Anwaltskanzleien, wo der eine Partner Raphael Markwardt hieß und sein Kollege Sigismund Franz.

»Versuch es mal mit »Raphael Franz Fernsehkoch Scheidung«!«, bat ich.

»Treffer! Da gibt es tatsächlich einen Artikel in der ›Ruck-zuck‹ von diesem Januar.«

»Lass sehen!« Ich schob Silke zur Seite und überflog die Schlagzeile. »*Allein in seiner Fernsehküche?*«, stand dort. Schon bei dem Titel hätte ich speien mögen, aber die Zeitung war ja für ihre besondere, äh, Feinfühligkeit bekannt.

»*KÖLN – Es ist keine Villa, die Raphael Franz in Rodenkirchen bewohnt*«, las ich vor. »*Der alte Gutshof (geschätzte 400 qm) ist von Feldern umgeben. Ganz allein im riesigen Haus. Wie hält man diese Einsamkeit aus? Oder geben sich die weiblichen Fans dort die Klinke in die Hand?*« Ich schüttelte mich. »Das ist ja ekelhaft!«

»Lies weiter!«

»*Die Scheidung von seiner Ehefrau Susanne, einer Einzelhandelskauffrau, nach nur zweieinhalb Ehejahren – war Franz' voller Terminplan schuld? Ein enger Freund des*

Starkochs verneint das, man habe sich bereits vor dessen Fernsehtätigkeit getrennt. Glaubt man den Berichten des Senders WDR, mit dem Franz seit zwei Jahren das Erfolgsformat »Die kochende Leidenschaft« produziert, dann gibt sich der junge Koch bodenständig und überraschend unkapriziös. Doch trügt der Schein? Wir trafen seine Exfrau Susanne, die unter ihrem Mädchennamen in Düsseldorf lebt, und befragten sie zu ihrer Ehe mit dem Fernsehstar. Sie gab zu, sich von Raphael Franz getrennt zu haben, noch bevor abzusehen war, dass er eine glanzvolle Karriere starten würde. Eine andere Frau sei nicht im Spiel gewesen. »Weshalb hätte ich mich für den Rest meines Lebens an einen einfachen Koch binden sollen?« Ob sie ihr damaliges Verhalten bereut? Da kann man nur Vermutungen anstellen. Fakt ist: Selbst in diesem Winter campen die Mädchen wieder in Scharen vor Franzs Anwesen, um einmal einen Blick auf den attraktiven Koch werfen zu können. Wie häufig findet eine von ihnen den Weg in sein Schlafzimmer? Darüber gibt es kaum verlässliche Angaben, aber es dürften einige sein! Der Starkoch selbst war zu keinem Interview bereit und auch der Gärtner, der regelmäßig das Gelände betritt, hüllt sich in Schweigen.«

»Was sagt man dazu!« Silke blies die Backen auf. »Der arme Kerl. Den lassen sie wohl keine Minute in Ruhe.«

»Mädchen in Scharen!«, wiederholte ich und musste schlucken. »Ich glaube, mir wird schlecht.«

KAPITEL 26

Heute war der große Tag. Meine Mutter hatte darauf bestanden, dass ich einen biederen schwarzen Rock mit einer ebenso langweiligen weißen Bluse anzog. Schließlich würden auch einige Arbeitskollegen meines Vaters mit ihren Ehefrauen anwesend sein. Und dabei hatte ich mir fest vorgenommen, mich mordsmäßig aufzubrezeln. Daraus wurde nun leider nichts. Drei Stunden hatte ich im Badezimmer verbracht und das volle Schönheitsprogramm von Gesichtsmaske über Haarkur bis Epilation durchgezogen.

Alles umsonst.

Denn erstens würde Raphael seine Küche vielleicht gar nicht verlassen, und zweitens würde er, sollte er zufällig doch herauskommen, beim Anblick meiner Bluse wohl kaum in Leidenschaft entbrennen. Vor allem nicht, nachdem er mit Busenwunder-Jacqueline Telefonsex gehabt hatte.

Der Gedanke an diese Frau verursachte mir Magenschmerzen. In den letzten Tagen war ich über die einzelnen Stationen gewandert und hatte versucht, mich unauffällig umzuhören. Aber niemand kannte eine Jacqueline. Die Jackie von der Urologie, die mir spontan in den Sinn gekommen war, hieß eigentlich

Johanna und stand kurz vor der Rente. Das Ganze war aber nicht weiter verwunderlich, es gab schließlich weit über dreißig Kliniken in Köln. Dass Jacqueline ausgerechnet in meiner arbeiten würde, wäre demnach ein absoluter Zufall gewesen.

Claude holte mich um halb sieben ab. Er war überpünktlich, vermutlich traute er mir nicht über den Weg.

»Hast du deinen Text geübt?«, fragte er, sobald er durch die Tür getreten war.

Ich suchte nach einer Ausrede. »Ich kann mir sowas nicht merken. Außerdem finde ich, dass es reicht, wenn ihr Männer euch blamiert.«

»Mama wünscht sich aber, dass wir alle zusammen dieses Gedicht vortragen.«

»Das ist so demütigend. Ich hasse es, vor Fremden etwas aufzusagen.«

»Stimmt, Onkel Waldemar und Tante Gisela sind auch wahnsinnig fremd für dich.« Er verdrehte die Augen.

»Ich habe die schon ewig nicht gesehen. Außerdem: Weißt du nicht mehr, was passiert ist, als ich das letzte Mal auf einer Feier den Mund geöffnet habe?«

»Ich erinnere mich dunkel. Dann musst du eben auf das Glas Cola verzichten. Und auch auf alle anderen Getränke, die in irgendeiner Form Kohlensäure enthalten«, fügte er düster hinzu.

»Das Gedicht ist einfach grässlich! Können wir nicht eins von Wilhelm Busch nehmen?«

»Frédéric hat es geschrieben.«

»Das ist ja das Tragische. Er sollte lieber bei seinen Bankgeschäften bleiben.«

»Lass es uns noch einmal üben!«

»Nein danke«, ich winkte ab. »Ich habe in meinem letzten Dienst mit Gaby geübt. Sie hat mich abgefragt.«

»Na gut, wenn du dir sicher bist.«

»Sag mir lieber mal, woher du diesen wahnsinnig schicken Smoking hast? Du siehst einfach umwerfend aus!«

»Tja«, sagte er und drehte sich stolz um die eigene Achse. »Ich habe dir doch gesagt, dass meine App fertig ist.«

»Ich weiß. Ich hab sie auch schon runtergeladen, kam aber noch nicht dazu, sie auszuprobieren. Ist sie gut?«

Claude schnaufte und wischte sich ein paar imaginäre Staubkörnchen vom Ärmel. »Würde ich sonst so ein feines Teil tragen? Los jetzt, Lisa wartet im Auto. Gleich motzt sie, dass ihr Kleid vom langen Sitzen knittert.« Er schob mich durch die Tür. Schnell schnappte ich mir meine Handtasche, in der ich Gesichtspuder, mein Handy und Frédérics Gedicht des Grauens aufbewahrte.

»Claude«, sagte ich, als wir die Straße betraten und ich den schwarzen Luxusschlitten im Halteverbot stehen sah. »Wie gut ist deine App wirklich?«

Er grinste und ließ die Funkfernbedienung aufpiepsen. »Sehr gut. Habe ich das noch nicht erwähnt?«

»Claude!«

»Okay, ich gebe es zu, sie ist einfach genial!« Er lachte und riss mich in seine Arme, um mit mir über den Bürgersteig zu wirbeln. »Mehr als zwanzigtausend Downloads am ersten Wochenende!« Er ließ mich los und tänzelte um das Auto herum. Dabei sang er: »Boom, tschakka lakka.«

Lachend ließ ich mich auf die breite und wirklich äußerst bequeme Rückbank fallen. »Hi Lisa«, begrüßte ich Claudes Freundin, die ihre blonden Haare kunstvoll hochgetürmt hatte und ein wahnsinnig schönes Kleid im Nude-Look trug. »Wieso musstest du keine weiße Bluse anziehen?«, fragte ich fast ein wenig enttäuscht.

»Davon hat mir deine Mutter nichts gesagt.«

Na gut, dachte ich. Anscheinend galt das nur für die engsten Familienmitglieder. Ich tröstete mich mit dem Gedanken, dass Lisa vermutlich ebenso wie Claude völlig overdressed sein würde, und kuschelte mich in den Sitz.

»Wow, ist das etwa echtes Leder?«

»Nappa. Vom Kalb.«

»Ich hoffe, der ist nur geliehen.«

»Würde es dich beruhigen, wenn ich dir sage, dass er gebraucht ist?«, fragte Claude, während er den Wagen auf die Fahrbahn lenkte und in gemächlichem Tempo losfuhr.

»Vergiss es«, sagte ich.

Meine Laune hob sich bei der Fahrt deutlich an. Der

Motor schnurrte leise und das weiche Leder unter meinem Hintern klebte nicht einmal. Leider verschlechterte sich meine Laune wieder, als wir auf den Parkplatz des Restaurants fuhren, denn überall stiegen Leute in Abendgarderobe aus ihren Fahrzeugen. Hatte ich da etwas, den Dresscode betreffend, missverstanden? Nein, dabei musste es sich wohl um die andere Gesellschaft handeln, die vor uns gebucht hatte. Mir kam nämlich keiner der Gäste bekannt vor. Bis auf –

»Nein!«, kreischte ich auf und warf mich in den Fußraum, der, das musste ich zugeben, äußerst großzügig bemessen war.

»Was ist los?«, fragte Lisa.

»Da ist Raphaels Mutter! Ach du Schande!«

»Wer ist denn Raphael?«

»Das ist ihr Fernsehkoch«, erklärte Claude.

»Er ist nicht *mein* Fernsehkoch!«, widersprach ich. »Er ist DER Fernsehkoch!«

»Du weißt aber schon, dass die Scheiben getönt sind und sie dich sowieso nicht sehen kann, oder?«

Mühsam kletterte ich wieder auf den Sitz. Wieso war Raphaels Mutter hier? Ging sie zufällig heute am Rhein spazieren und hatte plötzlich Appetit bekommen? Oder eher: Ging sie zufällig in einem güldenen Abendkleid, das eher für die Oper gedacht war als für einen Bummel auf der Rheinpromenade, spazieren und hatte plötzlich Appetit bekommen?

Uff.

Jetzt fühlte ich mich doch langsam unwohl. Wenn hier alle so aufgetakelt waren, warum zum Teufel sah ich dann aus wie eine Schulsekretärin?

Wir schlichen vom Parkplatz zum Restaurant. Das heißt, ich schlich. Lisa und Claude stolzierten wie *Brangelina* über den roten Teppich. Meine Mutter stand am Eingang und begrüßte ihre Gäste. Sie trug ein türkisfarbenes Paillettenkleid.

»Mama!«, schimpfte ich. »Wieso darf Silke einen pinkfarbenen Traum anziehen und ich nicht?«

»Du siehst sehr hübsch aus, Liebes«, sagte sie und küsste mich auf beide Wangen.

»Mama!«

»Ich wollte nur sichergehen, dass du nicht in Jeans kommst.«

»Ich hatte so ein wahnsinnig schönes Kleid gekauft!«

»Das tut mir sehr leid, Schatz. Geh schon mal hinein. Vorne kannst du die Sitzordnung ablesen. Ich habe dich neben Dr. Greifwald gesetzt. Er ist Papas direkter Vorgesetzter, also bitte benimm dich!«

Das wurde ja immer besser! Ich konnte Dr. Greifwald nicht ausstehen. Wenn es nach seiner Persönlichkeit ging, dann müsste Greifwald eigentlich Greifpranke heißen. Er war einer dieser Altherren, die jede Gelegenheit nutzten, um einen unauffällig zu betatschen. Unsere letzte Begegnung lag ungefähr ein halbes Jahr zurück, und diese Bekanntschaft gerade heute aufzufrischen, stand wirklich nicht auf meinem Plan. Deshalb suchte ich panisch die Schildchen auf der weißen Tafel an der Wand ab. Waren die festgeklebt? Nein, welch ein Glück! Ich riss meinen Namen ab und tauschte ihn mit dem von Cousine Valerie. Sie hatte mir an Weihnachten Punsch über den Schoß gegossen, das hatte sie nun davon.

Dann machte ich mich auf die Suche nach Silke.

»Wie siehst du denn aus?«, fragte sie anstatt einer Begrüßung. »So … so … devot, das kenne ich gar nicht von dir.«

Ich knirschte mit den Zähnen. »Wo ist mein missratener Bruder?«

»Frédéric ist gerade mit Severin zur Toilette gegangen.«

»Hast du dieses Gedicht gelesen, das er geschrieben hat?«

»Ist es nicht hübsch? Ich bin so stolz auf ihn! Ich hoffe nur, ich heule nicht vor Rührung, wenn er es vorträgt, sonst verschmiert meine ganze Wimperntusche.«

»Öh«, machte ich.

»Ihr seid übrigens gleich zu Beginn dran. Ich glaube, Frédéric ist nervös.« Sie lächelte nachsichtig.

»Bist du eigentlich wieder ganz gesund?«, fragte ich.

»Das kann man so sagen.«

Ich wunderte mich noch, dass sie mir nur vage antwortete, hatte aber nicht die Zeit, länger darüber nachzudenken. Denn nun nahm das Unglück seinen Lauf:

Meine Mutter begrüßte ihre Gäste. Kellnerinnen

reichten Sektflöten an die Damen. Mein Vater Hajo nickte nur freundlich und stierte ansonsten still in sein Bierglas. Ich spülte schnell noch meinen Sekt herunter, als meine Mutter sich erwartungsvoll in ihren Sitz gleiten ließ. Dann betraten die drei Geschwister Henning die Bühne. Also nicht wirklich eine Bühne. Mangels einer solchen bauten wir uns einfach in einer Ecke auf, die vor den vielen Tischen entstanden war.

Es gab tatsächlich ein Mikro. Leider.

Frédéric hielt mit hochrotem Kopf eine flammende Rede über meine Mutter, die beste Mutter von allen. Was ich mit Blick auf meinen Sekretärinnenlook gerade nicht bestätigen konnte. Und dann deklamierte er die erste Strophe des Gedichts, das sich locker mit der Überschrift »Ode an Mama« hätte schmücken lassen können.

»*Waren wir klein oder groß, du warst immer für uns da* ...«, begann er, und ich sammelte meinen Geist zur Größe einer Fruchtfliege zusammen und schluckte ihn runter. Bloß nicht hinhören, dachte ich, bloß nicht hinhören! Außerdem war ich damit beschäftigt, mich zwischen Frédéric und Claude, die beide todschick aussahen, in Luft aufzulösen.

»*Deine Hände immer rege, trösteten uns wunderbar* ...«

Meine Güte, war die erste Strophe lang, dachte ich noch und ließ meinen Blick durch den Saal schweifen. Ich entdeckte Cousine Valerie, die ein sehr verbissenes Gesicht machte, und lächelte in mich hinein. In meiner Hand hielt ich den Spickzettel, den ich eben schnell noch aus der Handtasche gefischt hatte.

Bloß nicht die Nerven verlieren!

Doch dann verlor ich sie doch.

Denn gerade als Frédéric seinen Applaus entgegennahm (hatten die alle was am Ohr?), zog sich der schwarze Vorhang zur Seite, der den großen Saal in zwei Räume teilte, und Raphael betrat unser erlesenes Familienfest.

Ausgerechnet jetzt!

Und wieso blieb er nicht in seiner Küche? Kam er etwa extra, um sich an meinem Auftritt zu weiden? Hatte er meinen Angstschweiß gerochen?

Und weshalb nur sah er so hinreißend aus in seiner schwarzen Kochjacke?

Unsere Blicke trafen sich. Und das muss als Erklärung dafür ausreichen, dass sich mein Gehirn, plopp, mal kurz verabschiedete.

Frédéric drückte mir das Mikrophon in die Hand, und ich wartete einen Moment darauf, dass der Fußboden sich teilte und ich gnädigerweise im Erdreich versank. Leider wartete ich vergebens.

»Nun mach schon!«, raunzte Frédéric. Man sah ihm an, dass er die Befürchtung hegte, ich könnte seine ruhmreiche Stunde gefährden. Aber mein Kopf war so leer. Leerer als mein Sektglas, leerer als ... leerer als leer.

Mit zitternden Fingern faltete ich das Blatt Papier

auseinander. Im Publikum ertönte das erste genervte Schnauben. Hätte ich in diesem Moment nicht noch einmal zu Raphael hingesehen, dann wäre mir vielleicht aufgefallen, dass etwas mit dem Spickzettel nicht stimmte. Zum Beispiel nämlich, dass das gar nicht meine Handschrift war. Aber leider sah ich noch einmal zu Raphael hin.

Hilflos stotterte ich: »Ich f-fange dann jetzt an.« Und das auch noch viel zu laut, sodass das Mikro fiepte. Die Schrift verschwamm vor meinen Augen, ich blinzelte.

»*Eine nackte Blondine kommt in eine Bar*«, las ich, ohne nachzudenken. »*In der einen Hand trägt sie einen Pudel, in der anderen eine wahnsinnig lange Salami.*«

Erste Lacher waren zu hören.

»*Der Barkeeper sagt: Ich nehme an, Sie wollen wohl nichts trinken. Darauf sagt die Blondine –* «

In diesem Moment wurde mir gnädigerweise das Mikro entrissen.

KAPITEL 27

»Spinnst du jetzt völlig?«, empörte sich Frédéric. Der Saal bebte. Onkel Waldemar rieb sich mit dem Taschentuch über die Augen, um die Lachtränen wegzuwischen. Na, hoffentlich macht er sich in die Hose!, dachte ich grimmig. Bestimmt hatte er bereits eine Prostatahyperplasie, da standen die Chancen nicht schlecht.

Ich wagte nicht, zu Raphael hinzusehen. Ganz sicher hielt er mich nun für völlig durchgedreht. Oh, ich würde Gaby erwürgen! Ich würde ihr eine ganze Ampulle Kalium unterjubeln oder sie einfach so im Leichenkeller einschließen! Wie konnte sie nur?

Mit wenigen Sätzen war ich wieder an meinem Platz und stahl mir das noch halbvolle Sektglas von Tante Helene. Onkel Raimund starrte mich nur an und sagte plötzlich: »Bringen Sie mir ein Weizen.«

»Ich bin nicht die Kellnerin!«, blaffte ich zurück und ärgerte mich zum bestimmt fünfzigsten Mal über meine langweilige Bluse.

Meine Mutter lächelte nachsichtig in meine Richtung. Anscheinend hatte sie einen weitaus schlimmeren Auftritt von mir erwartet. Claude las derweil seinen Part des Gedichts vor. Er machte das äußerst cool, völlig ungerührt, als ob ihn der peinliche Inhalt persönlich gar nichts anginge. Ich bekam davon kaum etwas mit. Ebenso wenig von der Delikatesse, die kurz darauf serviert wurde. Grimmig stocherte ich darin herum.

Jetzt war ich definitiv in der richtigen Stimmung für meinen genialen Plan!

Ich würde Raphaels Blut in Wallung bringen, dafür konnte ich garantieren! Aus diesem Grund ließ ich auch das Amuse-Gueule direkt zurückgehen. Es wäre ungenießbar. Die Kellnerin, eine junge Brünette mit Glitzerspange, schien völlig entgeistert. Anscheinend hatte es das noch nie gegeben.

Tja, es gab für alles ein erstes Mal.

Wenige Augenblicke später brachte sie einen neuen »Gruß aus der Küche« für mich mit der aufrichtigen Bitte um Entschuldigung. Das würde ihr aber auch nichts nützen. Es tat mir zwar sehr leid, denn die Kellnerin war mir wirklich sympathisch, und mit ihren Sommersprossen sah sie unheimlich niedlich aus. Fast so, wie ich mir immer eine kleine Schwester gewünscht hatte. Aber darauf konnte ich jetzt keine Rücksicht nehmen. Wenn Raphael so verwöhnt war und die Frauen ihm scharenweise nachliefen, dann war es an der Zeit, dass ihn jemand erdete.

Ich war dazu bereit.

»Diese Consommé hat einen Stich«, sagte ich.

»Wie bitte?«

»Sie ist sauer. Nehmen Sie das wieder mit.«

»Ich bitte um Verzeihung.«

Jetzt lief ich mich warm:

»Die Hollandaise ist ranzig, sie schmeckt nach altem Fett.«

»Ist das Salat oder ein Sandkasten? Ich habe mir gerade fast die Zähne daran ausgebissen.«

»Diese Beilage da, ich kann nicht einmal erkennen, was es sein soll, sie ist jedenfalls noch nicht gar.«

»Da befindet sich Weinstein in meinem Glas, könnten Sie das bitte entfernen?«

»Sind das etwa Pilze aus der Dose?«, fragte ich und tupfte mir mit der Serviette sichtlich angewidert den Mund ab. Jetzt war ich wohl doch etwas weit gegangen. Die Kellnerin sah aus, als würde sie mir gleich die Kehle durchschneiden.

»In unserem Restaurant werden ausschließlich frische Zutaten der Saison verwendet. Möchten Sie sich vielleicht selbst davon überzeugen?«

»Danke, ich verzichte. Aber bitte nehmen Sie diesen Reis weg. Ich habe extra Pommes frites bestellt.«

»Sie haben Reis bestellt.«

»Pommes frites!«

»Reis!«

»Pommes!«

Einen kurzen Moment fürchtete ich ernsthaft um mein Leben. Doch dann sah ich, wie die Kellnerin ihre Augen schloss. Vermutlich zählte sie bis zehn, oder eher bis dreihundertfünfundsechzig, denn es dauerte eine ganze Weile, bis sie mir antwortete.

»Im Raphaello gibt es keine Pommes frites. Ich befürchte, wir haben nicht einmal eine Fritteuse.«

»Ist das Ihr Ernst?«

Sie nickte. »Aber ich bin mir sicher, dass Herr Franz auch dafür eine Lösung finden wird, die Sie zufriedenstellen kann.« Und damit drehte sie sich auf dem Absatz um.

»Dann lasse ich mich mal überraschen«, rief ich ihr hinterher.

RAPHAEL

Raphael war so gut gelaunt wie schon lange nicht. Heute schien sich alles zu verdichten, und er konnte es kaum abwarten, bis er seinen Sieg davontragen würde.

Nicht eine Sekunde zweifelte er daran, dass Josephine ihm gehören würde, noch bevor der Abend zu Ende ging. Mit Haut und Haaren. Und deshalb konnte es ihn auch nicht aus der Ruhe bringen, als sie anfing, sich über sein Essen zu beschweren. Das war bestimmt nur ihr letztes Aufbegehren, weil sie fürchtete, von seinem Essen verführt zu werden.

Er beruhigte Sarah, die Jo bedienen musste und kurz davor war, in Tränen auszubrechen. »Mach dir keine Gedanken«, tröstete er sie. »Wenn der Abend vorbei ist, lachst du darüber.«

»Dieses Biest!«, schimpfte sie und putzte sich die Nase. Dann gab sie ihm Josephines letzte Beschwerde durch.

Raphael lächelte.

Es störte ihn nicht im Geringsten, dass sie ihm solchen Ärger machte. Nein, es bereitete ihm sogar eine völlig unverständliche Freude, ihr jeden noch so absurden Wunsch zu erfüllen.

Deshalb verabschiedete er sich aus der Küche – sein

Team hatte schließlich alles im Griff – und betrat die Rheinpromenade. Wenn er es richtig in Erinnerung hatte, dann gab es nicht weit von hier eine Frittenbude.

KAPITEL 28

»Warum hat mein Essen eine Haube?«, fragte ich misstrauisch.

»Das ist eine Speiseglocke. Sie sagten doch, Sie wollten sich überraschen lassen«, gab die Kellnerin zurück.

»Wo ist eigentlich Jonas?«

»Ich darf leider keine privaten Auskünfte über meine Kollegen erteilen.«

»Na gut.«

Sie entfernte die Glocke und offenbarte mir einen sorgsam arrangierten Teller mit Pommes frites. In der Mitte glänzte es rot.

»Ich wollte aber kein Ketch...up.« Meine Stimme erstarb. Innerhalb eines Kranzes aus goldgelben Fritten leuchtete ein dunkelrotes Herz aus Tomatensoße.

»Oh«, machte ich und nahm vermutlich eine ähnliche Farbe an. »Das ist ... oh ... so schön«, stotterte ich. Irgendetwas geschah mit meinen Eingeweiden, denn ein ganzer See flüssig warmer Butter schien darin zu schwimmen.

»Pommes!«, kreischte plötzlich eine kindliche Stimme, und Severin schoss unter dem Tisch hervor. Seine Hand grapschte nach einem Kartoffelstäbchen und tunkten es in die Soße. Mein Herz setzte einen Schlag aus, als das Tomatenherz zerfetzt wurde.

»Mmh, lecker«, mampfte er. »Wieso kriegt Tante Jo immer die guten Sachen?«, beschwerte er sich lauthals. Sein Geschrei ließ auch Annika heranstürzen. Ebenso wie die Kinder diverser Cousins und Cousinen. Innerhalb weniger Augenblicke war mein Teller ratzeputzekahl.

»Das hat Ihnen wohl geschmeckt, was?«

Täuschte ich mich, oder war die Stimme der Servierin eine Spur schadenfroh, als sie mein Gedeck abräumte? Jetzt wurde es langsam schwierig. Mein Plan war wohl doch nicht so ausgereift, wie ich gedacht hatte. Ich war fest davon überzeugt gewesen, dass meine absolut ungerechtfertigten Nörgeleien Raphael dazu bringen würden, mich in seine Arme zu reißen, weil er anders nicht weiterkam. Okay, von mir aus hätte er mich auch noch einmal in sein Kühlhaus sperren können. Aber dass er mir stattdessen ein Herz schickte, brachte mich aus dem Konzept. War es möglich, dass er sich über mich lustig machte? Er träumte schließlich immer noch von Jacqueline, oder nicht?

Kurzfristig wurde ich abgelenkt, weil am anderen Ende des Saales Tumult entstand. Mehrere Gäste sprangen gleichzeitig auf, und Geschrei ertönte. Stühle wurden gerückt, dann kehrte wieder Ruhe ein.

»Was war da los?«, fragte ich Claude, der sich danach an mir vorbei zum Klo schleichen wollte.

»Anscheinend hat Cousine Valerie ihren Sitznachbarn aus Versehen mit der Gabel gestochen. Frauen! Können nicht mal mit Besteck umgehen.« Kopfschüttelnd tigerte er weiter. Ich biss mir auf die Unterlippe. Arme Valerie.

Der Nachtisch wurde serviert. Es gab auf Wunsch meiner Mutter Eiscreme. Sie war geradezu süchtig nach Eis. Während überall schon fleißig gelöffelt und diverse exotische Früchte verzehrt wurden, musterte mich die Kellnerin scharf.

»Ich nehme an, Sie mögen kein Eis«, sagte sie.

»Können Sie Gedanken lesen?«

Jetzt grinste sie und nahm mir das Dessert wieder weg. »In diesem Fall soll ich Ihnen das hier geben«, erklärte sie und stellte einen zweiten Teller vor meine Nase. Ebenfalls von einer Speiseglocke bedeckt.

Misstrauisch schnupperte ich. Irgendwie hatte ich das Gefühl, dass sie mir gerade eine Falle gestellt hatte und ich Idiot fröhlich lächelnd hineingetappt war. Der Schein trog nicht. Das merkte ich daran, dass Onkel Raimund, als der Deckel angehoben wurde, eine Erdbeere auf das Tischtuch hustete.

Ich erstarrte.

Und jetzt erst fiel mir ein, dass mein Unterbewusstsein irgendein wichtiges Detail verdrängt hatte. Ein wichtiges Detail in Größe 75A.

»Guten Appetit!«, sagte die Kellnerin. Mir war klar, dass dieser Moment sie für alle Qualen der vergangenen

Stunde entschädigte, denn sie schritt königlich in Richtung Küche. Leider hatte sie die Glocke mitgenommen, sodass ich den BH, der vor mir auf dem Teller drapiert worden war, nicht einmal bedecken konnte. Es war ein hübscher Seiden-BH in Bleu. Zwei blutrote Kirschen verzierten ihn genau an den richtigen Stellen. Ich erkannte ihn auch sofort wieder. Schließlich hatte ich ihn an dem Abend getragen, als Raphael mir ... seine Küche gezeigt hatte.

Nun gut, dachte ich, es stand nicht fett gedruckt drauf: *Dies ist der BH von Josephine Henning, den sie in einem Anflug von kochender Leidenschaft verloren hat!*, aber trotzdem starrten mich alle an.

»Ich möchte auch so einen Nachtisch«, sagte Tante Helene, die aus Eitelkeit wieder ihre Brille nicht aufgesetzt hatte.

»Ich glaube, mich hat etwas in die Lippe gestochen«, stammelte Onkel Raimund zusammenhanglos und lief rot an.

»Ein, äh, Scherz«, sagte ich und stopfte das Corpus Delicti hektisch in meine Handtasche.

»Hast du ihn also wiedererkannt?«, fragte in diesem Moment eine warme Stimme neben mir. Ich hatte Raphael aus verständlichen Gründen nicht kommen hören und machte schnappartige Bewegungen mit meinem Mund.

»Du hast ihn in meiner Küche liegen lassen. Erinnerst du dich?«

Leckoballo!

Es ist nicht übertrieben, wenn ich sage, dass alle (wirklich alle!) Augenpaare auf uns gerichtet waren. Das war so ein Augenblick, wo man gemeinhin bemerkt: Man hätte eine Stecknadel fallen hören können. Es war aber weitaus schlimmer: Man hätte sogar den *Schatten* einer Stecknadel fallen hören können!

Plötzlich rief jemand: »Das ist Raphael Franz!«, und Getuschel setzte ein.

Meine Mutter schob ihren Stuhl zurück und kam auf uns zu. »Kind«, fragte sie. »Möchtest du uns nicht vorstellen?«

»Euch vorstellen?«, echote ich.

»Raphael Franz«, sagte Raphael und gab meiner Mutter die Hand. »Raphael Domenico Franz.«

»Sybille Henning.«

»Benannt nach Domenico Scarlatti«, sagte ich mechanisch. »Das ist irgend so ein Maler.«

»Dummes Kind«, fuhr meine Mutter dazwischen. »Domenico Scarlatti ist ein Komponist des Barock! Ich bin wirklich enttäuscht von dir.« Sie wandte sich an Raphael. »Ihre Eltern haben eine Vorliebe für klassische Musik?«

»Meine Mutter vergöttert Scarlattis Sonaten«, sagte er und lächelte gewinnend.

Meine Mutter hingegen begann in diesem Augenblick, Raphael Franz zu vergöttern, ich sah es am Funkeln in ihren Augen.

»Domenico ist ein wunderschöner Name. Den muss ich mir unbedingt merken«, schwadronierte sie. »Demnächst werde ich nämlich zum dritten Mal Oma, und meine Schwiegertochter hat mir versprochen, dass ich diesmal den Namen des Kindes aussuchen darf.«

»Was?«, stieß ich hervor und suchte den Saal nach Silke ab. Silke war wieder schwanger? War das mit der Magen-Darm-Grippe etwa nur ein Ablenkungsmanöver gewesen? Und der Gedanke, der mich als Nächstes überfiel, ließ mich regelrecht aufkeuchen:

War das Baby etwa ihr Trumpf im Ärmel?

Ich sah Silke neben meinem Bruder Frédéric stehen, der ihr gerade etwas ins Ohr flüsterte. Sie fing meinen Blick auf und zwinkerte mir zu. Und da war ich mir plötzlich sicher, dass sie die Namenswahl für mich geopfert hatte. Nur damit Mama einwilligte, ihr Festessen hierher zu verlegen. Eine Woge der Zuneigung erfasste mich, und ich schluckte schwer.

»Ihre Mutter muss eine beeindruckende Frau sein. Ich würde sie gerne einmal kennenlernen«, hörte ich meine Mutter weiterplappern.

Das ging nun doch ein wenig zu weit, wie ich fand. Aber das schien Raphael überhaupt nicht zu stören. Er deutete auf den schwarzen Vorhang:

»Das dürfte sich leicht arrangieren lassen. Gerade feiern wir nebenan Oma Hildas 75. Geburtstag, sie ist extra aus Südtirol angereist. Wenn Sie möchten, dann mache ich Sie gerne mit meiner Familie bekannt. Allerdings – «, und jetzt zerrte er mich am Arm aus meinem Stuhl, » – erst, nachdem ich mit Ihrer Tochter unter vier Augen gesprochen habe.«

Meine Mutter kicherte mädchenhaft, was mich fast noch mehr schockierte als ihr Wunsch, Raphaels Mutter kennenzulernen.

Erst jetzt fiel mir auf, dass Raphael sich umgezogen hatte und einen grauen Anzug trug. Der Kontrast zu seinen blonden Haaren raubte mir den Atem. Und ich gebe zu, dass mein Widerstreben, mit ihm mitzugehen, grandios schlecht gespielt war. Aber irgendwie musste ich versuchen, mir wenigstens einen Hauch Würde zu bewahren.

»Was willst du mit mir besprechen?«, fragte ich kühl, nachdem wir ein einigermaßen ruhiges Plätzchen im Gang gefunden hatten.

»Ich denke, das weißt du.«

»Ich habe nicht die geringste Ahnung.«

»Mir ist die Zeit zu kostbar, um weiter um den heißen Brei herumzuschleichen.«

»Den heißen Brei?«

»Du sollst mir endlich die Wahrheit sagen«, befahl er. »Jacqueline!«

»Wie?«, quiekte ich erschrocken auf. »Du weißt es?«

»Was genau soll ich wissen?«, hakte er nach.

Und jetzt musste ich doch mal tief Luft holen und all meinen Mut zusammennehmen. »Du weißt, dass das nicht Jacqueline war, sondern ich?«

Er hob eine Augenbraue an. »Hätte ich mir sonst von Jacqueline mein Corpus spongiosum lecken lassen?«, spottete er. Dabei sah er so unglaublich selbstsicher aus, dass ich versucht war, ihm mal gehörig die Meinung zu geigen.

»Woher soll ich das wissen? Ich könnte mir vorstellen, dass schon sehr viele Frauen dein Corpus spongiosum geleckt haben!«, blaffte ich, bekam dabei aber heiße Ohren. »Die Frauen rennen dir ja anscheinend in Scharen hinterher! Du kannst dich doch nicht einmal erinnern, mit wem du alles Schaf gegessen hast! Geschweige denn, wem du alles die Geheimnisse deiner … Küche gezeigt hast!« Bei dem Gedanken daran kam ich kurz ins Straucheln. »D-d-du meinst wohl, dass – «

»Es gibt überhaupt keine Jacqueline«, unterbrach er mich.

»Was?«, fauchte ich.

»Es gibt keine Jacqueline. Hat es nie gegeben.«

»Nicht?«

»Es gibt nur Jo.«

»Nur Jo«, wiederholte ich schwach.

Und jetzt sah er doch etwas verunsichert aus.

»Die ganze Zeit war ich mir nicht im Klaren, ob du wirklich an mir interessiert bist«, gestand er. »Ich meine an mir, dem einfachen Koch. Nicht an Raphael, dem Fernsehkoch.«

»Konnte gar nicht sein«, hauchte ich. »Ich hab nämlich Fernsehverbot.«

»Fernsehverbot?«

»Ja.«

»Aber in der Küche, als wir das Lamm gegessen haben, da hast du etwas gesagt, was mich glauben ließ, dass du wirklich mich meinst. Du hast mir nämlich nie Honig ums Maul geschmiert. Du hättest weiß Gott was für Schmeicheleien loslassen können. Und was hast du gesagt?«

»Was denn?«

»Schmackofatz.«

Ich seufzte ein bisschen.

»Aber wenn du das da schon vermutet hast, wieso musste ich dann den Chili essen?«

»Ach, der Chili?« Er lächelte verträumt, dann räusperte er sich. »Das war allein zu meinem Vergnügen.«

»Oh«, machte ich und seufzte noch ein bisschen mehr. Und dann, weil es gerade so schön war, in Raphaels Marianengraben zu versinken, fragte ich übermütig: »Vielleicht können wir das noch einmal tun? Ich meine, bloß zum Vergnügen?«

Raphael zog mich in seine Arme. »Das lässt sich bestimmt arrangieren.«

Er küsste mich zärtlich.

Seine Finger nestelten an meiner Knopfleiste herum. »Diese Bluse hat mich übrigens schon den ganzen Abend verrückt gemacht«, gestand er mir, und seine Stimme war ein wenig heiser dabei. Bestimmt vor kochender Leidenschaft.

Secur-SORGLOS
Versicherungs AG – Köln
Herr Thoven

Sehr geehrte Frau Dr. Henning,

bezugnehmend auf Ihr Schreiben vom 16. Juni lassen Sie mich Ihnen vergewissern, dass eine Entschuldigung Ihrerseits überhaupt nicht nötig ist. Es ist selbstverständlich, dass ich Ihnen als Ihr Sachbearbeiter mit Rat und Tat zur Seite stehe. Bei der Suche nach einem geeigneten Rechtsbeistand für diese Körperverletzung bin ich Ihnen gerne behilflich. Des Weiteren möchte ich auf unseren neuen Privat-, Berufs- und Verkehrsrechtsschutz pro Comfort mit 1 Million Euro Versicherungssumme hinweisen, der zusätzlich Strafkautionsdarlehen bis 100 000 Euro abdeckt.

Den genauen Tarif entnehmen Sie bitte den Anlagen 1 bis 4.

Außerdem können Sie mich jederzeit unter folgender Hotline erreichen: 0800 259 495 379

i. A.
Ihr Sachbearbeiter
Ludwig B. Thoven

DANKSAGUNG

Bei der Entstehung dieses Romans haben mir vier Männer so viel geholfen wie nie zuvor. Deshalb danke ich an erster Stelle meinem Mann, der gelernt hat, Spaghetti Bolognese zu kochen (»Wie? Und mehr ist das nicht?«) und die Einkäufe zu erledigen. Sollte ich das in Zukunft wieder selbst übernehmen müssen, dann wird man ihn beim Hausfrauenschnack im Edeka sehr vermissen. (Und im Aldi, Lidl, Penny, bei Tchibo … Wo zum Teufel warst du sonst noch?)

Meinen drei Söhnen danke ich fürs Wäschewaschen, Bügeln und Staubsaugen. (Na, Mädels, wie habe ich das hingekriegt?) Und dafür, dass ihr mich immer in Ruhe habt schreiben lassen. Also fast immer. Oft!

Meiner Schwiegermutter danke ich fürs Kochen dienstags und donnerstags, was mich jedes Mal etliche Seiten weitergebracht hat. Du kannst jetzt aber nicht wieder damit aufhören, ich poche auf mein Gewohnheitsrecht.

Meiner Freundin Angela danke ich wie immer für ihre medizinische Beratung. (Niemand wird dich mit dieser Anästhesistin in Verbindung bringen, keine Sorge! Ich habe Jo viel jünger gemacht und außerdem trägt sie die Haare ganz anders.)

Alexandra, meiner Seelenschwester, danke ich fürs Fahnenhochhalten und für ihre feinfühligen Anmerkungen. Und dafür, dass sie ein Genie geheiratet hat. Das bringt mich zu einem weiteren Danke: Hanspeter hat nach einem Datencrash mehr als die Hälfte des Manuskripts gerettet. (Dass aber Schweizer von der Schweiz aus auf deutsche Computer übergreifen können, ist gruselig! Jemand sollte das melden!)

Meiner lieben Kollegin Kira danke ich für die vielen Verbesserungsvorschläge und das häufige Mut zusprechen. Ich hoffe, ich kann mich bald revanchieren. Bussi.

Eine Danksagung von mir wäre keine Danksagung, wenn nicht auch eine Entschuldigung folgen würde:
Liebe Freunde, Verwandte, Nachbarn, Postboten etc. pp. die ihr eure Vornamen hier wiederfinden solltet: Ich habe nicht an euch dabei gedacht. Also nicht persönlich. Das alles ist reiner Zufall. Sollte jemand glauben, sich wiederzuerkennen, dann tut mir das schrecklich leid. (Ich habe eine sehr nette Nachbarin, die Jacqueline heißt. Was soll die bloß von mir denken?)

Zuletzt noch ein Hinweis in eigener Sache, und damit die Gerüchte endlich verstummen: Ich kann kochen!

Sogar ziemlich gut. Meine Kinder müssen keinen Hunger leiden und sie essen täglich frisches Gemüse. Ihre Verdauung funktioniert tipptopp. Ihre Zähne sind weiß, ihr Zahnfleisch rosig und fest. Ehrlich. (Nur der Mittlere, der braucht dringend eine Zahnspange.)

Im Übrigen habe ich beim Schreiben n i c h t an Jamie Oliver gedacht. (Der lispelt!) Und wenn doch, dann nur ganz wenig. Ein bisschen vielleicht. Das heißt aber nicht, dass Raphael mit Jamie zu vergleichen wäre. Raphael ist nämlich viel schöner.

RAPHAELS TOMATENSUGO

1 kg frische Tomaten (rot, gelb und orange)
1 Gemüsezwiebel (gewürfelt)
2 Knoblauchzehen (in Scheiben geschnitten)
50 g getrocknete Tomaten in Öl (kleingeschnitten)
1 milde Chili (von Samen und Scheidewänden befreit und kleingehackt)
2 Zweige Rosmarin
1 Bund frisches Basilikum
2 Lorbeerblätter
Olivenöl
1 EL Zucker
1 TL Fenchelsaat
Pfeffer
Salz
Safran

In einem großen Topf den Zucker schmelzen und hellbraun karamellisieren. Zwiebelwürfel und Knoblauch unterrühren. Mit einem ordentlichen Schuss Olivenöl, getrockneten Tomaten, Chili, Rosmarinzweigen, Lorbeerblättern und Fenchelsaat vermengen und mit Salz und Pfeffer würzen. Unter Rühren etwa eine Minute schmoren.

Die frischen Tomaten gestückelt dazugeben und mindestens 30 Minuten leicht köcheln lassen. Nach 25 Minuten die abgezupften Basilikumblätter zugeben.

Zwei Safranfäden mit einem Schluck heißen Wassers aufbrühen. Lorbeerblätter und Rosmsarinstiele entfernen und anschließend den Safransud hineinlaufen lassen.

LESEPROBE

1

Ich habe den peinlichsten Job der Welt: In meinem Gesicht prangt eine rosa Schweinsnase, und auf meinem Kopf steckt ein Haarreif mit schlackernden Schweineohren. Jeder, der mich sieht, wird denken, dass ich eine schreckliche Sünde begangen habe, für die ich nun bestraft werde. Oder dass ich einen besonders schlechten Schulabschluss habe. Denn mal ehrlich, wer außer mir muss sich in seinem Job als Glücksschwein verkleiden?

»Zwei Komma vier«, murmele ich, in Gedanken immer noch bei meiner Abi-Note, und knalle die Hecktür des kleinen Lieferwagens zu.

Der ältere Herr, der neben mir auf das imposante Gebäude zugeht, schüttelt den Kopf. »Diese Apartmentnummer gibt es hier meines Wissens nicht. Am besten, Sie fragen den Concierge.«

Mit einem monströsen Blumenstrauß in den Händen schiebe ich mich an dem freundlich lächelnden Herrn vorbei und bedanke mich. Neugierig blicke ich mich um. Ich habe mich schon oft gefragt, wie die Neubauten im Rheinauhafen, die wegen ihrer Form Kranhäuser genannt werden, wohl von innen aussehen. Meine Erwartungen werden nicht enttäuscht: Eine beeindruckende weiße Theke bildet den Mittelpunkt der Lobby, an deren Wänden der Marmor glänzt. Aus allen Ecken wird die Eingangshalle dezent beleuchtet. So dezent, dass dem

Mann hinter der Theke ein samtener Schimmer ins Gesicht fällt.

»Schönen guten Tag«, grüße ich möglichst lässig, denn ich will mir nicht anmerken lassen, wie aufgeregt ich bin. »Emma Arend von Daisy Düfte, ich bringe einen Blumenstrauß für Herrn …«, ich ziehe einen zerknitterten Lieferzettel aus der Tasche, »… Dannenberg. Können Sie mir sagen, in welchem Stock er wohnt?«

Der Concierge muss nicht einmal im Computer nachschauen. »Herr Dannenberg bewohnt das Penthouse in der 18. Etage. Ich melde Sie an.« Er greift nach dem Telefon und tippt eine Zahlenkombination ein. Nach wenigen Augenblicken legt er den Hörer wieder auf.

»Tut mir leid. Anscheinend ist er gerade nicht zu sprechen.« Jetzt wirft er doch einen Blick auf seinen Bildschirm. »Möchten Sie warten? Sie können den Strauß aber auch bei mir abgeben.«

Unwillkürlich umklammere ich die Blumen fester. »Ich muss sie persönlich überbringen«, sage ich. »Zusammen mit einer Nachricht.«

Eigentlich ist es nicht bloß eine Nachricht. Es handelt sich um ein elendes Gedicht! Ein Gedicht, das so peinlich ist, dass sich Heinz Erhardt im Grabe umdrehen würde. Ich habe nur den Anfang gelesen, aber der war schon schlimm genug. Das verrate ich dem Concierge natürlich nicht.

Auf seinem Namensschild steht Winkel. Seltsamer Name. Ob er sich deshalb oft Witze anhören muss? Mir würden da einige einfallen … Ein wenig schuldbewusst betrachte ich das Muster des Eichenparketts zu meinen Füßen. Herr Winkel kann ja nichts für seinen Namen. Außerdem sieht er trotz seines steifen Anzugs eigentlich recht nett aus.

An die Wand gepresst, versuche ich, mich unsichtbar zu machen, denn in meiner Aufmachung fühle ich mich alles andere als wohl. Leider stößt mein Handy genau in diesem Moment den gellenden Hilfeschrei der Beatles aus und macht meine Bemühungen mit einem Schlag zunichte. *Help!* meine Schwester Heidi.

»Du weißt, dass ich Ärger bekomme, wenn ich während der Arbeitszeit privat telefoniere«, fahre ich sie an.

»Warum lässt du dann dein Handy an?«

»Das ist …«, beginne ich viel zu laut, was mir einen strengen Blick von Herrn Winkel einbringt. »Das ist auch mein Diensthandy«, fahre ich wispernd fort. »Ich muss das immer anhaben.«

»Dann beschwer dich auch nicht, wenn es klingelt. Außerdem rufe ich dienstlich an.«

»Wirklich?« Ich weiß nicht, ob ich erleichtert sein soll oder ob das eher eine Drohung ist.

»Wir stecken gerade mitten in der Planung für den EMPFANG.« Das Wort erscheint in Großbuchstaben vor mir. Sie sagt Empfang, als handele es sich um eine höchst offizielle Angelegenheit, mindestens so wichtig wie eine Veranstaltung des Bundeskanzleramts.

»Für welchen Empfang denn?«

»Bist du verrückt? Seit Wochen redet die ganze Familie von nichts anderem als dem Sektempfang zu meiner Promotion. Es kommen mehr als dreißig Gäste. Sogar Professor Reifenhäuser hat zugesagt. Es muss einfach perfekt werden. Und du weißt genau, dass ich deshalb Blumenschmuck brauche. Und zwar etwas ganz Besonderes, nicht bloß langweilige Rosen.«

Langweilige Rosen! Ich fasse es nicht, dass sie das gerade gesagt hat. Als ob Rosen langweilig wären. Als ob die Rosen, die *ich* für sie aussuche, langweilig wären.

Ich hole tief Luft und setze zu einer Erwiderung an, als Herr Winkel sich lautstark räuspert.

»Können wir das vielleicht später besprechen? Ich habe hier noch zu tun.« Und dann, weil ich auch einmal etwas in Großbuchstaben sagen möchte, füge ich hinzu: »Ich bin nämlich gerade im KRANHAUS.«

Nichts.

»Hast du gehört? Ich bin gerade in DEM KRANHAUS. Am Rheinauhafen.« Und als immer noch keine Reaktion kommt: »Das mit den Superluxuswohnungen.«

»Aha«, sagt Heidi und ich höre, wie sie im Hintergrund mit Papieren raschelt. »Dann schick mir doch bis spätestens morgen früh deine Entwürfe. Mit Bildern. Drei verschiedene müssen es mindestens sein. Und vergiss den Kostenvoranschlag nicht, inklusive Freundschaftsrabatt.« Ohne ein weiteres Wort legt sie auf.

Ich bin von Heidi schwer enttäuscht. Es kommt nicht häufig vor, dass ich bei meiner Arbeit etwas wirklich Interessantes erlebe, sie hätte ruhig mit mehr Begeisterung reagieren können.

Ungeduldig trete ich von einem Fuß auf den anderen. Der Strauß ist ganz schön schwer. Blumenwasser tropft auf meinen linken Oberschenkel und ich werfe einen hilflosen Blick zu Herrn Winkel. Doch bevor ich ihn noch einmal an mein Anliegen erinnern kann, hebt er beschwichtigend die Hand und greift erneut zum Telefon.

»Hier spricht Winkel von der Rezeption. Eine junge Dame von der Firma *Daisy Düfte* kommt jetzt zu Ihnen. Sie überbringt einen Blumenstrauß.« Er wartet. »Ich werde es ihr sagen.« Nun wendet er sich an mich. »Es tut mir leid, Herr Dannenberg kann den Strauß nicht persönlich in Empfang nehmen. Er bittet Sie, ihn hier zu hinterlassen.«

»Das darf ich leider nicht.« Ich hebe entschuldigend die Schultern. »Ich muss den Strauß persönlich abgeben und eine Nachricht überbringen.« Dass der Auftraggeber dafür extra einen Bonus gezahlt hat, muss Winkel ja nicht wissen.

Seufzend greift er erneut nach dem Hörer. Mein Gott ist das alles umständlich. Ich überlege schon, ob ich nicht einfach in den Aufzug springen und blitzschnell nach oben düsen soll. Das Problem ist: Ich habe riesige Angst vor Aufzügen. Das liegt nicht etwa an der Enge der Kabinen, sondern daran, dass ich bereits mit sieben alle alten James-Bond-Filme gesehen habe. Die Szene mit dem Aufzug, in der der Boden plötzlich aufklappt und die Insassin in ein Haifischbecken rutscht, hat sich in mein Gedächtnis gebrannt. Seitdem fällt mir Aufzugfahren schwer, auch wenn ich weiß, dass Haie hier eher selten sind. Aber ich weiß auch, dass man sich nie sicher sein kann, welche Fallen sich die Architekten sonst noch haben einfallen lassen. Dieses Haus steht schließlich direkt am Rheinufer.

»Sie können jetzt hinauffahren«, unterbricht Winkel meine Gedanken. »Aber bitte fassen Sie sich kurz, Herr Dannenberg ist sehr beschäftigt, und wir legen großen Wert auf die Privatsphäre der Eigentümer.«

»Aber selbstredend«, antworte ich und merke, dass ich schon genauso gespreizt rede wie er. Färbt das etwa ab?

»Es gibt hier nicht zufällig eine Feuertreppe?«, erkundige ich mich.

Herr Winkel hebt das Kinn. »Das Gebäude verfügt über die neuesten Sicherheitstechniken und selbstverständlich auch über eine Feuertreppe. Doch die Benutzung ist nur im Notfall gestattet.«

»Vielleicht können Sie ausnahmsweise …« Unter seinem strengen Blick fällt mein Widerstand in sich zusammen. »Nicht? Na gut.« Ich seufze.

Zögernd betrete ich den vollverglasten Aufzug und beäuge den Boden. Es gibt keine Fugen, die sich in irgendeiner Weise öffnen könnten, und ich entspanne mich. In den Scheiben sehe ich, dass meine Schweinsnase schief sitzt, und rücke sie eilig zurecht. Dann streiche ich meine Haare glatt und bohre mit dem Fingernagel einen Mohnsamen zwischen meinen Schneidezähnen raus, als mein Blick auf das neugierige Auge einer Kamera fällt, die von der Decke herabhängt. Peinlich berührt lasse ich von meinen Zähnen ab und winke. Herr Winkel hat das bestimmt genau gesehen. Vielleicht beobachtet er, ob Gäste des Hauses eine Waffe aus ihrer Tasche ziehen. Entweder das, oder am Türrahmen zum Aufzug war ohnehin schon ein Metalldetektor angebracht. Welch ein Glück, dass ich nicht den schicken Gürtel angezogen habe, den mir Michi neulich geschenkt hat. Den mit der großen Schnalle.

Michi und ich sind seit fast zwei Jahren zusammen und eigentlich ziemlich glücklich. Beide lieben wir italienisches Essen und amerikanische Kinofilme. Er arbeitet in der Gärtnerei, die uns beliefert, und macht nebenbei viel Sport. Na ja, er guckt auch viel Sport. Genauer gesagt schaut er sich die Turniere *aller* Sportarten an. Ich könnte noch verstehen, wenn er nur ein Fußballfan wäre. Doch er guckt außerdem Tennis, Leichtathletik, Biathlon und Schwimmen. Und die Formel 1. Aber alles in allem kann ich doch froh sein, einen Freund zu haben, der so sportbegeistert ist, oder?

Ich bin leider nicht besonders sportlich. Und müsste ich die Stockwerke, die ich gerade hochsause, zu Fuß gehen, käme ich ganz schön aus der Puste.

Ein leises Pling kündigt an, dass ich mein Ziel erreicht habe, und die Fahrstuhltür schiebt sich geschmeidig auseinander. Noch bevor mein Fuß den Boden berührt, erhellt sich der Flur.

Ich brauche nicht lange, um mich zu orientieren, denn es gibt nur eine einzige Tür am Ende des Flurs, durch die Musik dröhnt. »My Way« von Frank Sinatra. Mit einem nervösen Flattern im Magen drücke ich auf die Klingel.

Nichts passiert. Ich befürchte schon, dass dieser Dannenberg aufgrund der lauten Musik das Klingeln nicht hört, da wird die Tür so ruckartig aufgerissen, dass ich unwillkürlich zurückweiche. Ein dunkelblonder Mann, höchstens Mitte dreißig, erscheint im Türrahmen. Er ist unrasiert und trägt ein verknittertes weißes Hemd, dessen Ärmel er bis zu den Ellbogen aufgekrempelt hat.

»Geben Sie schon die Blumen her, und dann verschwinden Sie«, blafft er mich an. Dann heftet sich sein Blick auf meine Schweinsnase. »Ach du Schande.«

Mit der linken Hand stützt er sich am Türrahmen ab. Mit der rechten umfasst er lässig ein Glas, in dem eine bernsteinfarbene Flüssigkeit schimmert.

»Entschuldigung«, hasple ich verlegen und suche vergeblich nach einem Namensschild über der Türklingel. »Ich wollte eigentlich zu einem Herrn Dannenberg.«

»Herzlichen Glückwunsch«, erwidert er. »Sie haben Ihr Ziel erreicht.«

»*Sie* sind Herr Dannenberg?« Der ungläubige Tonfall in meiner Stimme ist nicht zu überhören. Ich hätte nie gedacht, dass jemand, der in einem Penthouse im Kranhaus wohnt, so jung sein könnte!

»Warten Sie«, sagt er. »Ich sehe mal kurz in meinem Pass nach.« Aber er rührt sich nicht vom Fleck, sondern trinkt sein Glas in einem Zug leer, während er mich durch halbgeschlossene Lider mustert.

Mein Blick bleibt an seinen sonnengebräunten Unterarmen hängen. »Wenn Sie Herr Dannenberg sind, dann ist dieser Blumenstrauß für Sie«, sage ich. »Ich bin Emma Arend von Daisy Düfte.« Mit Schrecken spüre ich, wie meine Schweinsohren dabei wackeln.

Seine Augen weiten sich.

»Können Sie vielleicht die Musik etwas leiser stellen? Ich muss Ihnen auch noch ein Gedicht vorlesen.«

»Ein Gedicht.« Es ist nicht als Frage gemeint. Er hat die Stirn in Falten gelegt und schnipst dann zweimal mit den Fingern. Die Musik verstummt. »Nun gut«, sagt er ungeduldig.

Ich halte den Blumenstrauß vor mich, setze ein feierliches Gesicht auf und … erinnere mich, dass ich das Gedicht nicht auswendig kann. Meine hilflosen Bemühungen, mit Blumen im Arm in meiner Hosentasche nach dem Spickzettel zu fingern, quittiert Dannenberg mit einem Seufzen.

»Können Sie mal kurz halten?«, frage ich und reiche ihm den Strauß. Ohne ihn eines Blickes zu würdigen, lässt er ihn hinter sich auf den Boden fallen.

Ich schnappe nach Luft. Weiß er denn nicht, wie teuer Callas in dieser Größe sind? Ganz abgesehen davon: Der Strauß ist wunderschön! Sehr schlicht und geschmackvoll, und – wenn ich es recht bedenke – eigentlich ein Brautstrauß.

»Sie können doch nicht die schönen Blumen einfach so hinwerfen!«, empöre ich mich und dränge mich an ihm vorbei in die Wohnung. Behutsam hebe ich die Blumen auf und richte die abgeknickten Stängel. Danach falte ich mein Notizblatt mit der ausgedruckten E-Mail des Auftraggebers auf.

»Lieber Nils«, beginne ich.

»Was wäre ich denn ohne
einen Freund wie dich?
Ich legte dir mein Herz
ganz offen auf den Tisch.

Ich schenkte dir nicht nur
mein allergrößtes Vertrauen.
Sondern auch meine Tochter,
um deine Zukunft aufzubauen.«

Es ist furchtbar. Wieso schreibt jemand so etwas? Und weshalb hält er sich dann nicht weiter an das Versmaß?

»Doch jetzt in dieser Stunde
da weiß ich, wer du bist.
Wer solche Freunde hat,
braucht … keine Feinde nicht.«

Ach du je. Ich werfe einen schnellen Blick zu Dannenberg, der die Augen halb geschlossen hat und leise atmet. Meine Stimme beginnt zu zittern.

»I… ich wollte dir nur sagen,
einschenken reinen Wein.
Du bist nicht mehr mein Schwiegersohn,
du bist ein … mieses Schwein!«

Vor Schreck rutschen mir fast die Schweinsohren vom Kopf.

»Verzeihen Sie«, sage ich tapfer, »ich habe ehrlich gesagt nicht gewusst, was in diesem Gedicht steht. Sonst hätte ich bestimmt nicht … also ich hätte niemals … ganz sicher nicht … diese Verkleidung angezogen«, beende ich mein lächerliches Gestammel und zerre mir die Plastiknase vom Gesicht.

Dannenberg lässt mich, ohne ein Wort zu sagen, stehen. Mir ist das Ganze furchtbar unangenehm. Ich stolpere ihm hinterher und sehe, wie er im Wohnzimmer sein Glas auffüllt. Seufzend lässt er sich auf ein cremefarbenes Sofa nieder. Ich bleibe abrupt mitten im Raum stehen. Nicht nur, weil ich die mit Abstand luxuriöseste und traumhafteste Wohnung aller Zeiten betreten habe. Auch nicht, weil sich mir eine spektakuläre Aussicht auf den Kölner Dom bietet und der loftähnliche Raum durch die bodenlangen Fenster so sehr von Sonnenlicht durchflutet wird, dass ich beinahe erblinde. Und schon gar nicht, weil ein Schnipsen von Dannenberg die Surround-Anlage reaktiviert und Sinatra erneut anfängt, seinen größten Hit zu schmettern. Was mich erschrocken innehalten lässt, sind der riesige Metallhaken, der an der Deckenmitte hängt, und der Stuhl, der daruntersteht und nur darauf wartet, dass jemand hinaufklettert.

Erst jetzt fällt mir auf, wie zerzaust Dannenbergs Haare sind. So, als hätte er sie sorgenvoll durchwühlt. Sein weißes Hemd ist halb aufgeknöpft und sein blauer Schlips baumelt merkwürdig verdreht um seinen nackten Hals. Auf dem Tisch liegen ein Stapel zerrissener Fotos und die Überreste mehrerer Kreditkarten, die in Stücke geschnitten worden sind. Aus den Boxen dröhnt: »*And now the end is near …*«

Fehlt nur noch ein Umschlag mit der Aufschrift »Mein letzter Wille«. Unwillkürlich suche ich den Tisch danach ab, doch Dannenberg fängt meinen Blick auf und fegt im selben Moment alles mit einem Wisch beiseite.

Mein Mund öffnet sich wie von selbst. »Sie … Sie wollen sich doch nicht etwa umbringen?«, quetsche ich heraus.

Dannenberg schaut bei dieser Frage nicht einmal auf, sondern stiert in sein Glas.

»Sie haben Ihre Botschaft vorbildlich überbracht«, sagt er schließlich.

Es wundert mich, dass er das noch so klar formulieren kann, nach den ganzen Drinks.

»Sagen Sie Kreuzbach, dass er mich mal kann.«

Ich suche nach ein paar klugen Worten, frage schließlich jedoch nur: »Sind Sie krank? Haben Sie einen Tumor oder so was?«

Er schüttelt den Kopf. »Was wollen Sie eigentlich noch hier? Verschwinden Sie endlich.«

Ich erstarre. Aber ich kann doch jetzt nicht gehen! Nicht, wenn ich weiß, dass hier ein Mensch in einer Lebenskrise steckt. Wenn ich einfach so abhaue, dann wird er sich erhängen. Das geht doch nicht … Er kann doch nicht … Ich kann das doch nicht zulassen!

»Und dann lese ich morgen in der Zeitung, dass Sie sich umgebracht haben?«

Dannenberg ist wortlos aufgestanden und zu einer lackglänzenden Anrichte gegangen, auf der mehrere Karaffen stehen.

»Aber das dürfen Sie nicht«, rutscht es mir heraus.

Lautstark stellt er eine Flasche ab. »Nur zur Information: Ich weiß schon, was ich tue.«

»Aber …«

Mir schießen tausend Gedanken auf einmal durch den Kopf: … Das dürfen Sie nicht, weil Sie in diesem Penthouse wohnen. Weil Sie verdammt noch mal einen Concierge haben! Weil es eklig ist, wenn hinterher der Tatortreiniger kommen muss. Weil irgendein Arzt an Ihrem nicht gerade unattraktiven Körper rumschnippeln wird. Weil die Sonne scheint …

»Wenn Sie das tun, dann muss ich mir ein Leben lang Vorwürfe machen.«

Habe ich das gerade tatsächlich gesagt? Na toll! Es wird ihn wohl kaum aufbauen, wenn ich bei seinen Suizidplänen nur an mich denke.

Er lächelt schief. »Jetzt übertreiben Sie mal nicht. Und wenn es nur das ist: Ich entbinde Sie gerne von dieser Verantwortung.«

Verzweiflung sprudelt in mir hoch. »Das können Sie gar nicht!« Ich laufe hektisch auf und ab. »Von so etwas kann man nicht entbunden werden! Wissen Sie, als Kind hatte ich einen Goldhamster. Er hieß Julchen. Ich habe ihn so sehr geliebt! Aber ich konnte ja nicht wissen, dass Goldhamster keine Gummibärchen essen dürfen. Jedenfalls – ich habe ihm die ganze Haribo-Tüte ausgeschüttet und Julchen hat immer mehr davon in sich hineingestopft. Er sah anschließend so aus«, ich plustere meine Backen auf. »Und dann wollte er die Gummibärchen partout nicht wieder ausspucken. Er … er ist erstickt.« Gedankenversunken schaue ich zu Boden. »Ich habe mich bis heute nicht davon erholt. Sobald ich nur ein Nagetier sehe, wird mir schlecht. Ich hätte es vielleicht verhindern können, wenn ich ihn sofort zum Tierarzt gebracht hätte, aber ich war zu feige. Und jetzt …« Ich suche nach Argumenten und betrachte Dannenberg genauer: die gerunzelte Denkerstirn, die blauen Augen mit den dichten Wimpern und das kleine Muttermal auf seiner linken Schläfe. »Sie sind so jung«, beginne ich. »Sie sind attraktiv. Und reich sind Sie auch noch. Bestimmt gibt es eine Menge Leute, die Sie lieben und Sie wahnsinnig vermissen würden. Das können Sie denen nicht antun. Schon gar nicht ohne Abschiedsbrief. Und auch nicht mit Frank Sinatra. Eigentlich gibt es nichts auf der Welt, was so schlimm sein könnte, dass man sich mit Frank … Wir werden jemanden finden, der Ihnen hilft. Ich verspreche es Ihnen!«

Der Blick, den Dannenberg mir zuwirft, schwankt zwischen Entsetzen und Faszination. Seine Augenbrauen wölben sich nach oben:

»Sie haben Ihren Goldhamster mit Gummibärchen umgebracht.«

Ich nicke.

»Ich verspreche Ihnen, ich werde keine Gummibärchen essen.« Er zeigt in Richtung Wohnungstür. »Und jetzt raus.«

LESEPROBE

KAPITEL 1

Heute ist ein perfekter Tag! Und das nicht, weil ich von Sylvia ausnahmsweise einen *heißen* Latte macchiato mit Sojamilch bekommen habe, sondern weil ich perfekt darauf vorbereitet bin, das perfekte Geschäft abzuschließen. Gleich werde ich im Namen unserer Firma Cosmic Internet ein brandneues Start-up-Unternehmen kaufen und uns damit einen Millionengewinn einfahren.

Ich bin nicht nervös. Kein bisschen. Okay, ich gebe es zu, ich habe totales Lampenfieber, aber das ist nichts, was sich nicht mit einem inneren *Omm* beherrschen lassen würde. Ich runzle die Stirn und schneide meinem Spiegelbild eine Grimasse, bevor ich den Taschenspiegel zuklappe und in der Schreibtischschublade vergrabe.

Emil und Benjamin Rau sind zwei Brüder, die erst vor einigen Monaten angefangen haben, Socken zu verkaufen. Das klingt vielleicht banal, aber die besten Ideen sind meistens äußerst simpel. Erst neulich habe ich von Frank Epperson gelesen, der als Elfjähriger im Winter seine Limo auf der Terrasse vergessen hat. Am nächsten Tag hat er das erste Eis am Stiel entdeckt. Wenn das nicht babyleicht gewesen ist! Und das Start-up von den Rau-Brüdern könnte wirklich das neue Eis am Stiel werden.

Außerdem verkaufen die beiden Brüder nicht einfach bloß Socken – sie verkaufen über das Internet ein Socken-*Abonnement*! Die Idee ist so genial, dass mein Bauch kribbelt und meine Hände zu schwitzen anfangen. Als ich Daniel Herbst, meinem Chef, von dieser bahnbrechenden Idee erzählt habe, hat er sofort sein Jägerlächeln aufgesetzt. Das macht er nur dann, wenn ein Start-up besonders erfolgversprechend ist.

»Erstens hassen Männer es, Socken einzukaufen«, habe ich behauptet. »Und zweitens haben ihre Socken fast immer Löcher. Gerade dann, wenn sie zu einem Geschäftsessen beim Japaner eingeladen sind.«

Daniel hat genickt. »Die Idee allein reicht aber nicht. Jeder Vollidiot hat eine Idee. Eine Idee zu haben, ist so, als würde man aus einem Traum aufwachen und sich noch mal auf die andere Seite rollen. Aufstehen«, hat er gesagt. »Auf das Aufstehen kommt es an! Können diese Jungs aufstehen?«

»Ganz bestimmt. Wenn wir ihnen dabei helfen.«

»Nun gut, aber keine Experimente! Du hast zehn Millionen zur Verfügung. Biete ihnen erst mal fünfhunderttausend als Venture-Capital an, um sie finanziell zu unterstützen. Und dann überzeuge sie davon, dass sie Schwachköpfe sind und das nötige Wachstum keinesfalls allein erreichen können. Wir sind hier bei der Formel 1 und nicht beim Golf, ist das klar?« Dann hat er mir auf die Schulter geklopft. Nicht so gönnerhaft wie sonst, sondern nur ein einziges Mal. »Leonie, du bist mein Prätorianer! Auf dich kann ich mich immer verlassen.«

Mein Herz macht noch in der Erinnerung an dieses Gespräch einen Satz. Wie ich es liebe, neuen Ideen Starthilfe zu geben und kreative Menschen zu fördern! Das ist fast so, als wäre man bei einer Geburt dabei. Der Geburt von etwas ganz Großem.

In dem Augenblick, in dem ich mein Büro verlasse und über den Gang marschiere, dröhnen Stimmen aus dem Konferenzraum, in denen ein Hilfeschrei mitschwingt: »Ich werde mit meinen Vorgesetzten Rücksprache halten. Eventuell können wir Ihnen ein *special offer* machen. Ich arbeite auf *commission basis*, unsere *interests* sind also perfekt *aligned.*«

Okay, das ist nicht nur ein Hilferuf, das schreit auch nach einem wasserfesten Edding für das Mitarbeiterplakat. Man versteht ja kaum ein Wort von dem, was Marc da schwadroniert.

Ich werfe einen Blick auf meine Uhr: 12.35 Uhr. Marcs Termin mit Gregor Effelsberg ist für halb eins angesetzt gewesen. Er hat also nur fünf Minuten gebraucht, um seinen Deal an die Wand zu fahren, dieser Anfänger!

Ich beobachte die Männer durch den aufgeschobenen Lamellenvorhang. Mein Kollege Marc hat jetzt schon einen roten Kopf und fasst sich mit den Händen an den Kragen, um die Krawatte zu lockern. Damit hat er quasi bereits das Handtuch geworfen. Effelsberg und seine beiden Partner haben sich in ihren Sitzen zurückgelehnt und lächeln müde. In der *Capital* habe ich einen Artikel darüber gelesen, wie er es geschafft hat, seine App für Sprachübersetzungen an die Spitze Europas zu katapultieren. Doch vor kurzem hat er in einem Interview offenbart, dass er zurückschrauben möchte, um mehr Zeit mit seiner Familie zu verbringen. Der perfekte Zeitpunkt für uns. Eigentlich. Wenn Marc jetzt keinen Fehler macht.

Während ich so tue, als würde ich einen Aushang an der Pinnwand lesen, beobachte ich Marc mit dem Gefühl, einem Autounfall zuzusehen. Wenn niemand einschreitet, dann können wir in ein paar Minuten nur noch die Scherben zusammenfegen, und ich werde das ganz sicher nicht tun, denn ich hasse es, zu putzen.

Schnell zücke ich mein Smartphone und tippe Effelsbergs Namen in die Suchleiste. Die einschlägigen Seiten von *Wikipedia*, *Spiegel* und dem *Manager-Magazin* schließe ich gleich aus und tippe einen Artikel der Online-Ausgabe der *Reflex* an: *Manager aus Köln unterstützt Gehörlosenschule*. Darunter ist ein Bild, auf dem ich Effelsberg erkenne. Ich vergrößere den Ausschnitt und kann nun auch die Unterschrift unter dem Foto lesen: *Die Schüler freuen sich sichtlich über den Neubau der Sporthalle (v. l. n. r. Finn Schilling, Luisa Scherz, Tim Effelsberg und Annika-Eva Biebel)*.

Sieh an! Die Namensgleichheit kann ja wohl kein Zufall sein, Effelsberg hat offenbar ein gehörloses Kind! Meine Gedanken rasen. Hastig schiebe ich mein iPhone in die Tasche, als ich sehe, dass die Männer im Konferenzraum aufstehen.

Sie haben nicht einmal an ihrem Kaffee genippt – ich kann die dunkle Brühe noch in den Tassen schimmern sehen –, es ist also höchste Zeit einzugreifen, wenn Cosmic Internet nicht einen empfindlichen Verlust hinnehmen soll. Doch ich bin Daniels Prätorianer! Ich werde das schaffen, auch wenn mir das Herz bis zum Hals schlägt.

Mit ausgebreiteten Armen fange ich an zu hecheln, um vorzutäuschen, dass ich den Gang heruntergerannt bin. Dann drücke ich die Klinke nach unten und stemme mich gegen die Tür. »Entschuldigen Sie meine Verspätung«, keuche ich, bevor ich mich an den Männern vorbeischlängele und mich demonstrativ auf einen der Sitze fallen lasse. Jeder im Raum starrt mich mit offenem Mund an, allen voran Marc, der aussieht, als müsse er sich vor Panik übergeben.

Ich winke mit meinem Handy und schiebe es über die Tischplatte. Ich muss improvisieren. Schnell! »Wir haben gerade die Zusage von der Entwicklungsabteilung bekommen, halleluja!«

Effelsberg sieht genervt aus, seine Mitarbeiter gelangweilt. Nur Marcs Gesicht ist ein einziges Fragezeichen.

»Kannst du mich kurz *briefen?*«

Immerhin stellt Marc sich nicht total doof, stelle ich erleichtert fest, bevor ich einen Schluck aus der Tasse vor mir nehme. Ich wünschte nur, er hätte seine Mimik besser im Griff. Der Kaffee schmeckt bitter, und ich verziehe angewidert das Gesicht.

»Leonie Schiller«, stelle ich mich kurz vor. »Dein Vorschlag hat die Jungs ganz schön auf Trab gehalten, aber sie werden es hinkriegen. Marc«, sage ich feierlich und kratze meine Gedanken fieberhaft zusammen. Jetzt bloß nicht nervös werden! »Das war eine grandiose Idee, die diese Sprach-App in Zukunft noch mehr aufwerten wird. Einmalig!« Mit einem Lächeln wende ich mich direkt an Effelsberg: »Nichts gegen die hervorragende Arbeit, die Sie mit dieser App bisher geleistet haben! Aber Erfolg ist doch nicht alles im Leben«, rede ich drauflos. »Wir tragen schließlich auch eine gesellschaftliche Verantwortung.«

Oje, was erzähle ich denn da? An Effelsbergs Blick sehe ich, dass ich wohl eine Spur zu dick aufgetragen habe. Er wirkt amüsiert. Aber das ist immer noch besser als genervt, und er zieht sich sogar einen Stuhl heran. »Dann lassen Sie mal hören«, sagt er. Seine beiden Mitarbeiter nehmen ebenfalls wieder Platz, nur Marc tritt auf der Stelle, als zerstampfe er Weintrauben in einem Fass.

»Würde es dir etwas ausmachen, mit mir *in confidence* zu sprechen, Leonie?«

Seine Frage wische ich mit einer Handbewegung beiseite. »Ich weiß, dass du erst damit herausrücken wolltest, wenn wir eine Betaversion unserer Programmierer vorstellen können. Aber ich finde, du solltest mit dieser Idee nicht hinter dem Berg halten. Herr Effelsberg, da sind wir doch sicher einer Meinung?« Meine Augenbrauen gehen auffordernd in die Höhe. Glücklicherweise sieht niemand, wie mir das Herz dabei in die Hose rutscht.

»Drücken Sie sich nicht so kryptisch aus«, lässt sich Effelsberg vernehmen. »Um was genau geht es bei dieser App-Erweiterung?«

»Ein neues, äh …«, Marcs Blick fliegt hastig zwischen uns hin und her, »… *Feature*. Das betrifft die, äh …«

»Sprachsteuerung«, platze ich dazwischen. Marc wirft mir einen dankbaren Blick zu, und ich spüre, wie die Absätze unter meinen Schuhen wachsen, obwohl ich sitze. Das ist der Moment, in dem alles kippen könnte. Der Moment, wenn man die Spitze des Berges erreicht hat und noch nicht weiß, ob man rückwärts hinunterpurzeln oder vorwärts bergab sausen wird. Ich liebe solche Momente!

»Marc ist als Einziger von uns auf den Haken in dieser Sprachsteuerung gestoßen, und davor kann ich nur meinen Hut ziehen. Der Haken ist, dass man natürlich sprechen können muss, um sie überhaupt bedienen zu können. Eine Sprachsteuerung soll die Bedienung vereinfachen. Sie, Herr Effelsberg, wollten mit Ihrer App die Verständigung revolutionieren, und das haben Sie geschafft. Mir fällt kein anderes Programm ein, das so simpel zu bedienen ist. Aber wenn man zum Beispiel *gehörlos* ist, ist das Programm nahezu unbrauchbar.«

Effelsbergs Mitarbeiter ziehen laut die Luft durch die Zähne ein, und Marc scheint einer Ohnmacht nah. Davon lasse ich mich aber nicht beirren. »Auch für gehörlose Menschen ist es schließlich nützlich, wenn sie nicht jedes einzelne Wort von

Hand tippen müssen, deshalb hat sich unser Team überlegt, wie wir die Sprache optimal visualisieren können. Und umgekehrt. Die Idee dahinter ist, dass der Benutzer sich selbst filmt, während er die Gebärdensprache anwendet, und diese Gesten von der App erkannt und übersetzt werden.«

»Das klingt ja ganz interessant«, beginnt Effelsberg, und ich setze im nächsten Moment alles auf eine Karte.

»Ich weiß, was Sie jetzt sagen wollen! Sie denken bestimmt, dass es sich dabei doch nur um eine Randgruppe handelt. Dass es sich nicht lohnt, in diesen Bereich der App-Entwicklung zu investieren, weil es viel zu wenig potentielle Nutzer gibt. Und das genau ist der Grund, warum wir von Cosmic Internet Ihr Unternehmen übernehmen und weiterentwickeln wollen.«

»Ach tatsächlich?« Effelsberg beugt sich interessiert vor.

Jetzt habe ich ihn!

»Circa ein Prozent der Weltbevölkerung ist gehörlos oder verfügt nur noch über ein geringes Resthörvermögen«, fahre ich fort. »Mag sich nach wenig anhören, aber das sind immerhin 70 Millionen Menschen. Fast so viele wie die Bevölkerung Deutschlands. Mit dieser Entwicklung werden wir eine Schneise durch den Dschungel schlagen.«

Ich gebe zu, mein Schlusssatz ist zu melodramatisch geraten, schließlich halte ich hier kein Plädoyer vor einem Schwurgericht, aber ich bin von meiner eigenen Idee selbst völlig begeistert. Hier geht es nicht nur um Geld, wir könnten wirklich etwas bewirken, wenn Effelsberg sich darauf einlässt. Im nächsten Moment greift Effelsberg über den Tisch und nimmt sich ein Plätzchen aus der Schale, die bereitsteht. Er kaut gedankenverloren.

Ich hoffe, Sylvia hat die guten eingekauft und nicht diese Dinkelplätzchen vom letzten Mal, von denen man eine Stauballergie bekommen konnte. Während Effelsberg also kaut, habe ich Zeit, durchzuatmen und dann meinen Körper wieder zu straffen, denn nur wer gerade sitzt, strahlt das nötige Selbstbewusstsein aus. Ich stelle mir vor, ein Medaillon zu tragen, das ich jedem präsentieren möchte, strecke die Brust raus und ziehe den Bauch ein. (Nicht, dass das nötig wäre, denn ich habe seit dem Frühstück noch nichts Richtiges gegessen.)

Effelsberg seufzt und schlägt mit der flachen Hand auf den Tisch. Marc zuckt zusammen, doch in mir baut sich eine freudige Erregung auf, die jedes Hungergefühl verdrängt: Effelsberg hat eine Entscheidung getroffen.

»Ich war noch nie ein Freund davon, lange um den heißen Brei herumzureden«, sagt er.

Marc fängt an zu haspeln. »S-selbstverständlich können Sie erst in Ruhe *feedbacken*. Wir werden dieses *Feature* dann *einpriorisieren*, wenn Sie damit einverstanden sind.«

Effelsberg schüttelt für einen kurzen Moment irritiert den Kopf. »Ich muss zugeben, dass ich mit geringen Erwartungen hierhergekommen bin. Ihr Angebot ist weder besser noch schlechter als das, was mir bisher untergekommen ist. Aber ich sehe das Potential in Ihren Ideen. Sie haben Visionen, die sich nicht nur am Profit orientieren. Visionen, die sich zu Innovationen mausern könnten.«

Ich halte mich zurück, um Effelsberg nicht von seinem positiven Monolog abzubringen. Leider meint Marc, er müsse noch etwas dazu beitragen, und macht eine ausladende Geste: »Innovation steht in unserer DNA!«, sagt er stolz.

Effelsbergs Stirn umwölkt sich, und mir wird klar, dass sich die Waagschale wieder in die falsche Richtung neigt.

Sag was, Leonie! Irgendwas Kluges. Oder mach einen Witz!

»Na ja.« Ich ziehe das Wort in die Länge, während meine Gedanken rasen. »Unsere DNA ist allerdings auch zu fünfzig Prozent identisch mit der von Bananen.«

Im ersten Moment bin ich selbst erschrocken über meinen Vergleich, dann sehe ich, wie die Männer breit grinsen.

»Nicht nur das«, sagt Effelsberg und nickt mir anerkennend zu. »Wir Menschen gleichen uns zu 99,5 Prozent. Leonie Schiller, ich habe den Eindruck, dass Sie Ihre 0,5 Prozent Individualität optimal genutzt haben.«

Ein heiseres Lachen dringt aus seiner Kehle, dann hält er mir die Hand hin. Als ich einschlage, zwinkert er doch tatsächlich.

»Sie haben gerade ein gutes Geschäft gemacht!«